威 尔 斯 科 幻 小 说 集

H. G. WELLS

[英]H.G.威尔斯/著 鲍志坤 刘劲飞 费肖俊/译

鲍志坤/校

THE WAR IN THE AIR

大空战

大连理工大学出版社

Dalian University of Technology Press

图书在版编目（CIP）数据

大空战 /（英）赫伯特·乔治·威尔斯（H.G.Wells）
著；鲍志坤，刘劲飞，费肖俊译 . — 大连：大连理工
大学出版社，2018.9 （2020.7重印）
（重读经典·科幻大师作品集 / 许钧，吴文智主编 .
威尔斯科幻小说集）
ISBN 978-7-5685-1440-8

Ⅰ . ①大… Ⅱ . ①赫… ②鲍… ③刘… ④费… Ⅲ .
①科学幻想小说－英国－现代 Ⅳ . ① I561.45

中国版本图书馆 CIP 数据核字 (2018) 第 098910 号

大空战

DA KONGZHAN

大连理工大学出版社出版

地址：大连市软件园路 80 号　　　邮政编码：116023
发行：0411-84708842　　邮购：0411-84708943　　传真：0411-84701466
E-mail:dutp@dutp.cn　　　URL:http://dutp.dlut.edu.cn
临沂圣贤印刷有限公司印刷　　　大连理工大学出版社发行

幅面尺寸：130mm×185mm　　印张：11.125　　　字数：217 千字
2018 年 9 月第 1 版　　　　　2020 年 7 月第 2 次印刷

责任编辑：于建辉　田中原　　　　　　责任校对：李宏艳
封面设计：奇景创意

ISBN 978-7-5685-1440-8　　　　　　　定价：38.00 元

本书如有印装质量问题，请与我社发行部联系更换。

目录

生命因阅读经典更精彩

——《重读经典·科幻大师作品集》序

　　记得在三年前，有几位记者朋友来我家，说要看我的藏书。我和他们说，我的书不是拿来藏的，是用来读的。书架是开敞式的，架上的每一本书都像我的朋友，我都触摸过，阅读过，与之交流过，大部分书上还留下了我写下的或长或短的心得与体会。我喜欢读哲学，因为哲学探究人何以为人；我也喜欢读历史，因为历史阐明人何以成其为人；我更喜欢读文学，因为文学给人启迪，指明人何以丰富人生。昆德拉在《不能承受的生命之轻》中有一句话，说人生"没有草图"。无论精彩与否，人生都只有一次，不能重来。那么，如何了解人生，领悟人生，创造人生，让有限的人生活出无限的精彩呢？

　　回望走过的人生之路，我发现自己命中与书有缘：读书，教书，译书，编书，写书，评书。人生之精彩，各有各的理解与领悟，况且在技术高度发展的今天，人生在现实世界与虚拟世界中仿佛拥有了丰富的双重性，导向了无限的疆域。我的生命之花的确因书而绽放。我爱书，尤其爱经典。经典不应该是供奉在殿堂里的"圣经"，而应在阅读、理解与阐释中敞开生命之源。经典是读出来的，常读常新，在阅读与阐释中生成永恒的生命之流。

因为爱经典，所以我读经典，译经典。我译过雨果的《海上劳工》，巴尔扎克的《贝姨》与《邦斯舅舅》，参加翻译过普鲁斯特的《追忆似水年华》，还翻译过已然成为经典的当代作家昆德拉的《不能承受的生命之轻》与诺贝尔奖得主勒·克莱齐奥的《沙漠》与《诉讼笔录》。我还组织翻译"法国文学经典译丛"，主编法国浪漫主义大师《夏多布里昂精选集》以及已经进入法国文学殿堂的著名作家杜拉斯十五卷本的《杜拉斯文集》。在经典的阅读与翻译中，我得到了双重收获：一是经典滋养着我的人生；二是通过我的翻译与阐释，也在参与经典的创造。为此，我说过一句话：阅读参与创造，翻译成就经典。

正是基于这样的认识，我和老朋友吴文智先生经过多次交流，商定依托我主持的中华译学馆，组织全国优秀的翻译力量，译介一套《科幻大师作品集》，向广大读者倾心推荐威尔斯、凡尔纳、阿西莫夫等科幻文学大家的作品，一起重读科幻文学经典，让科学与幻想互动，拓展我们的想象世界，丰富我们的现实人生。有学者评论说："科幻历来有两大经典主题，一为星际旅行，一为生命智能。前者以宇宙为舞台，拓展人类生存空间的广度；后者以人为核心，探索生命自身生存的意义。"循着这两大主线，我们也许可以更好地把握科幻文学的发展脉络，但在不同的科幻大师的笔下，会呈现出异样的精彩与深刻。我一直觉得，只要人类有梦想，文学就不会死。重读科幻文学经典，放飞想象，拓展生命的空间，相信你的人生会闪现出属于你的精彩光芒。

许 钧

2018 年春

现代科幻文学的奠基者

——赫伯特·乔治·威尔斯

  自 1818 年《弗兰肯斯坦》[1] 问世以来，科幻文学已经整整走过了 200 个年头。200 年来，科幻文学从由浪漫主义催生的科学传奇逐步转变为由现实主义启发的现代科幻文学。作为将科幻文学由浪漫主义过渡至现实主义的一代大师，赫伯特·乔治·威尔斯自创作以来便在其别具一格的作品中融入对社会与科学的深刻思考，因而无论是在主流文学领域还是在科幻文学领域，都有着令人惊叹的成就与地位。在主流文学领域，威尔斯曾先后四次获得诺贝尔文学奖提名，与阿诺德·贝内特、约翰·高尔斯华绥并称作"20 世纪英国现实主义文学三杰"。在科幻文学领域，威尔

---

1 1818年，英国作家玛丽·雪莱出版了《弗兰肯斯坦》，该书被誉为第一部科幻小说。

斯被称为"科幻小说界的莎士比亚",与儒勒·凡尔纳并称作"科幻大师中最闪亮的双子星"。

一

走进威尔斯

　　1866年9月21日,威尔斯出生于伦敦城外东南部的肯特郡。父亲约瑟夫是一位园丁,同时也是一名职业板球手,后靠经营一家小店为生;母亲莎拉是一家名为"上花园"宅邸里贵妇人的女佣。父母低微的社会地位和童年清贫的生活使威尔斯深切体会到底层社会的艰辛。

　　7岁那年,威尔斯意外跌断了胫骨。在养病期间,他在酷爱阅读的父亲的影响下养成了阅读的习惯。同年,威尔斯进入小学学习,阅读的兴趣伴随着他进入接下来的学生时代。10岁时他开始对写小说、画插画产生了浓厚的兴趣。

　　1877年,他的父亲在一次意外事故中成了跛子。这次事故产生的高额医药费使一家人的生活变得愈发艰难,家庭的收入越来越不足以支付孩子们的读书费用。两年后,13岁的威尔斯便早早进入社会谋生。

　　1880—1881年,威尔斯先后做过布店伙计、药店学徒、信差和小学助教，但都没做多久就被辞退。被辞退后，威尔斯便来"上花园"投靠母亲。而他就是利用在"上花园"这短短的接触上层社会的时间，琢磨出了使用望远镜观测天体的方法，并通过宅邸丰富的藏书，阅读了诸如伏尔泰的散文、斯威夫特的《格列佛游记》以及柏拉图的《理想国》等对其后来思想及文学创作具有启发作用的名家名著。在这期间，威尔斯还接受了不系统的教育，在一所中学寄读，以高于同龄人的禀赋学习了各种基础科学知识。

1883 年，在最后一次做学徒后没多久，威尔斯想重回校园当助教。他曾经寄读的那所中学的校长很欣赏威尔斯，主动给他提供了职位。在当助教期间，威尔斯既是教员又是学生。在校长的热心协助下，他仅仅用了两年时间，便修习了文学、数学、地质学、无机化学、物理学、天文学、人类生理学、植物生理学等学科，不但通过了考试，还获得了奖学金。

就在优异的成绩换来奖学金的回报时，英国教育部门下发了一则通告：集合各地科学教员，统一组织到科学师范学校（后来的英国皇家科学院）的"教师训练班"进行培训，以提高其素质。当时这所学校恰好有一定的免费生名额，且每人每星期还能得到生活补助。对于一直在贫困中挣扎的威尔斯来说，这是一次从底层社会翻身的契机。

1884 年，18 岁的威尔斯顺利进入科学师范学校学习。这一年最令他兴奋的是他的生物学教师由大名鼎鼎的"达尔文斗士"托马斯·赫胥黎担任。在自传中，威尔斯曾饱含钦佩地回忆道：

"他用一种清晰而坚定的声音讲解着，不慌不忙，也不踌躇，不时转身在后边黑板上画些图解。在他继续讲之前，常常要把手指间的粉笔灰拂得干干净净，他是颇有洁癖的……由赫胥黎任教的生物学课程，在性质上是纯粹而精确地属于科学的。他除了充实、研究、完成在他范围内的知识以外，没有其他（如经济利益上的）目的……"[1]

　　然而，之后两年所修的物理学、地质学课程，由于教师授课的枯燥乏味，威尔斯的学习热情消耗殆尽，他将这种热情逐步转移到了创作上。在一次学生辩论会上，威尔斯偶然听到一个关于四维时空的宇宙理论的新观念，这对于当时的物理学宇宙观可谓一种新见解。他把握住了这种思想，在将其作为《时间机器》的理论设定基础之前，尝试着写了一篇题为《刚性宇宙》的思辨性论文。在大学期间，他还创办并主编了名为《科学学派杂志》的刊物。在 1887 年的学年测验中，他因地质学成绩不及格，没能在当年拿到学位，只好放弃学业回去教书。在教书期间，威尔斯曾试图锻炼瘦弱的身体，却伤病不断。他在一次足球比赛中遭到撞击，导致肾破碎和肺出血，被迫辞去了教职。在接下来的一段时间，威尔斯静心休养，并全身心投入写作。

　　1888 年，受纳撒尼尔·霍桑的作品《红字》的影响，威尔斯在《科学学派杂志》上连载了一部名为《时空长河中的寻金羊毛者》的小说，这就是他的成名作《时间机器》的前身。

1　H.G.Wells. 韦尔斯自传 . 方土人，林淡秋，译 . 上海：光明书局，1933.

1890 年，威尔斯通过了伦敦大学的考试，被授予理学学士学位。随后，他开始在大学函授学院教书，并尝试着给期刊与报纸投稿。他的《独特之物的重新发现》一文很快经由一个名叫弗兰克·赫里斯的编辑发表到了《半月评》上。威尔斯深受鼓舞，于是乘胜追击，将《刚性宇宙》一文寄出，并很快被赫里斯主动约见。赫里斯言辞激烈地表达了对《刚性宇宙》所涉及的四维时空理论的费解，并将论文底稿就此销毁。直到 1894 年，当赫里斯成为《星期六评论》主编后才回忆起那篇稿件的价值，又悔不当初地向威尔斯约稿，并使其成为期刊的长期撰稿人之一。

这一阶段的威尔斯除了教师的身份外，还成了伦敦的一名记者。他担任的是类似今天公共知识分子的角色，对各领域的问题发表看法，甚至对通灵术也有见解。[1] 可以感受到的是，那时的他力图通过独到的理解力将科学知识加以通俗化表达，通过敏锐的察觉将社会问题予以深刻化呈现。

1893 年起，在做新闻记者的同时，威尔斯开始在伦敦各类刊物上发表短篇小说、评论以及各类主题的文章。这一年，威尔斯在工作的压力下又一次咳血，不得不在病床上休养数周。他最终决定放弃教学工作，专攻写作。

1895 年，威尔斯开始在《新评论》上连载《时间机器》，并于同年结集出版。《时间机器》为威尔斯赢得了巨大的声誉，他也以此为起点，创作出了一系列脍炙人口的科幻小说。

---

1 江晓原.科学外史Ⅱ.上海：复旦大学出版社，2014.

威尔斯十分关注社会问题，并于1903年受邀加入费边社，参与英国的社会主义改良运动，与萧伯纳等人结为好友。但最终因政见分歧而分道扬镳。

在第一次世界大战期间，威尔斯参与了国际联盟活动，前往各国访问并宣扬"世界国"理念，他的采访文章常常引起世界性的轰动。在第一次世界大战后，威尔斯用一年时间编写出了100多万字的《世界史纲》，这部历史著作一经问世，便使威尔斯名气大增，它的销量无论在当时还是在以后的数十年都位列前茅。[1]

诚如布赖恩·奥尔迪斯[2]所言："到了30年代，小说家威尔斯让位于世界名人威尔斯。他成了一个大名人，忙于规划一个更好的世界。他同高尔基交谈，与乔治·萧伯纳斗嘴，飞往白宫与罗斯福会谈，或者飞往克林姆林宫与斯大林会谈。"

1939年，73岁的威尔斯给自己写了一句简短的墓志铭："上帝将要毁灭人类——我警告过你们。"这句墓志铭深刻地反映了他对人类未来、科学未来的关注和担忧，也表明他的科幻小说具有警示灾难的意义。

即便是到了将要踏上人生归途时，威尔斯仍旧热心于公共事务。1946年8月13日，威尔斯在伦敦病逝，享年79岁。

个人之于宇宙犹如一粟之于沧海。威尔斯知道，无论走访多少国家，途经多少城市，结交多少名人，其所能带来的影响、留

1 赫伯特·乔治·威尔斯. 世界史纲. 吴文藻，冰心，费孝通，译. 南京：译林出版社，2015.
2 布赖恩·奥尔迪斯（1925—2017），英国著名科幻作家。

下的印迹与书籍传播的力量相比都将是微不足道的。书籍作为那个时代的最佳思想载体，有着无可比拟的延展性，而思想对于人类塑造文明、改变周遭环境的启迪无疑引领着我们一路走到了今天。

二

解读威尔斯

在威尔斯所处的时代，第二次工业革命如火如荼，社会生产力突飞猛进，划时代发明目不暇接，引发了人类社会各方面的空前变革。在科学技术和生产力发展的同时，国际形势风云变幻，帝国主义殖民地扩张与争夺空前激烈，维多利亚晚期的英国社会阶级分化严重，劳资冲突不断加剧。在这一时代背景下，威尔斯以其广博的自然科学知识、深刻的思想性、超凡的预见性及卓越的想象力，创作出了一部部引人入胜的科学传奇，开创了"时间旅行""外星人入侵""反乌托邦"等一系列题材的范式，并在作品中融入了富有预见性的观点和对人类社会深刻的洞察。

本套丛书选取了威尔斯最具代表性的中长篇科幻小说和短篇小说。这些中长篇科幻小说有科幻史上里程碑式的经典，也包括一些稍显冷门但仍然很具代表性的作品。其中，有广为流传的科幻经典《时间机器》和《隐身人》，也有知名度极高、曾在美国引起巨大恐慌的《世界大战》，还有被多次改编成电影的《莫罗博士岛》和《神食》，更有启发了"反乌托邦小说三部曲"的《昏睡百年》和影响了 C.S. 刘易斯"空间三部曲"的《月球上的第一批来客》，以及预言了原子弹的《获得自由的世界》、预言了"空中战争"的《大空战》、与《世界大战》有着千丝万缕联系的《新人来自火星》、威尔斯的第一部乌托邦小说《彗星来临》和寄托了威尔斯后期乌托邦理想的《神秘世界的人》。威尔斯的中长篇科幻小说读者并不陌生，一直被认为是现代科幻小说的先驱之作；而他的另一类短篇小说名篇，如《水晶蛋》《盲人乡》等则知者较少，但在他的整个创作中有着特殊的意义。下面按威尔斯创作这些作品的时间顺序做以介绍。

《时间机器》（1895）是威尔斯最早获得成功的一部科幻小说。威尔斯利用早在《刚性宇宙》就已阐述的观点，借"时间旅行者"之口解释了四维时空的概念，探讨时间旅行的可能性。故事的主人公"时间旅行者"发明了一部"时间机器"，乘上它就能够自由驰骋于过去和未来的世界。当他乘着机器来到公元 802701 年时，发现人类已分化为两个人种：一种是住在颓败宫殿中悠闲优雅、娇小柔弱的艾洛伊人；另一种是生活在地下的面目狰狞、终日劳动的莫洛克人。不劳而获的生活使艾洛伊人的体力和智力明显退化，而莫洛克人白天为艾洛伊人制造生活的必需品，夜晚却到地面上到处捕食他们。"时间旅行者"还来到了几百万年之后，那时人类已经灭绝，沙滩上只有巨蟹、蝴蝶、日食等复古图景。善于科学思辨的威尔斯对当时高度工业资本化而极度缺乏人文关怀的英伦社会有着丰富的阅历。他自幼就对斯威夫特的讽刺小说如痴如醉，因而在《时间机器》中继承了《格列佛游记》的衣钵，以斯威夫特式的辛辣讽喻风格，尖锐地揭示了艾洛伊人与莫洛克人的畸形共生关系，并从进化论的角度出发，将人类历史演进中所要面对的冷酷现实与阶级暴力予以生动的体现，为社会分工最终演化为某种或然存在的恶性循环做出警示。

《莫罗博士岛》（1896）讲述了一个名叫莫罗的科学家，在一个无名的小岛上对各种动物进行活体解剖和器官移植，将其改造成兽人。这些兽人能直立行走，能讲话，具备人的某些特性，并且能够进行一些人类活动。莫罗试图对兽人进行肉体和精神的双重控制，却惨遭失败，最后和助手双双被兽人杀死。《莫罗博士岛》从古老神话传说与当时争议颇大的活体解剖实验中汲取灵感，结合威尔斯师从赫胥黎的经历以及对达尔文进化论的认识，从生物学角度构想出了"兽人合体"与"动物人化"的可能性。小说借由疯狂科学家莫罗的所作所为警示读者，却也为当今跨物种器官移植的动物培育技术提供了一个新的方向。

《隐身人》（1897）描写了穷困的研究员格里芬怀着极大的热情发明了一种隐身术，把自己变成了来去无踪的隐身人。这种"超能力"使他渐渐迷失了自我，企图依靠此发明建立一个"恐怖王朝"，使自己成为凌驾于社会之上的超人。最终隐身人在与人们的对抗中，跌入了犯罪的深渊，走向了毁灭的末路。《隐身人》异常大胆地想象了存在一种理论上可以改变身体折射率的药物，人服下后可以实现真正意义上的肉身隐形。如今隐形技术广泛地运用在军事上，却不是真正意义上的可见光波段隐形。而一种具有负折射率的人工合成材料——超颖材料——已经能够在微观条件下实现可见光波段的隐形。《隐身人》这部小说在某种程度上暗示了隐藏于社会之外的边缘人群的潜在矛盾，也从另一面揭示了受制于社会陈规约束的常人在脱离社会约束后可能带来的社会威胁，为社会忽视边缘人群提供了警示。

当《莫罗博士岛》和《隐身人》这两部作品将自玛丽·雪莱的《弗兰肯斯坦》以来塑造的"疯狂科学家"形象再度演绎时，我们会发现威尔斯笔下的两位科学家已然抛弃了弗兰肯斯坦还曾仅存的关乎伦理道德的愧疚之情，反而像斯蒂文森的《化身博士》里的海德先生一般，成为脱离社会约束的法外之徒。威尔斯或许从来都不会质疑科技的力量，却一度对科技力量之外所涉及的道德挑战与社会问题感到焦虑，并尽其所能地对个体获得科技力量后可能带来的负面影响做出令人赞叹的预想与反思。

《世界大战》（1898）据说源于威尔斯与兄长弗兰克的一次对话，这次对话中两兄弟讨论到了19世纪装备先进的英国殖民者对塔斯马尼亚土著实行种族屠杀这一话题。当时，弗兰克在讨论中设想了当天外来客如英国殖民者一般对待地球人类的情境，令威尔斯印象深刻，此后便将其通过《世界大战》呈现给世人。

故事中，入侵者并非敌国，而是地球以外的火星人。火星人被叙述成狰狞的怪物，且依靠吸食人类的血液为生。这些怪物在英国进行大肆破坏，而威尔斯却从一个寻常之极的市民视角，以荒芜萧索的笔触营造了一种凄凉的绝望，在平淡与挣扎中呈现世界由人间堕入地狱的恐怖末日……故事的结尾将末日的转折交给了为人所忽略的细微之物，着实耐人寻味，令人眼界大开。威尔斯所设想的突袭地球的火星人所使用的物理武器"热线"，尤似几十年后才实现的激光武器，而激光的理论基础——受激发射理论——在《世界大战》出版将近20年后的1917年，才由爱因斯坦发表的论文《关于辐射的量子理论》正式提出。

《昏睡百年》（1899）讲述的是主人公格雷汉姆在长期失眠后终于昏睡过去，醒来时却发现自己已然身处两百年后的世界。存款复利的神秘增长使他牢牢控制了世界经济，从而"莫名其妙"地成为世界之主，且有12名受托人以他的名义组成管理团体。管理团体对格雷汉姆的苏醒毫无准备，以至为了维护统治地位，试图隐瞒和控制格雷汉姆的行动。然而东窗事发，格雷汉姆最终还是成为反抗管理团体统治的人民领袖，与管理团体决一死战。而对抗管理会的革命者实际上也是为了私利在利用他。故事的结局，作为首领的格雷汉姆亲自驾机阻击敌军——"尽管他不敢向下看，但骤然意识到大地已近在咫尺。"这是一部出彩的作品，其近乎反乌托邦的故事架构相当引人入胜。反乌托邦文学作为社会科幻小说中备受重视的子类型，以其颠覆人性长久以来对乌托邦的美好幻想而见长。在反乌托邦科幻小说中，极端化的政治、经济、宗教等意识形态是常见的社会背景，而《昏睡百年》虽然用了一个谈不上严肃的"长眠苏醒"设定，却能将两百年后的社会体系置于一个初看合理却极其恐怖的意识形态中预演。

《月球上的第一批来客》（1901）或许可以称为威尔斯版的《真实的故事》[1]。故事幻想了一位天才科学家卡沃尔研制出了一种"反重力"金属，在制成飞行舱后卡沃尔携朋友柏德福进行了登月实验。两位冒险者在成功登月后遭遇月球人追捕的惊险遭遇，展现了威尔斯天马行空的丰富想象力。小说中对于月球表面奇幻景色的描写与半个多世纪后人类真正登上月球时发回的照片也不无相似之处。威尔斯笔下的月球人是一种近似蚂蚁的"虫族"生物，它们十分脆弱，不堪一击。小说意在通过月球人的蜂巢思维剖析维多利亚时代的社会分工，将抹杀个人自由的管理体制进行戏剧化表达。

《神食》（1904）乍看之下很容易被误认作《莫罗博士岛》和《隐身人》的延续，从而被认为是对科技盲目发展和滥用的警示寓言作品，实则不然。故事讲述的是两位科学家发明了一种新的营养品"神食"，这种营养品能让食用者生长加速且变得巨大：鸡吃了后大得能食人，黄蜂和老鼠吃了后也能大得攻击人，婴儿

---

1 卢奇安的这部作品对威尔斯影响匪浅。卢奇安，又译琉善，古希腊讽刺散文作家、无神论者，其主要代表作品是讽刺散文《真实的故事》。在《真实的故事》中，主人公越过大西洋去旅行，经历了一连串令人难以置信的历险，如乘船时意外被吹到月球，之后还遭遇了太阳与月球军队争夺金星的战役等。

吃了后则很快长成巨婴乃至巨人。然而就在读者眼看着故事中的世界即将陷入一场恐怖的危机、人类社会将可能被斯威夫特笔下的"巨人国"所取代之时，威尔斯却笔锋一转，描绘起被排挤的巨人。这些巨人在人类的压迫下组成了一种"新人类"团体，为了突破传统人类的各种约束壁垒，最终决定奋起反抗，为自由而战。这种剧情上的转变与威尔斯那段时间世界观的转变是有联系的。在威尔斯看来，人类社会的矛盾冲突不是纯粹的利益之争，更不是简单的正邪对立、善恶分明，归根到底还是人性本质中的排异心理与人类社会日益演化形成的阶级隔离屏障作祟，这就使得吃下"神食"的巨人成了原始人类社会"党同伐异"的对象。而威尔斯则借巨人的抗争打通了这种社会阶级隔离屏障，意欲唤起人类在形成文明后所具有的同理心，从而实现某种意义上的阶级融合。"新人类"的存在将逐步消解人类的阶级隔阂，这样一场自由之战也将预示着人类在通过"神食"诱发人体改良后，将迎来一个或然存在的乌托邦。

《彗星来临》（1906）以一种散文式的记述，缓步推进着一个看似俗套的三角恋故事，却在关键节点上通过一条漫不经心的暗线将一次情杀危机反转，而故事也最终走向了一个充满光明、友爱等良善品质的乌托邦。故事背景是一颗彗星即将接近地球的消息不断在剧情中跟进，而情节上讲述的则是一位四处碰壁的主人公，在接连的失败与对刚刚分手不久的女友立即寻获归宿的妒意之下，决定谋杀前女友及其情夫。但就在下手的当晚，一颗彗星的尾巴扫过地球，通过与空气中的氮气反应产生"绿色烟雾"，给予世间人心以光明、友爱等良善品质。于是，世界变成了乌托邦，故事变成了大团圆。在《彗星来临》中，威尔斯最终想要表达的主旨，可以说就是在《神食》中还未到来的乌托邦图景。这种乌托邦式的理想社会在小说中最显著的一点即男、女主人公在彗星来临后消除私欲的过程。而在更深层次，威尔斯真正想要探索的还是一种破除传统道德束缚、打破阶级壁垒的美好新世界。

《大空战》（1908）一方面受莱特兄弟于1903年首次试飞成功后，各国精英对战场制空权思考的影响；另一方面又显然受到了M.P.希尔的小说《黄祸》（1898）以及1905年日俄战争的影响。故事讲述了身处社会中下阶层的主角意外卷入了德国空袭美国的战争，随之引发了一场飞艇对飞艇、飞机战飞机的世界性战争，整个世界陷入了空战。这样的战争最终无疑会把世界拖入万劫不复的末日之境，《大空战》中关于"废土世界"的结局书写与《时间机器》一般开放悲凉。《大空战》为我们呈现了另一种与《世界大战》相悖的末日殊途。具有敏锐洞察力的威尔斯再度通过小人物的视角预想出他想象的空中战场，并以其出色的社会寓言性指代了某种群体或团体在获得科技力量后对平民的威胁。

《获得自由的世界》（1914）以当时拉姆齐、卢瑟福、弗雷德里克·索迪等科学家的理论与发现为指导，并从索迪的《镭的介绍》（1908）一书中获取灵感，设想了一个人类广泛使用核能后的未来图景。威尔斯充分预见了核能产生后人类将其运用在武器上的可能性，并开创性地使用了"原子弹"一词来给故事中的一种能够加速核物质衰变、引发连锁反应的持续性燃烧弹式核武器命名，而故事中的"原子弹"也正如现实中一般，给世界带来了极大的震慑性后果。在小说后半段，当人类即将因滥用核武器而走向无可挽回的深渊时，威尔斯又借由一位具有远见卓识的政治家在各大国家中积极斡旋，最终让故事中那个硝烟四起的世界获得了自由。《获得自由的世界》以其在预想核武器的使用及应对核管控等方面的先见之明而显得格外不同寻常，但这部作品在展现威尔斯极为敏锐的洞察力的同时，也充满了对反战思想及世界主义的说教。这种立足于技术官僚与权威主义的乌托邦构想，几乎成为威尔斯中后期幻想作品的核心思想，这些小说也逐渐成为一种传播这类思想的说教工具。当然，尽管小说中那些饱含感染力的说教不可避免地削弱了阅读观感，但读者依然可以追寻到它的时代意义。

《神秘世界的人》（1923）可以看作威尔斯在积极投身反对战争、维护人权的国际联盟建设事业后，对重建人类文明满怀信心的蓝皮书。在《神秘世界的人》中，威尔斯将其中后期日渐成型的乌托邦蓝图描绘得细致考究。这部作品再次借助《时间机器》的四维时空理论设定，讲述了一位旅行者因为神秘世界的一次物质空间循环实验意外，莫名进入了一个被称为"乌托邦"的神秘星球。在这个"乌托邦"中，威尔斯通过旅行者的所见所闻，将这个神秘星球的美妙境况和盘托出，向世人展现一个曾经与人类面对过相同灾害与命运的世界，是如何依托技术官僚的运作，发展出属于他们的高度发达的技术文明，以及仍在不断完善建设的"动态"乌托邦的。《神秘世界的人》所描绘的这种"动态"乌托邦，无疑给同样存在诸多社会问题的世人提供了一种建设理想社会的参考。小说中对于人类科技发展带来的物质财富的激增所引发的生态灾害及人口爆炸等社会问题提供了理论指导，也深刻反映了威尔斯重视心理教育、关注生态环保等理念。

《新人来自火星》（1937）再次展现了《世界大战》中火星人的先进技术。《世界大战》中的火星人以激进暴力的方式对人类进行"革命式"入侵，而《新人来自火星》中的火星人则以渐进温和的手段对人类进行"改良式"渗透，从对社会变革角度的思考来看，简直与威尔斯一直身体力行的政治改良思想如出一撤。作品间接描述了一种来自火星人的长期外部干预。火星人通过发射宇宙射线的形式诱导地球人实现改良性质的突变，将人类转化为智力超群且足以构建地球乌托邦的新人类。主人公在听闻火星人发射宇宙射线对人类影响的坊间传闻后，对即将降生的孩子可能产生的变异感到不安。直到他最终发现，自己早已是被改良的新人类，而新世界的秩序与乌托邦未来，由他们这些伟大的新人类联合起来方能重塑。有评论家认为，这部充满超人式设定的作品在欧洲法西斯主义盛行时期，"不合时宜"地表露出了威尔斯对权威主义的改良幻想。倘若仔细观察作品中极富隐喻色彩的预言与文字，读者也能从另一角度感受到威尔斯真诚而严肃地探讨摆脱现实世界纷乱秩序的努力。

　　像众多科幻名家一样，威尔斯在进行中长篇科幻小说创作之前，也是通过在各类刊物上发表短篇小说积累写作经验的。从1893年起，威尔斯发表了一系列短篇幻想作品，其中最具野心的早期作品是在《蓓尔美尔街公报》发表的短篇——《公元100万年之人》（1893）。这篇小说大胆地描述了一种在自然选择下最终重塑的人类：一种因为太阳冷却后被迫撤离到地下的生物，他们有着硕大的头颅、巨大的眼睛、纤细的双手，躯干部分则占其中的一小部分，这种人类只能永久沉浸在营养液中。这种新人类的设定很容易令人联想起《时间机器》里生活在地上的艾洛伊人与生活在地下的莫洛克人的部分特征，从而奠定了威尔斯在创作初期对于人类异化或演化主题探索时频频涌现的社会寓言特质。其他作品还有《飞人现世》（1893）、《人的灭绝》（1894）、《浅游太阳》（1894）等，其中《浅游太阳》讨论了硅基生命的可能性。他早期集中出版的短篇小说集《失窃的细菌与其他事件》（1895）中收录的《失窃的细菌》《奇兰花开》《怪物大闹天文台》等作品在惊险程度上虽然不如前述短篇，却也对后世作品产生了一定的影响，如克拉克的短篇作品《扭捏的兰花》就提到了《奇兰花开》。

　　19世纪末，威尔斯在短篇主题创作上的想象愈发大胆。这在其1895年以后的短篇《手术刀下》（1896）、《天外来客撞击地球》（1897）、《一个石器时代的故事》（1897）、《水晶蛋》（1897）、《能够创造奇迹的人》（1898）中足以见得。《天外来客撞击地球》

讲述的是不明天体向地球逼近的灾难故事。值得注意的是，类似的情节在《彗星来临》亦有体现，相信两者之间在创作上也联系匪浅。在《水晶蛋》中，威尔斯通过一种"以小见大""以平凡见证奇迹"的叙事策略，将科幻小说中揭示未知世界时的惊奇感，在与之形成鲜明反差的平凡现实中进行演绎，并从中下阶层的小人物视角出发，见证"水晶蛋"中诡异神秘的世界。

到了 20 世纪，威尔斯的短篇幻想作品同样不乏佳作。《新时间加速剂》（1901）以一种漫不经心的方式对科技新发明可能带来的社会问题进行了探讨。《盲人乡》（1904）被许多西方评论家认为是威尔斯最好的短篇小说。尽管这篇小说并不描述未来，而是描述遥远的山谷，但它具备了科幻小说的全部要素，使读者动摇对传统的信心，并引发人们去思考事物的本来面貌。[1]《墙上之门》（1911）以主人公的成长为线索，通过对比在"梦幻花园"内、外的成长过程，揭示了工业革命对现代文明生活方式的影响。

威尔斯把科学幻想和人类的发展结合起来，以深切的忧患意识关注人类未来和科学未来。其远见卓识的抗争意识与精雕细琢的艺术追求，又体现了其不囿于特定时空的超越精神。威尔斯的科幻小说体现了在所处时代对人类未来的想象与思考，其思想源于维多利亚时代的历史环境与文化土壤，因而有一定的局限性。我们应该从其生活的时代出发，取其精华，对所涉及的政治性、思想性内容进行辩证的思考与择弃。

1　詹姆斯·冈恩.过眼云烟：英国科幻小说.北京：北京大学出版社，2008.

三

重读威尔斯

经典作品是那些你经常听人家说"我正在重读……"而不是"我正在读……"的书。即使我们初读也好像是在重温以前读过的东西,每次重读都好像初读那样会带来发现。我们越是道听途说,以为懂了,当实际读时,就越是觉得它们独特、意想不到和新颖。[1]威尔斯的科幻小说就是这样的经典。科幻小说作为一种与科技发展有密切联系的文学类型,犹如一架人类的望远镜,遥望着浩瀚的天河,对科技发展带来的种种可能性,对社会的潜在影响进行提问、预测、探讨与思辨——这亦是现代科幻小说的核心精神。而这一精神的源头正是威尔斯。

威尔斯所处的时代正值人类历史的转折点。他出生的那一年,德国工程师西门子发明了世界上第一台大功率发电机,标志着人类进入了电气时代;他逝世的那一年,世界上第一台电子计算机诞生,掀开了信息时代的序幕。其人生横跨的两次工业革命颠覆性地改变了人类文明的发展进程,科技、政治、经济的变迁使得世界发生着难以想象的变化。正是在这种时代背景下,威尔斯对科技前景和社会现实进行了可信的分析与预测,对当时的诸多问

---

1 伊塔洛·卡尔维诺.为什么读经典.黄灿然,李桂蜜,译.南京:译林出版社,2012.

题都有深入的探究与思考。他一方面肯定科学技术的巨大作用，另一方面也意识到当科技被枉顾伦理道德之辈利用时，人类将会为此付出惨痛的代价。除了创作针砭时弊、充满寓言色彩的作品外，胸怀社会改良理想的威尔斯还身体力行地参与政治活动。尽管威尔斯的作品及其对社会问题的思考具有一定的历史局限性，但无疑对那个时代产生了深远的影响。

正是这种特殊的生平背景，以及艺术想象、科学警示、社会批评相结合的创作手法，使得威尔斯的作品具有深刻的思想性和恒久的生命力。在100多年后的今天，人类文明又一次面临重大拐点，随着以人工智能为核心的"第四次工业革命"的到来，各项重大技术创新即将在全球范围内掀起波澜壮阔、势不可挡的巨变[1]。作为曾经变革浪潮的亲历者和预言者，威尔斯在作品所展现出的预见性和对科技、社会问题的思索，在照亮那个时代的同时，也冥冥中关照了人类未来相似的发展境遇。也因此，时至今日，我们依然需要去聆听这位科幻先知的思想，去感受现代科幻小说发轫阶段所寄托的希望与沉思，去体会在激荡的洪流中一个知识分子的理想与信念。

或许，当1895年威尔斯写出《时间机器》的那一刻，他便真的发明了一台"时间机器"，并乘着它到达了未来，带回了警示的讯息。后世的科幻作家无不踏着这位前辈的脚印，乘坐这台机器，开启了一次又一次抵达未来的旅程，捎回一封又一封来自

未来的信，谱写了科幻 200 年间一段又一段波澜壮阔、气象万千的乐章。如今，与未知同行的这一代人，或许很渴望也有一台这样的"时间机器"，以便到达未来一探究竟，用更有远见的视野指导今天的生活。若真是这样，拜访这些乘坐过"时间机器"的科幻作家或许是一个不错的方法。当然，最应该拜访的当然是那个发明了"时间机器"的人。他是社会科幻的领路人，更是现代科幻的奠基者，他是 H.G. 威尔斯。

《科幻世界》 陈 俊
2018 年夏

第一章
社会进步与斯莫尔韦兹一家

一

"这个社会，进步一直在延续，"汤姆·斯莫尔韦兹先生说，"进步能延续，这几乎令人难以置信。" 斯莫尔韦兹先生是在空战开始前很久说这番话的。那时他坐在花园尽头的篱笆上，以既非赞扬亦非指责的目光眺望班希尔巨大的煤气厂。在成堆的煤气罐上面出现了三个陌生的影子，轻薄的气囊随风摆动，越来越大，越来越圆——原来是南英格兰航空俱乐部在周六下午升空的气球。

"气球每周六都升空，"邻居牛奶工斯特林格先生说，"可以说就在昨天，全伦敦的人都出来看一只气球飘过来，现在整个国家的每个角落都能看到它每周一次的漫游——更确切地说是空中漫步，它已成了煤气公司的救星了。"

"上周六有三桶沙砾被扔到我的院子里，"汤姆·斯莫尔韦兹说，"三桶哪！一些植物给毁了，另一些则埋在沙砾里。"

"他们称这些是升天的女士！"

"我想我们必须称之为女士，"斯莫尔韦兹先生说，"但这可不是我想象中的女士形象——在空中飞舞，向人们任意扔沙砾。不管怎么说，我认为这绝不是风姿绰约的女士做得出的。"

斯特林格先生赞许地点了点头，他们继续看了一会儿这些臃肿的庞然大物，表情已由无动于衷变为不以为然了。

汤姆·斯莫尔韦兹先生是个蔬菜水果商，但在气质上更像个园丁。他瘦小的妻子杰西卡照看店铺。他天生是个喜欢安静的人，不幸的是，老天却没为他安排一个宁静的世界。他生活在一个不断变化的世界里，在有些地方这种变化甚至大得惊人。变化存在于他耕作的土地里，甚至他的花园也只有一年的租期。一个委员会声称这不像个花园，倒是个不错的建筑工地，这使得花园的命运蒙上了一层阴影。他接到了通知，必须放弃花园。在充斥着新事物的地区，这是最后一块乡村地皮。他竭力安慰自己，尽量想象时来运转时的情景。

"你简直难以想象这种情形会持续下去。"他说。

斯莫尔韦兹先生年迈的父亲还记得班希尔曾经是肯特郡风光宜人的乡村。那时他为彼得·博恩爵士开车，一直开到五十岁。后来他在火车站开汽车，一直到七十八岁才退休。他时常坐在炉火边，已然是一个干枯而极度衰老的司机，沉湎于对往事的回忆，随时向任何一个陌生人倾吐心曲。他会向你谈起彼得早已消失的庄园,谈起这位大人物在班希尔还是乡村时是如何管理的,谈起乡间围猎、大路上的马车,谈起现在的煤气厂以前是板球场,也谈起水晶宫是如何拔地而起的。水晶宫离班希尔六英里,上午在阳光的照耀下熠熠闪亮,而在午后则是晴空映衬下的清澈的蓝色轮廓,晚间则为班希尔的所有人提供免费的璀璨光芒。然后铁路出现了,别墅比比皆是。后来出现了煤气厂、水厂,以及黑压压一片工人住宅、下水道,还有由干涸了的奥特布恩河变成的可憎的臭水沟。然后又出现了第二个火车站——班希尔南站,以及越来越多的房子、店铺,更激烈的竞争。出现了卖平板玻璃的商店、地方教育委员会、地方税、公共汽车、直达伦敦的有轨电车、自行车、机动车。然后是更多的机动车,还有一所卡内基图书馆。

"简直难以想象会这样继续下去。"汤姆·斯莫尔韦兹先生感叹道,他本人正是在这些奇迹中长大的。

但的确是这样一直继续着。他在高街尽头保存下来的一间老房子里开了一家蔬菜水果店,从一开始这间店铺就给人一种企图躲避喧器的感觉。高街铺设人行道后,加高了许多,人们必须下三个台阶才能到他店里。汤姆原来只卖一些高品质的但种类有限的自产农产品,但社会的进步使得橱窗里增添了许多新的农副产品,如法国的菊芋和茄子,各国各地区的苹果——纽约州苹果、加州苹果、加拿大苹果、新西兰苹果,还有香蕉,不知名的各类坚果、葡萄、杜果等。"都是看上去很漂亮的水果,却没有我们

3

英国的苹果。"汤姆说。

南来北往的机动车动力越来越强，速度越来越快，发出的气味也越来越难闻；运送煤炭和包裹的以石油作动力的矿车叮当作响，逐渐取代了马车；机动公共汽车也取代了马拉大车。甚至在晚间运到伦敦去的肯特郡草莓也以机动车运载，使人感到科技进步和石油带来的气息。

于是，年少的伯特·斯莫尔韦兹得到了一辆摩托车。

二

有必要解释一下，伯特是斯莫尔韦兹家族中富有进取心的一代。

在我们这个时代，进步和发展势不可挡，这在斯莫尔韦兹家族中得到了更好的体现。伯特在长大成人以前，就富有魄力，有许多出众之处。五岁时走失了一整天；七岁时差点被淹死在新建水厂的水库里；十岁时他的一支货真价实的手枪被一名货真价实的警察收缴了；十一岁时学会了抽烟，但不像汤姆那样用烟斗和包装纸抽，而是买了一包廉价的美国产的"英国男孩牌"香烟；十二岁时他的谈吐令父亲很吃惊，那时他通过在车站帮人提包裹、兜售班希尔的《每周快报》每周挣三个多先令。他把挣来的钱用来买薯条、香烟，也用在各种形式的娱乐上。所有这些丝毫不影响他的读书学习，他小小年纪就已是七年级的学生了。我提这些琐事的目的是使你不会对伯特到底是什么人产生怀疑。

伯特比汤姆小六岁。汤姆二十一岁时和三十岁的杰西卡结婚了，那时汤姆试图利用伯特照看蔬菜水果店，但伯特不愿意被人利用。他不喜欢待在原地不动，当有一篮子货物要他去送时，好游荡的本性不可阻挡地在他内心滋长。只要让他去送这篮货物，他似乎不在乎它有多重，也不在乎把它送往何处。

整个世界魅力无穷，他为之如痴如醉，以致迷失了方向。有鉴于此，汤姆亲自运送货物，并为伯特寻找雇主，伯特连续涉猎了许多职业：布商的勤杂工，药剂师的学徒，医生的小听差，煤气装修工帮手，高尔夫球童，最后是自行车修理店的帮手。在自行车修理店他显然找到了渴望已久的进取精神。他的雇主名叫格拉布，是个雄心勃勃的人，白天把脸弄得黑乎乎的，晚上则打扮得高贵典雅，梦想着开一个能享有特权的连锁店。在伯特看来他是一位完美的英气勃发的绅士。他出租的自行车是整个英格兰南部最脏、最不安全的，所以他得以惊人的干劲与租车的人讨价还价。

他和伯特相处得相当融洽。伯特住在他的店里，几乎成了一名特技车手——他能够把正常情况下一骑就散架的自行车骑上几英里——事后就开始洗脸，有时甚至清洗脖子。他用多余的钱买昂贵的领带、衣领子和香烟，还在班希尔学院听速记课。

他有时也去看看汤姆，对着汤姆和杰西卡侃侃而谈。夫妇俩平时对任何人、任何事都有一种天然的兴趣，此时他们对伯特的伶牙俐齿更是佩服得五体投地。

"他是个弄潮儿，"汤姆说，"他对许多事都很在行。"

"希望他不要懂得太多。"杰西卡则有所保留。

"这是个开拓的时代，"汤姆说，"看到他昨天戴的领带了吗？"

"那领带不适合他，汤姆，那是条绅士领带，他戴着看起来很别扭，他的其余穿着也这样，真是不伦不类……"

不久，伯特得了一套自行车手服装、一顶帽子和一个徽章。他和格拉布一起骑车往返于布莱顿和班希尔——低着头，紧握着自行车把手，躬着背——这显示了斯莫尔韦兹家族敢作敢为的风范。

真是一个开拓的时代！

老斯莫尔韦兹老是坐在炉火边，念叨着昔日的辉煌，念叨着驾驶马车往返于布莱顿的彼得爵士，念叨着彼得爵士的白色大礼帽，念叨着除了在花园里漫步外两脚从不下地的博恩夫人，念叨着在克劳莱举办的职业拳击赛。他聊起了粉红色的猪皮马裤；聊起了围场里的狐狸，这个围场现已用作关押郡政会管理的贫困潦倒的精神病人；还聊到了博恩夫人的印花布和衬裙。没人理睬他。世界已造就出一类新型绅士——具有最粗野的干劲，浑身沾满了灰尘和油污，戴着摩托护目镜和时髦的帽子，散发出一股熏人的臭味。他像一只獾，总是在路上飞驰，身后留下漫天灰尘和臭气。人们还可以在班希尔看到他的女友——一位像吉卜赛人一样质朴而饱经风霜的女士——打扮得像高速行驶的车上运送的草草打点的行李。

伯特就这样长大了，脑海里全是速度和事业。尽管他目前只是一个半瓶子醋的自行车技师，但在他心里，一辆能加到一百二十马力的赛车都没法满足要求。有一阵子他渴望拥有赛车，能在经常烟雾弥漫和交通拥挤的路上每小时跑二十英里，但这个愿望落空了。最后他攒足了钱，机会终于来了，分期付款的办法弥补了他财务上的缺口。一个阳光明媚、值得纪念的周日早晨，他推着一辆新购的车从店里来到公路上，在格拉布的谆谆告诫和帮助下骑了上去，呼呼地吐着烟雾，驶上拥挤的公路，消失在漫天雾霭之中，自觉地给南英格兰地区又增添了一大公害。

"去布莱顿！"老斯莫尔韦兹从蔬菜水果店的窗口凝视着小儿子说道，口气中带着自豪和嗔怪，"我像他那么大的时候从未去过伦敦，从未到过克劳莱以南的地方——从未一个人去过我步行到不了的地方。那时，除了贵族之外，一般人什么地方都不去。现在人人都四处游荡，整个国家好像散了架似的。我怀疑他们能不能回来，真的去布莱顿了！有人想买马吗？"

"你可不能说我也去过布莱顿，爸爸。"汤姆说。

"你也不想去，"杰西卡尖刻地说道，"你不会去那儿逛街花钱的。"

三

伯特一度沉溺于摩托车，以至对人们各种新式的娱乐消遣视而不见。他没有觉察到摩托车同自行车一样，也渐渐销声匿迹，不再让人觉得惊险刺激了。事实上，是汤姆首先注意到这一新趋势的。他专心从事园艺事业，这使他对天空很留心。他的园子在班希尔煤气厂和水晶宫附近，那里常常有气球升空，升空后不久就有沙砾砸在园子里的土豆上，所有这一切使他不情愿地意识到一个事实：天空正要发生一些令人心烦意乱的变化。航空领域首次大规模的发展即将来临。

　　格拉布和伯特在音乐厅听到了这个消息，而他们看的一部电影让他们对此了解更深。随后伯特读了乔治·格里菲思的一本航空经典《空中叛逆者》，这大大激发了他的想象。由此航空领域的变化真正占据了他们的心。

　　起初最明显的是天空中气球的数量成倍地增加，班希尔的上空开始球满为患！特别在周三和周六下午，仰望天空不到一刻钟就会发现一只气球。在一个晴空万里的日子，伯特正骑着摩托车往克罗伊顿方向去，突然被一个从水晶宫方向升空的巨大的、长条状的怪物吸引住了，不得不跳下车看个究竟。它像一个长枕头，下面吊着一个稍小的坚硬的筐子，里面装着一个人和一台引擎，引擎前部装有一个飞速旋转的螺旋桨，后部是一把粗帆布做的舵。筐子后面仿佛拖着一个气缸，活像一只机灵的小象拖着一只羞答答的、圆滚滚的大象来到大庭广众之中。这个庞然大物在空中漫游，离地面约一千英尺（伯特听到了其引擎的轰鸣），向南方飞去，消失在群山之中。一会儿它小小的蓝色轮廓又出现在东面遥远的空中，在和煦的西南风吹拂下飞速航行，然后又回到水晶宫的诸塔上空，在塔林间盘旋，选好了一个降落处，降落了下来，消失在人们的视野中。

伯特长叹一声，把头转向摩托车。

这只不过是在天空中出现的一连串奇特现象的开端而已，而后则有圆柱形、锥形、梨形的怪物出现，最后甚至出现了闪闪发亮的铝制怪物。格拉布联想到了金属铠甲，于是觉得这个铝制怪物该是战争机器了。

随后天空中出现了真正的飞行。

但在班希尔却看不到这次飞行，因为这是在私人场地或者封闭地区进行的。格拉布和伯特只是在廉价报纸的星期专刊上或通过摄像记录才清楚地了解到了此次飞行的真相。但这件事后来家喻户晓，以至如果你在公共场所听到有人以鼓舞人心的语调高声说"这种事肯定会发生"，他十有八九是在谈论飞行。于是，伯特弄了一个盒子盖，以美观的布告体写下了一行字，格拉布把这行题词嵌在店铺的橱窗上：制造并修理飞机。这使汤姆很不安——这样开业似乎太随便了点，但大多数邻居以及游手好闲的人都赞同此举，认为的确不错。

人人在谈论飞行，人人不厌其烦地说："这种事肯定会发生。"但事实上还没发生。事情出了差错，飞行器确实飞了，但比空气重，都坠毁了。有时被毁的是引擎，有时飞行员跌得粉身碎骨，通常情况是引擎和飞行员都粉身碎骨。那些起先飞行三四英里并安全着陆的飞行器到第二次再上天时就一头栽了下来，让人无法相信其安全性。微风会使之发生危险，近地涡流会使之发生危险，飞行员头脑里一闪念也会使之发生危险。这些飞行器本身也无缘无故就出故障。

格拉布说道："这些家伙太笨重啦，它们不断往下坠落，直到把自己摔得粉身碎骨为止。"

经过两年的期待，这类实验销声匿迹了。公众和报业厌烦了乐观的报道，以及飞行上的成功、灾难、寂静无声这样永恒的轮回。飞行事业一蹶不振，甚至放飞气球在某种程度上也销声匿迹了，尽管这依旧是相当受欢迎的运动，尽管气球继续从班希尔煤气厂运送沙砾，然后将沙砾扔在一些人家的草坪上和园子里。至少就飞行而言，汤姆过了六年舒心的日子。但那是一个单轨铁路发展的伟大时代，来自高空的担忧刚刚消除，他又被低空中最紧急的威胁和变革的征候所困扰。

多年来人们一直在谈论单轨铁路，但直到布伦南把发明的有陀螺仪装置的单轨车在皇家学会上展出时，真正的闹剧才算开始。这是1907年社交晚会上的头条轰动性新闻。那间著名的展览室对单轨车的展出来说显得太逼仄了。勇敢的军人、德高望重的小说家和高贵的夫人们都拥挤在狭窄的通道，摩肩接踵，几乎把高贵的肋骨都挤断了，为的是一睹铁轨的风采，哪怕只对铁轨稍稍一瞥，就认为是万幸了。大发明家阐述了发明原理，虽然听不太清楚，但很令人信服。随后他把未来火车的小模型送上了斜坡，绕过弯路，通过了松弛下垂的电线。它依靠简单的单排轮在单轨上奔驰，一会儿停下，一会儿回转，一会儿又稳稳当当地停住了。在一片雷鸣般的掌声中，它岿然不动，令人叹为观止。最后观众陆续散去，他们谈论着乘坐电缆车可以穿过多长的一个隧道。"假设陀螺仪突然停止了呢？！"几乎无人考虑布伦南的单轨铁路能为乘客的安全采取何种措施。

几年后他们认识得更清楚了，没人再想在电缆上乘车穿隧道了。单轨正在取代有轨电车线、铁道以及其他形式的机械运动轨道。在地皮便宜的地方单轨就在地面上铺开，在地皮昂贵的地方就铺设高架单轨。单轨上的车辆轻快而便利，四处驰骋。

当老斯莫尔韦兹去世时，汤姆觉得用下面一段话来评价他是再合适不过了：他小的时候，这地方还没有高过烟囱的东西——那时候空中根本就没有电线！

老斯莫尔韦兹在家乡有了复杂的电缆线网的时候入了土，班希尔不仅成了某种意义上的配电中心——配电公司在旧煤气厂旁边安装了变压器——并建成了一座发电站。这还不算，那里的每个商人，甚至几乎每家每户，都安装了电话。

单轨电缆线的铁柱子成了一道引人注目的风景线，这些巨大的铁柱子像纤细的高架桥，被漆成靓丽的蓝绿色。碰巧的是其中一根柱子高架在汤姆家上面，在巨大的柱子下面，他家显得更卑微寒碜；另一根大柱子则刚好屹立于他家园子的角落里，这根柱子还没有完工。柱子上有两块广告牌，一块牌子上是镇静药物的广告。顺便提一下，这些柱子几乎是水平放置的，以引起上面单轨车乘客的注意，这也为汤姆的工具房和蘑菇房提供了很好的屋顶。从布莱顿到黑斯廷的快车没日没夜地在上空呼啸而过，这些车辆又长又宽又美观，夜幕降临时灯火辉煌。这些车辆在晚间疾驰而过时，其摇曳的灯光和隆隆的响声使得下面的小巷人家永远处于电闪雷鸣的壮观景象中。

不久，一座桥飞架英吉利海峡两岸——一些高出海平面约一百五十英尺的、巨大的埃菲尔铁塔式的柱子负载着单轨电缆。在海峡中间的柱子架得更高，为的是使往返于伦敦和安特卫普的船只以及汉堡—美国航线畅通无阻。

于是，沉重的机动车开始仅仅依靠两个轮子——一前一后——东奔西跑。不知何故这令汤姆忐忑不安，当首辆车开过他的店铺时他闷闷不乐了好几天……

所有这些运输方面的发展自然把公众的注意力都吸引了过去。另外，一位水下勘探者——帕特里夏·吉迪小姐——在安格尔西岛海岸附近发现了大量的黄金矿藏，这也引起了巨大的轰动。她曾在伦敦大学获得地质学和矿物学学位，利用短期休假来鼓吹妇女选举权，之后便投入到北威尔士含金矿石的研究之中。在研究过程中她突然想到这些礁石有可能在水下出现，便利用阿尔伯特·卡西尼博士发明的水下履带式起重机着手搜集有关资料以证实自己的设想。凭借推理和女性特有的直觉，她首次下水就找到了黄金，潜入水中三小时后，把两百吨重的含金矿石带了上来。这些矿石含金量无与伦比，每吨矿石约含有十七盎司黄金。尽管这件事引人入胜，水下开采过程的来龙去脉尚需按下慢表。现在只谈由于随后的物价高涨，人们信心倍增，才重新激发了对飞行的兴趣。

四

最后，一股航空热潮又神不知鬼不觉地到来了，就像是在静谧之夜吹来的一阵微风。人们开始一刻不停地谈论航空飞行了，好像这个话题永远谈不完似的。航空和航空器的图片又出现在报纸上，各种有关航空的文章和论述大量地刊载在严肃杂志上。人们在单轨列车上谈论着"我们什么时候可以坐上飞机？"一批新的发明家如雨后春笋，一夜之间跃然于报纸上，航空俱乐部宣布将在一大片区域举办一次大型航空展。为了举办这次航空展，有关部门将拆除怀特查普区（属伦敦东区）的棚屋。

不久，在班希尔地区，这股强大的冲击波在人们的心头荡起了阵阵涟漪。格拉布将他的航空器模型重新推了出来，在店铺后面的院子里试飞了一下，打坏了十七块玻璃和旁边院子里暖房中的九个花坛。

后来，不知从哪里来的传闻说飞行方面的问题已得到解决，飞行的秘密已经揭晓。一天下午，伯特在纳特菲尔附近的客栈歇息时听到了这个消息，事情是由他的摩托车引起的。客栈里一位穿卡其服的工程师叼着烟正在沉思，他一下子对伯特的摩托车产生了兴趣。这车使用了将近八个年头，依然坚如磐石，在这个飞速变化的时代具有某种文物收藏价值。关于这辆车的讨论过后，这位工程师随即切入了一个新的话题："我想谈一谈飞机的事情，我已受够了公路和铁轨。"

"他们也在谈论这事。"伯特说。

"他们是在谈论，"工程师说，"快要有飞机了。"

"一直都在说快要有飞机了，"伯特说，"眼见为实。"

"飞行时代为期不远了。"工程师说。

谈话似乎要变成一场友善的争吵了。

"它们已经飞起来了，"工程师坚持己见，"我亲眼看到的。"

"我们都看到过。"伯特说。

"我不是指那些振翅一飞、然后就粉身碎骨的玩意儿，我是指那种真正的、安全可靠的、有人操纵的飞机。它们迎风而飞，性能良好，效果奇佳。"

"你不可能见过这种飞机！"

"我见过！在奥尔德肖特。他们对此事守口如瓶，他们做得很对，这次我国作战部可不想让人家抓住把柄。"

伯特将信将疑，又向工程师问了些问题。工程师谈兴很浓。

"他们把近一平方英里的地域圈了起来，在里面搞研究。这个地域是个峡谷，周围是十英尺高的有刺铁丝网。营地周围有警察巡逻，我们不时地窥探里面的动向。不仅我们在这样做，还有日本人，他们也得到了这种技术，还有德国人！这种事法国人是

14

从来不甘落后的！他们首先制造了装甲舰、潜水艇和各种航船，在这方面也不会落伍的。"

工程师又着腿站着，若有所思地把烟斗装满。伯特坐在矮墙上，摩托车斜靠在墙边。

"战斗打响可真有趣。"他说。

"眼下是万事俱备，只欠东风，"工程师说道，"当飞行时代的序幕真的拉开时，你会发现人人都在台上忙于……这样的战斗！我想你大概没有读过这方面的报道吧？"

"读过一点。"伯特答道。

"那好，你注意到那个所谓失踪发明家的著名案子没有？那个发明家在一片舆论炒作中红极一时，进行了一些成功的试验，然后突然销声匿迹了。"

"这我说不准。"伯特说。

"总之我注意到了。你弄来某个人，让他在擅长的领域干出了一番惊人之举后，他突然失踪了，悄无声息地走了，过后再也打听不到一点音信。听懂了没有？他们消失了，走人了——音信全无。首先——这是老生常谈了——莱特兄弟在美国搞滑翔试验。他们的飞机滑翔了好多英里，最后他们滑下了历史舞台，这肯定是1904年或1905年的事，他们销声匿迹了！然后又有一些爱尔兰人——我忘记他们的名字了，人人都说驾驶飞机。他们飞走了，我听说他们没死，但也不能说他们还活着，连人影都看不到。然后是那个环绕巴黎飞行，倾覆在塞纳河的家伙。他叫德·布雷是吧？我忘了，尽管出了事故，但还是一次伟大的飞行，可是他到哪儿去了？那次事故他没伤着，嗯？他藏起来了。"

工程师准备点燃烟斗。

"似乎有一个秘密组织把他控制起来了。"伯特说。

"秘密组织！不！"

工程师划燃了火柴，吸着烟斗，"秘密组织，"他重复着这几个字，叼着烟斗，火柴根还闪着火焰，"我看更像作战部。"他扔掉火柴根，踱到摩托车旁。"告诉你，先生，"他说，"欧洲或亚洲、美洲、非洲的大国目前还不曾暗地里拥有一架或两架飞机——货真价实的、能开动的飞机。别忘了还有间谍活动！搞情报，玩弄伎俩以设法弄清其他国家拥有什么秘密武器。告诉你吧，先生，外国人，或者说未被认可的本地人，目前是不准在里德周围四英里以内的范围活动的，更不用说奥尔德肖特的那块圆形地皮以及在高尔韦的实验营地了。"

"好，"伯特说，"不管怎么样，我想去看一看其中的一个场地。现在姑且相信你，眼见为实，我还是要亲自去看一看的。"

"你很快会看到的。"工程师说着把车子开到了路上。

只剩下伯特一个人了，他靠着墙，表情严肃，陷入了沉思，帽子戴在后脑勺上，嘴里的烟卷哧哧地燃着。

"如果他所说的一切属实，"伯特自言自语道，"那么我和格拉布就浪费了宝贵的时光了，而且还破坏了温室，付出了很大的代价。"

五

正当与那位工程师神秘的交谈还在伯特的耳边回荡的时候，人类历史上震撼人心的一章——航空时代——来临了。人们以往老是喋喋不休地谈论划时代的事件，这正是一次划时代的事件。阿尔弗雷德·布特里奇先生驾驶着一台比空气重的高效机器在格拉斯哥和水晶宫之间进行了一次史无前例的成功飞行——这种可操控的机器能像鸽子一样轻盈地飞翔。

布特里奇先生在空中停留了约九个小时，在此期间他像鸟儿一样惬意而自信地飞翔着。但他的机器既不像鸟，也不像蝴蝶，更没有普通飞机所具有的横向扩展的宽阔双翼。它给人的感觉更像一只蜜蜂或黄蜂，部分器件飞速地旋转着，给人一种透明翅膀般的模糊感觉。但另一些器件，包括一双特别弄弯的"鞘翅"——举一个飞行中的甲虫的例子做比喻——一直直挺挺地张开着，中间是一个像蛾那样的又长又圆的躯干，布特里奇先生就跨坐在躯干上，活像骑在马上。这台机器飞起来时发出一种低沉的嗡嗡声，恰似黄蜂在窗棂上发出的声音，所以这台机器与黄蜂相比不但形似，而且神似。

布特里奇先生使整个世界为之大吃一惊，他是上帝赐予的用以促进人类社会进步的一位神秘人物。有人说他来自澳大利亚，有人说他来自美国，还有人说他来自法国南部，真是众说纷纭，莫衷一是。人们又以讹传讹，说他是一位通过生产金笔尖和布特里奇自来水笔而积聚一笔可观财富的富商的儿子，但这都是有关布特里奇的种种谬传。尽管他大吹大擂、频频亮相、高视阔步、盛气凌人，但多年来他只不过是航空联合会的一个名不见经传的成员而已。终于有一天，他写信给伦敦的各大报纸，宣称他计划从水晶宫起飞一台机器，这台机器将无可辩驳地证明困扰飞行的几个突出问题已得到解决。没几家报纸刊登他的信，更没有多少人相信他的话。

有一天，在皮卡迪利的一家大饭店的台阶上，他因私事和一位著名的德国音乐家大吵大闹了一场，他想用马鞭抽打这个德国人。因为这件事，他未能如期飞行，不过人们对此并不在意。很少有报纸报道这场争吵，他的名字在报纸上也经常被拼错。飞行之前，他没有也无法在公众的心里留下什么印象。尽管他到处奔走呼号，只有大约三十个人注意到了他。一个夏天的清晨，大约六点钟的时候，大棚的门终于打开了（他在大棚里组装了机器）——大棚靠近水晶宫场地上那个巨大的大地懒模型——那只大虫嗡嗡地飞进了这个冷漠而充满怀疑的世界。

他还没来得及绕水晶宫诸塔飞行第二圈，名声就传开了。睡在特拉法尔加广场上的无家可归者被飞机发出的嗡嗡声惊醒了，发现他正绕着纳尔逊纪念柱飞行。十点半左右，他就飞到了伯明翰，震耳欲聋的隆隆声此时在整个国家上空回荡。他做成了一件一般人难以企及的事，飞得既安全又完美。

他的到来惊动了整个苏格兰，下午一点他飞到了格拉斯哥。据传这个繁忙而喧闹的工业中心的每个船坞或工厂直到下午两点半才恢复正常工作。他围绕大学城飞行，然后降低到可以与西区公园和吉尔默山坡上的人群打招呼的高度。飞机以每小时三英里的速度在低空平稳地盘旋，发出低沉的嗡嗡声。幸亏他携带了一个喊话筒，否则这嗡嗡声会淹没他浑厚、圆润的嗓音。与人群对话时，他毫不费力地绕过了教堂、建筑物和单轨电缆。

"我叫布特里奇，"他喊道，"布—特—里—奇，听到了吗？我的母亲是苏格兰人。"

当他确信人们已听懂了他的话后，就在人们的欢呼雀跃和充满爱国热忱的叫喊声中徐徐升高，然后向东南天际轻捷地飞去，一上一下起伏波动，就像一只马蜂自由轻快地飞翔。

他飞临曼彻斯特、利物浦和牛津的上空，把名字报给这三地的居民，然后飞回伦敦。这是一个史无前例、群情激昂的壮观场面，每个人都向天空翘首鸽立，这一天在街上被踩踏的人要比过去三个月被踩踏的总人数还要多。郡政会的一艘汽船——艾萨克·华尔顿号——撞上了威斯敏斯特桥的桥墩，幸亏开到了南岸的浅水区，陷在淤泥里，这才避免了一场灾难。他于日落时分毫发无损地飞回那个值得纪念的航空探险的始发地，即水晶宫的场地上，重新钻进棚屋，立即叫人把门锁上，把一直焦急地等他回来的摄影师和新闻记者挡在门外。

"伙计们，"在助手锁门时，他说道，"我快累死了，屁股疼得要死，今天不能接受采访了，我快累死了。我叫布特里奇，布—特—里—奇，记下了吗？我是大英帝国的一个臣民，明天再跟诸位谈。"

模糊的快照还是设法记录下了那个场景。他的助手在那群富有进取心的年轻人的包围中奋力挣扎着。他们有的手拿笔记本，有的举着照相机，戴着圆顶硬礼帽和时髦的领带。布特里奇先生本人则巍然屹立于门中，他身材高大，浓密的黑色短髭下面有一张能说会道的嘴，这张嘴由于向那些不依不饶的新闻记者喊叫而扭曲变形了。他巍然屹立，俨然是全国最著名的风云人物，他左手紧握喊话筒，象征性地打着手势。

六

汤姆和伯特都看到了那架飞机飞回来，他们爬上班希尔山山顶观看，以前他们经常在这个山顶浏览水晶宫一带的奇观。伯特显得十分激动，而汤姆则镇定缄默，但两人都没意识到他们的生活将会受到这件破天荒大事的侵扰。

伯特对航空方面的事情和问题有相当的了解，他认识到这个像蜜蜂一样的怪物"会使报界暴跳如雷"。第二天正如他所说的，很明显报界已在大放厥词了。星期专栏上印有草草拍成的照片，写的文章铺张扬厉，新闻的标题更是甚嚣尘上，大肆渲染。第三天的情况更糟了，这周还没结束，报纸上的报道就变得触目惊心，令人侧目了。

这些喧哗主要是由布特里奇先生的特殊人格及其要求为机器保密而用的特殊词句引起的。

他煞费苦心地为机器保密，在安全而隐秘的水晶宫大棚屋内，在一群工人的协作下，他亲自制作飞机器械。飞机飞行后第二天，他就独立地把它拆卸下来，分成几部分包装，然后叫不懂技术的助手将其余部分包装并分散到各处。密封的装货箱被送往各处仓库，飞机引擎更是被包装得格外仔细。鉴于人们强烈要求一睹飞机的照片或芳容，这些保护措施显然是非常必要的。布特里奇先生进行了巡回飞行后，就打算长期保密。他是一名"大英帝国的臣民"，他唯一的愿望就是要使大英帝国垄断这项发明。

然而就在此时麻烦事来了。大家逐渐意识到，布特里奇先生绝不是一位虚情假意的人——他脱离了各种形式的假正经——非常愿意接见采访者，回答除航空话题以外的任何问题，发表自由的见解，提出批评意见，讲述个人的身世，还愿意提供本人的画像和照片。那些刊出的画像突出了他浓密的黑髭和隐藏在短髭后面严峻的表情。布特里奇给公众留下的总体印象是个子不高，人们感到一个高个子不会有这么一副严厉而富有进取心的面容。事实上，他身高六英尺二英寸，体重与身高相称。另外，他还有一段很奇特的匪夷所思的风流韵事，很多正派的英国公众很不情愿也很惊讶地得知，他们要以同情的态度对待他的风流韵事，这样才能保证大英帝国对飞机制造秘密的垄断权。这场与众不同的情感纠葛的细节从未水落石出，但那位女士显然出于一时的高尚人格和粗心大意，嫁给了一个"面色苍白的胆小鬼"（引自布特里奇先生的私下谈话）。这种相貌上的不般配在某种程度上给她的幸福蒙上了一层阴影。他想谈一谈这件事,想展示她光彩夺目的本性。

记者们无从回避这颗伟大的心。他要使这颗骇人的心脏在畏畏缩缩的记者面前跳动,震颤——没有人像他那样肆无忌惮地唠叨个不停。不管他们做何规避举动,他一概置之不理。他"为自己的爱情而自豪",然后逼着记者记下他的话。

"当然,这是个人私事,布特里奇先生。"他们提出异议。

"先生们,不公正的行为往往是公开的。我不在乎是否冒犯了某些制度或某些人,也不在乎是否冒犯了全能的主,我在为一位女士——一位我热爱的女士——而辩护。先生们,她是一位被冤枉了的高贵女士,我愿为她辩白,哪怕下地狱也在所不惜。"

"我爱英国,"他总是这样说,"我爱英国,但我憎恶新教。先生们,它使我感到恶心,令人作呕,就拿我来说吧……"

他在记者面前坚持义无反顾地剖白自己,并坚决要求看一看采访的校样。如果他们没有忠实地记录他迸发的情感和狂热的手势,他就会像鬼画符一样,乱涂乱写一气,加进许多他们省略的内容。

这对英国新闻界来说确实是令人尴尬的一幕。一方面,世界上还从未有过比这更显眼、更无聊的事情,世人以百无聊赖和毫不怜悯的心情倾听这个古怪的爱情故事。另一方面,人们又对布特里奇先生的发明充满了好奇。但当他暂时转移话题,不再谈他所深爱的女士时,他就带着一副哭腔,眼里噙着泪水,谈起母亲和童年——他母亲身上流淌的主要是苏格兰人的血，是一位相夫教子、恪守礼仪的贤妻良母。她长相不太匀称，但还不错。"我的一切成就都归功于我的母亲，"他断言"一切成就，是的！随便去问问有所成就的男人，得到的回答都一样。我们所有的一切都是女人给的，她们才是真正的付出者，男人只不过是一场梦幻而已，像走马灯似的来来去去，女人的灵魂指引着我们向上、向前！"

他总是这样侃侃而谈。

无人知晓他凭借飞机制造秘密究竟想从政府捞到什么。也不知道除了现金酬劳外，在这样一件大事上能期望从这个现代国家得到什么。总的来说，明智的观察者感到他是在利用一个绝无仅有的机会来向聚精会神听他演讲的公众做狮子吼，向他们炫耀。关于他真实身份的传闻远播异域，据说他原来是开普敦一家产权不明的旅店的老板，在那里给一位发明家提供吃住。这位名叫帕里舍的发明家是一位极其腼腆和冷漠的人，他因患晚期肺结核而从英国来到南非度假治病，最后客死南非。布特里奇看到了他做的实验，并最终偷走了他的实验资料和计划。不管怎么说，这是直言不讳的美国新闻界的断言，但公众从未获得有关这一说法的确凿证据。

同时，布特里奇先生为获取数量相当可观的奖金而卷入了一场无休止的纠纷。其中一部分奖金早在1906年就因他的成功飞行而付给了他。布特里奇先生成功飞行时，许多报社已承诺支付一笔相当可观的奖金给首次从曼彻斯特飞往哥拉斯哥，或从伦敦飞往曼彻斯特，或首次在英国飞行一百英里或两百英里的人。多数报社起先以模棱两可的条件来搪塞，后来又拒不承认有过这样那样的承诺。个别报社则一次性付清了奖金，然后大肆渲染，要公众注意他们的善举。而布特里奇先生一头扎进了与那些拒不履行承诺的报纸的官司中，同时又大张旗鼓地宣传游说，鼓动政府购买他的发明专利。

在布特里奇的荒谬爱情观的背后，在他的政治观点和人品的背后，在他的哗众取宠的背后，有一个事实是改变不了的。众所周知，他是唯一一个掌握实用型飞机制造秘密的人，不管人们怎样诋毁，这种飞机将是未来世界帝国赖以存在的关键。而目前使广大公众（包括伯特）惊愕不已的是：很明显，不管英国政府关于获取这项宝贵秘密的谈判进展如何，都将面临破裂的危险。伦敦《每日挽歌报》首先表达了这种普遍的惊恐心理，并以"布特里奇先生说出了心里话"为题刊登了一篇访问记。这个标题着实骇人听闻。

在这篇访问记里，发明家——假如他是发明家的话——将心里话和盘托出。

"我来自地球的边缘。"他说。这倒好像证实了他来自开普敦这个传闻。"给我的祖国带来了使她成为世界帝国的秘密，但我得到了什么呢？"他停了停，"我被那些年迈的官员嗤之以鼻！……人们像对待麻风病患者那样对待我所爱的女士！"

"我是一名大英帝国的臣民。"他继续一股脑儿地倾泻，然后又亲手写进访问记，"但是人的见识是有限的！世界上还有许多年轻国家——生机勃勃的国家！它们不搞繁文缛节，不搞官样文章，从不把宝贵的时光浪费在醉生梦死、得过且过中；还有许多国家不漠视科学，不对衰朽的势利者集团和颓废者卑躬屈膝。总之，请注意我的话——还有许多其他国家！"

这次讲话尤其给伯特留下了深刻的印象。"如果德国人或美国人获取了这个秘密，"他意味深长地对哥哥说，"大英帝国就要完蛋了，米字旗就要变得一文不值了，汤姆。"

"今天上午你能不能帮个忙？"杰西卡在伯特意味深长的停顿中插话道，"班希尔的每个人似乎都马上想要提早上市的土豆，汤姆提不了多少。"

"我们正坐在火山口上，"伯特并没理会她的建议，"战争随时就会爆发——多么可怕的战争啊！"

他摇了摇头，预感到了什么。

"你最好先把这个问题解决了，汤姆。"杰西卡说。说着她又敏捷地转向伯特，"你能抽出一个上午的时间吗？"她问道。

"我想可以，"伯特说，"今早店铺很安静，尽管帝国的所有危险一直使我担惊受怕。"

"干活会让你忘掉这一切的。"杰西卡说道。

不久，他也来到了这个充满变幻和神奇的世界，背着一袋土豆佝偻而行，心里还装着对国家安全表示忧虑的爱国情愫。

第二章
伯特·斯莫尔韦兹如何陷入困境

一

汤姆和伯特谁也没想到布特里奇这次非同寻常的航空表演极有可能以某种特殊的方式影响他们的日常生活，使他们变得卓尔不群。他们在班希尔山山顶目击了这次航空表演，看到了这架飞机，它飞旋的机翼在落日的余晖中金光闪闪，伴着隆隆的响声，它又回到了棚屋制成的空港里。随后，他俩便折回到巨大铁柱下的蔬菜水果店，又讨论起在布特里奇先生从伦敦上空的雾霭中凯旋之前就一直萦绕在他们脑际的问题。

这是一次艰难而一无所获的讨论。穿行于高街上的各种机动车不断地发出震耳欲聋的噪声，他们不得不提高嗓门。格拉布的店铺处于困境之中，他凭着三寸不烂之舌把该店的一半股份卖给了伯特，有一阵子伯特和他的雇主相处得不错，所以没有领薪水。

伯特想竭力说服汤姆，将格拉布的店改造一下，由格拉布和斯莫尔韦兹共同控股，这样会给精明的投资者提供前所未有和无与伦比的商业机遇。伯特似乎第一次明白了汤姆对任何新思想都无动于衷。最后，他将经济问题放在一边，把兄弟手足情摆到台面上来，通过这种方法，以自己的信用为担保，成功地借到了面值一英镑的金币。

过去的一年，格拉布和斯莫尔韦兹公司（以前的格拉布公司）格外不景气。多年来，这个位于高街上、模样华而不实的小店一直在缺乏安全感的氛围中煎熬着。店铺上面装点着各式各样耀眼的广告，有自行车的、铃铛的、裤脚夹的、油罐的、镜框的、皮夹的，以及其他附件的广告，还张贴了许多诸如"自行车出租""修理行""免费充气""加油站"之类的告示。他们是几家名不见经传的自行车品牌的代理商，有时也卖出几辆。除此之外，他们还为自行车补胎并尽其所能修理到手的任何物品——虽然并不总是很走运。他们还经营一些廉价留声机和八音盒。

他们的主要经营项目是出租自行车。这是一个很奇特的行业，不必遵守公认的商业或经济准则，事实上是无准则可遵循。店里存着许多年久失修、惨不忍睹的太太先生们的自行车，这些自行车以第一小时一先令、以后每小时六便士的象征性的价格出租给那些不谙此道、对细节不苛求的人。但事实上没有定价，因此那些执拗的孩子可以以每小时低达三便士的价格租到自行车，痛痛快快地冒一把险，只要能说服格拉布相信他们囊中羞涩就行。于是格拉布就简单地调整好鞍座和把手，给车子擦上油，除了与他混熟的孩子外，其他人还需要交纳押金，然后就可以骑车上路了。通常情况下他们会准时回来，但如果发生了较严重的车祸，伯特或格拉布就必须亲自走一趟，把车子带回家，租费以车子到达店里的时间计算并从押金中扣除。从他们手中租出的自行车很少是性能可靠的。不稳的脚踏板、松弛的车链条，以及在把手中间，尤其在刹车装置和轮胎中，都有惊险的隐患。随着无畏的车手骑车跨入乡间，车子发出各种吱吱嘎嘎的声响，然后铃铛可能卡住了，在山上时刹车装置失灵；坐垫立柱摇摇晃晃，然后鞍座突然发出一种令人难堪的"嘭"的声音，下降三四英寸；下坡时松弛的发出声响的链条会从链轮的齿牙上跳开，使车子突然停下来，同时又没有阻挡住骑手向前的冲力，造成灾难性的后果；轮胎也许会突然爆裂或者静静地泄气，最后车子完全停下来，在灰尘里无力地挣扎着。

租车的人推着车气呼呼地走回来时，格拉布从来不理会他们的任何抱怨，而是严肃认真地检查车子。

"这辆车子使用不当。"他常常这样开口。

然后就对租车的人晓之以理，态度温文尔雅。"你总不能期望一辆自行车揽你入怀，把你带走吧。"他常这样说，"你应当动一番脑筋，毕竟这是机器。"

有时随之而来的算账过程几乎使他们诉诸暴力，这种事情往往令人很难堪，使人处于唇枪舌战之中，但在这个前进的时代里为了生存必须吵闹。通常来说这是一项苦差事，不过话又说回来，这种租车行业能保证一笔相当稳定的收益。直到有一天，两个过于苛求的租车人打破了门窗上的所有框格玻璃，并把橱窗里可供出售的存货搞得一片狼藉。这两位是从雷夫圣德来的司炉，身材高大，举止粗野，其中一个由于左踏板掉了而动了肝火，另一个由于轮胎泄气而发怒。拿班希尔的标准来说，这实在算不了什么，这完全是因为他们对车子处理不当所致。争吵解决不了问题，于是店铺的玻璃遭了殃。这次不愉快的事件使得格拉布和房东之间就给店铺重新嵌装玻璃所涉及的道德以及法律问题发生了激烈的争执。在圣灵降临节的傍晚争执达到了高潮。

最后，格拉布和斯莫尔韦兹花了一笔钱，在夜间进行了战略转移。

这处地方是他们盼望已久的，这家安装了平板玻璃窗户的、后面还有一个房间的棚户式小店刚好位于班希尔山脚下的道路急转弯处。他们顶住了来自以前房东的连续骚扰，勇敢地惨淡经营，希望店铺特殊的位置能带来好的结局。然而他们这里也是注定要失望的。

穿越班希尔的自伦敦往布莱顿去的公路就像大英帝国或大英帝国宪法——日积月累才达到其现在与众不同的状态。与欧洲其他国家公路不同的是，任何将路面筑平或将其改直的企图都没有成功，这无疑应归因于英国公路别具一格的特色。老班希尔高街在其末端陡然下降了八十至一百英尺，蜿蜒盘旋约三十码后接上了一座横跨在曾经是奥特布恩河的干沟渠上的砖桥，然后向右急转弯环绕浓密的树丛，延伸到了朴实、径直而宁静的公路上。在伯特和格拉布选中的那家店铺修建以前，那个地方曾发生一两次马车、运货车和自行车交通事故。坦率地讲，正是由于这地方很有可能发生其他类似事故，他们才来的。

这种可能性首先以一种幽默的情调降临到他们身上。

"这个地方可以通过养鸡来谋生。"格拉布说。

"养鸡不能谋生。"伯特说。

"鸡养了以后可以宰掉，"格拉布说，"摩托车手会掏钱买的。"

当他们果真来到这个地方时他们想起了这次谈话，但是养鸡是不大可能的。没有地方可以用来圈养小鸡，除非把它们圈养在店里，而放在店里显然不合适。这个店铺比起他们原先的来确实先进多了，而且前面还配上了平板玻璃。"迟早会有一辆汽车通过这儿的。"伯特说。

"那很好，"格拉布说，"我不介意汽车何时来。"

"同时，"伯特狡黠地说，"我打算买一条狗。"

他确实买了，而且连续买了三条。他想要一条耳聋的猎狗，而两耳竖得高高的狗一条也不要，这使得巴特本西狗场的人吃惊不小。"我要一条驯顺的、耳聋的、动作慢吞吞的狗，"他说，"一条遇事冷静的狗。"

他们露出了为难而诧异的神色，声称他们奇缺耳聋的狗。

"你知道，"他们说，"狗是不会耳聋的。"

"我要的狗必须耳聋，"伯特说，"我已经有几条耳聪目明的狗了，已经足够了。事情是这样的——我店里卖留声机，为了显示留声机的性能，我当然要让它讲话，使之发出嘟嘟声。耳朵不聋的狗可不喜欢这样，它会激动不已，到处闻闻，大声狂叫，这就会使顾客忐忑不安，明白吗？听觉会使狗胡思乱想，把路过的流浪汉当成夜盗，想跟每辆呼啸而过的摩托车搏斗。如果想活跃一下气氛的话，这的确再好不过了，但我们那地方已经够活跃了，我不想要那种喧闹的狗，我要一条安静的狗。"

最后他接连买了三条狗，但事实证明没有一条令人满意。第一条狗误入歧途，消失在茫茫旷野之中，根本不听召唤；第二条狗在晚上被一辆装载水果的机动车轧死了，肇事车逃之夭夭；第三条狗被卡在一辆路过的自行车前轮里，车手撞上了店铺的平板玻璃。他是个失业的演员，破产了，债台高筑。他要求对并不存在的伤害进行赔偿，根本不理会那被他弄死的有价值的狗和被打碎的玻璃。他还用卑劣的不堪入耳的话来辱骂格拉布，纠缠这个风雨飘摇的公司。格拉布以牙还牙，也以尖刻的言辞进行回击。

在诸如此类的重重压力下，情况变得越来越令人恼火，越来越紧张了。那扇窗户暂时用木板钉上了。店铺的新房东是一个粗声粗气、火气冲天、不可理喻的班希尔地区的屠夫。由于他们没有及时修理窗户，屠夫和他们发生了一次不愉快的口角，这使得他们想起了与那个老房东还未解决的争端。事情闹到了这个地步，为汤姆着想，伯特考虑通过债券筹措点资本。但是，汤姆没有那份雄心壮志，他的投资理念就是囤积居奇，最终汤姆还是设法说服了弟弟。

　　然而厄运最终还是降临在他们摇摇欲坠的生意上，并且使之从此一蹶不振。

二

　　从不让自己休息的人是很可悲的。在格拉布和斯莫尔韦兹被生意搞得焦头烂额的时候，圣灵降临周为他们提供了一次非常惬意的休息机会。由于受到伯特与他兄长谈判所达成的实际成果的鼓舞，也由于受到从周一到周六半数车辆都已租出去这一事实的鼓舞，他们决定暂时放一放周日的出租业务，好好地放松放松，舒活舒活筋骨，在圣灵降临节那天无拘无束地欢闹一番，吃一顿豆宴，然后抖擞精神，全力应付所面临的困难。对筋疲力尽、灰心丧气的人来说，再没有比这更好的美事了。碰巧他们先前搭识了在克拉珀姆做工的两位年轻小姐，芙劳西·布莱特小姐和爱德娜·邦桑小姐。于是决定四人结成快乐的小自行车队，深入肯特腹地游玩，在阿什福德和梅德斯通之间的树丛和蕨丛中野炊，度过一个懒散而惬意的下午和晚上。

　　芙劳西能骑自行车，格拉布特地拿一辆供出售的样车供她使用，而不是从供出租的存货里找一辆。伯特钟爱的爱德娜不会骑车，于是伯特费了一番周折，从位于克拉珀姆路的雷氏大公司租了一辆拖车。两位年轻小伙子衣冠楚楚，口中叼着烟卷，兴致勃勃地前去赴约。格拉布用一只手娴熟地导引着为芙劳西准备的车，伯特稳稳当当地开着车，这情景使人认识到勇气可以使他们将债台高筑的烦恼抛到九霄云外。屠夫房东在他们经过时轻蔑地哼了一声，朝他们渐渐远去的背影粗野地大声喊道："滚吧！"

那天风和日丽，虽然他们九点以前就往南进发了，但路上早已挤满了外出度假的人。成群结队的青年男女骑着自行车和摩托车，乘着机动车——主要是装有陀螺仪装置、像自行车一样的两轮新款，间或混杂一些老式的四轮交通工具。法定假日期间常有一些老掉牙的长久不用的车辆和一些怪里怪气的人物出现。有人看到了几辆三轮汽车，几辆电动布鲁厄姆车以及几辆有巨大充气轮胎的破旧老式赛车。有一次，度假的人看到了一辆马拉大车；还有一次，一名年轻人骑着一匹黑马，引得路人对他逗笑打趣。空中有几艘以汽油为燃料的飞艇，不用说，还有气球。熬过了店铺里黑暗而焦躁的日日夜夜之后，所有这一切显得非常有趣，令人赏心悦目。爱德娜戴着一顶棕色的饰有几朵罂粟花的草帽，显得格外迷人，好像女王一样端坐在拖车里。相比之下，那辆用了八年的摩托车像昔日的老古董。

伯特对新闻告示牌上公布的一条消息似乎满不在乎。牌子上写着：

德国谴责门罗主义

日本态度暧昧

英国怎么办？

这是战争吗？

这种事情早就流传开了，在假期人们对此漠不关心，认为是理所当然的事。在工作日午饭以后的一段百无聊赖的时光里，人们才有可能去为帝国的前途、为国际形势担忧。而在阳光明媚的周日，有漂亮姑娘陪伴左右，并且有一群心怀醋意的车手设法跟上你，在这样的情形下人们才不会去关心什么国家大事、世界大势呢！同样，我们的年轻人对于他们间或瞥见的军事活动也不会在意。在梅德斯通附近，他们看到了十一架造型奇特的由机动车牵引的大炮停在路边，大炮周围聚集着一群一丝不苟的工程师，手握双筒野外望远镜，观察着那片开阔高地顶端附近绵延着的堑壕。伯特并没把这一切当回事。

"出了什么事？"爱德娜问道。

"哦！军事演习。"伯特说。

"哦！我原先以为他们在复活节就搞过了呢。"爱德娜说完就不再局促不安了。

英国最后一次参与的大战——波尔战争——已经结束而且被人遗忘了，公众似乎不再对军事问题感兴趣了。

四个年轻人兴致勃勃地野餐，他们目光炯炯，格拉布既风趣又机智，而伯特则妙语连珠。树篱中长满了杜鹃花和野蔷薇，而树林那边尘雾弥漫的公路上疾驰的车子发出的突突声活像是从仙境中吹来的号角。他们时而欢笑，时而闲聊，时而采摘鲜花，时而卿卿我我。两位姑娘则吸烟助兴。除此之外，他们谈到了航空，谈到了十年以后可乘坐伯特的飞机一块来野餐。那天下午似乎有说不完的有趣话题。大约到了晚上七点钟的时候，他们动身回家，一点没有预感到灾难就要降临。到了罗森和金斯唐之间的小山丘顶时，灾难发生了。

他们在暮色苍茫中开车上了山。伯特企图打开车灯，因为前面路况不明。他心情焦躁，尽可能快地往前赶。他们驾驶着那辆旧式四轮拖车——其中一个轮胎还瘪了——在路上疾驰，超过了许多骑自行车的人。伯特的车喇叭里渗进了一些灰尘，发出一种奇特的令人捧腹的呼哧呼哧的声音。为了达到哗众取宠的效果，他不断地按喇叭发出这种声音，爱德娜被逗得发出阵阵银铃般的笑声。他们一路欢歌笑语，这种情绪不同程度地感染了路上其他旅客。爱德娜注意到有大量刺鼻的青烟从伯特两脚之间冒出，但她以为这是发动机牵引所带来的正常现象，也就没怎么在意，直到后来，从这股青烟中突然升腾起一点黄色的火苗时，她再也坐不住了。

"伯特！"她尖叫道。

伯特紧急制动，动作很突然，下车时他的腿勾到爱德娜身上。她走到路边，急急忙忙把戴歪的帽子理了理。

"糟了！"伯特说。

他愣了几秒钟，看着汽油滴下来并流淌开来，火势也蔓延开来，越来越猛烈。他首先想到的是后悔一年前没把这辆车作为旧货卖掉，早该把它卖掉了——这个主意就其本身来说不错，但现在根本无济于事。他猛地转向爱德娜说："赶快去多弄些湿沙子来。"然后他把车子朝车道旁边稍微推了一下，安顿好后四处找湿沙子。此时火光似乎耀眼了许多，而暮色则更加深沉了。在这到处是白垩的乡间，路面铺满了燧石，找不到湿沙子。

爱德娜走上前去和一位又矮又胖的骑自行车的人搭讪，"我们需要湿沙子，"她说，又补充道，"我们的发动机着火了。"那位矮胖子茫然地凝视了一会儿，答应了一声后随即在路边的沙砾中扒来扒去，于是伯特和爱德娜也在沙砾中乱摸乱抓。又有一些人来到了此地，下了车站在他们周围，这些人的脸被火光映红，显出满足、好奇和惊讶的表情。"快来找湿沙子。"那位使劲扒寻湿沙子的矮胖子说。有一个人加入了找湿沙子的行列。他们把好不容易把抓来的沙砾扔向火堆，而火则越烧越旺。格拉布拼命骑着车赶到了，他在大声嚷嚷着什么。他一跃身跳下车，然后把自行车扔在树木篱里，"不要往上面泼水！"他喊道，"不要往上面泼水！"在这紧要关头，他指挥若定，不慌不忙，成了这次事故的指挥官。其他人也乐于重复他的话并模仿他的动作，"不要往上面泼水！"他们喊道。然而附近根本一滴水也没有。

"用东西拍打火焰，你们这群笨蛋！"格拉布叫道。

格拉布从拖车里抓起了一条毛毯（这是一条奥地利毯子，冬天伯特把它当作床罩使用），扑打熊熊燃烧的汽油。有一阵子出现了奇迹，他似乎成功了，但是那些燃烧的汽油又四散开来。其他人为他的热情所激励，纷纷仿效他的做法。伯特抓起拖车上的一块坐垫开始拍打起来，车上还有另一块坐垫和一块桌布，这些也被利用起来了。一位勇敢的年轻人脱下夹克衫加入扑火的队伍中。这个时候很少有人讲话，只听见呼哧呼哧的喘息声和沉重的拍击声。芙劳西也来到了人群边上，惊呼道："哦，天哪！"然后就哇哇大哭起来，"救命！救火啊！"

一辆"一瘸一拐"的机动车也来到了现场，司机惊恐万状地停住了车。这位身材颀长、两眼突出、头发灰白的人用一口清晰的牛津口音小心翼翼地询问："我们能帮什么忙吗？"

显而易见，毛毯、桌布、坐垫以及夹克衫已经沾上了油污并开始燃烧起来。伯特挥舞着坐垫，坐垫里面的羽绒俨然静谧夜色中的一场暴风雪。

伯特全身满是灰尘，汗流浃背，但仍然干劲十足。在胜利的曙光即将出现时，似乎他手里的武器已被人夺走了，火焰在扑火者的重击下痛苦地跳动着。格拉布过去踩灭毯子上的火苗。其他人在大功即将告成之际松懈了下来，其中一人向机动车跑去。

"喂！坚持住！"伯特喊道。

他一把甩掉瘪下去的燃烧着的坐垫，匆匆脱掉夹克衫，大吼一声冲向火堆，在烧过的残渣中踩踏，靴子也着了火。爱德娜看着这位被火光映红的英雄，心想：做一个男子汉真令人自豪。

一枚滚烫的半便士硬币从天而降，击中了一个旁观者，于是伯特想到了口袋里的各种证件、票据。他跟跄地往后退了几步，竭力扑灭夹克衫上的烈火，不过没能如愿，他有些灰心丧气。

爱德娜猛然瞥见一位戴着丝帽、身穿安息日长袍的慈眉善目的老者站在那儿袖手旁观。"喂！"她向他喊道，"救救这位年轻人！您怎么能坐视不管呢？"

人群中传来了"快拿篷帆布"的喊叫声。

一位穿着浅灰色运动衣、一脸诚恳相的人突然出现在那辆轮子"一瘸一拐"的机动车旁边，向车主询问："您有篷帆布吗？"

"有，我们有一块篷帆布。"那位绅士模样的人答道。

"那就好，"那位面相诚恳的人喊道，"快去拿！"

有绅士风度的先生像进入了催眠状态，不以为然地挥了挥手，无精打采地取出了一块上乘的篷帆布。

"给你篷帆布！"面带诚恳相的人向格拉布喊道。于是大家明白要试试一种新的灭火方法。许多人主动上前抓住这位牛津绅士的篷帆布，其他人站在一旁啧啧赞许。篷帆布像一顶华盖罩住了燃烧的摩托车，把火给闷熄了。

"我们早该这样干了。"火熄灭了，每位为灭火出了力的人都触摸了一下篷帆布边缘。伯特用两只手和一只脚把布的一角往下压，而篷帆布的中心则鼓了起来，似乎在给他们的欢庆泼冷水。布的中心像嘴巴一样张开了，大笑着喷出烈火。篷帆布的主人站在旁边瞠目结舌，大家的脸被火光映得红红的，畏缩不前。

"快去救拖车！"有人喊道，那是最后一次战役了。但拖车没法与火隔离开，其中的柳条编织物燃烧起来，这是可烧的最后几件物品。人群中响起了某种嘘声，汽油快要烧完了，拖车被烧得噼噼啪啪作响，人群也分裂为两个阵营。第一阵营有批评者、建议者和次要人物，他们在这次事件中不为人所注意，或根本起不了什么作用；第二阵营是此次事件的核心人员，他们当中有的兴致高昂，有的则垂头丧气。有一位喜欢刨根问底并对拖车有相当知识的年轻人紧盯着格拉布，说这次事故本可以避免。格拉布心情烦躁，对他爱搭不理。年轻人退到人群后面，告诉那位戴丝帽的慈眉善目的老绅士说，那些对车子的性能一点也不了解的人反而开着车子外出，万一路上出了什么差错，完全是咎由自取。

老人听他讲了一会儿，然后欣喜若狂地说："他们耳朵全聋了，真令人作呕。"

一位戴着草帽的脸色红润的人提醒大家注意，"是我救出了那个前轮胎，"他说，"如果不是我不停地转动它的话，那个轮胎早就着火了。"显然他说的没错。前轮的外胎保住了，丝毫未损，而且还在这辆被烧得焦黑一片、面目全非的车子上慢慢地转动着。"那个轮子可值一英镑，"脸色红润的人哼着小曲，得意地说，"我一直在不停地转它。"

不断有游客从南边过来，不停地问："出了什么事？"搞得格拉布烦透了。

往伦敦方向去的旅客一直在赶超前面的人。他们乘着最好的车子，志得意满。他们讲话的声音在暮色中回荡。每当想起这次与众不同的事故时，有人就禁不住笑起来。

"恐怕我的篷帆布已经完了。"开机动车的绅士说。格拉布承认车主最了解车子的状况。

"我能为您做点什么吗？"那位开机动车的绅士语带讥讽与怀疑。

伯特被激得心头火起。"看，"他说，"这是我女朋友，如果她十点还不回去的话，他们就会把她关在门外，明白吗？我所有的钱物都在夹克衫口袋里，钱都和燃烧着的东西搅和在一块了，太烫了，没法取出来。你经过克拉珀姆吗？"

"一天之内能到达。"开机动车的绅士说，然后转向爱德娜，"如果您愿意和我们一块走，那将是我们莫大的荣幸。实际上我们因为吃晚饭耽误了时间，所以取道克拉珀姆回家也没什么关系。不管怎样，我们必须赶到舍比顿，恐怕您会嫌我们慢。"

"那伯特怎么办呢？"爱德娜问道。

"我不知道是否能为伯特安排住处，"绅士说，"但我们非常愿意帮这个忙。"

"你能不能把这些都处理完？"伯特挥着手指着地上那堆一团焦黑的废渣说道。

"恐怕不能，"牛津来的绅士答道，"非常抱歉。"

"那么我得在这儿待上一段时间，"伯特说，"我得把这件事办完，你走吧，爱德娜。"

"我不想离开你，伯特。"

"你在这儿没用的，爱德娜。"……

爱德娜最后看到的是伯特站在夜幕中的身影。他的衬衫袖口被熏得焦黑一团，他在报废了的机动车的铁渣和灰烬旁苦思冥想，一副忧郁的神态。旁观的人只剩下六个。芙劳西和格拉布也准备步爱德娜的后尘，弃他而去。

"振作起来，伯特，"爱德娜强装笑脸喊道，"后会有期。"

"后会有期，爱德娜。"伯特说道。

"明天见。"

"明天见。"伯特说道。

伯特用借来的火柴盒划亮了火柴，寻找丢失在焦黑的车子废墟里的半克朗硬币。他的脸色凝重而忧郁。

"我真希望这件事没有发生。"芙劳西和格拉布边骑着车子边说道。

最后只剩下伯特孤身一人站在那里，像是为人类带来火种的悲怆而浑身漆黑的普罗米修斯。他一度想要租一辆大车，或者奇迹般地修好车，或是从被烧毁的车上获得某种有价值的零件。然而在沉沉的夜幕下他知道这些想法是无法实现的，事实无情而冷酷，他不得不相信。他抓住车子的把手，往上一提，竭力想推动车子。正像他所担心的那样，瘪了气的后轮卡在原地一动不动。他用了一分钟左右用力推动车子，但车子还是寸步不挪。最后他使出吃奶的力气把这堆废物推进了沟渠之中，又朝它踢了一脚，看了看，然后义无反顾地掉转头朝伦敦方向走去。

他再也没有回过头来看上一眼。

"这场游戏结束了！"伯特自言自语道，"一两年内伯特无缘开车了，再见，假期！……哦！三年前我就该把那该死的玩意儿卖掉。"

三

第二天早上，格拉布和斯莫尔韦兹公司处于极其萧条的状态，对面卖报纸和香烟的商店门前所张贴的海报对他们意义不大。这些海报的内容有：

有报道说美国发出了最后通牒。

英国必须打仗。

我国稀里糊涂的作战部仍然拒绝倾听布特里奇先生。

亭布克托发生重大单轨道路交通事故。

还有：

何时开战，只是个时间问题。

在纽约，形势很平静。

在柏林，人们很兴奋。

还有：

华盛顿仍然保持缄默，巴黎怎么办？

巴黎证券交易所里的恐慌。

国王举行露天招待会和化装舞会。

布特里奇先生提出条件。

德黑兰最新博彩情况。

还有：

美国会开战吗？

巴格达出现反德骚乱。

大马士革市政府的丑闻。

布特里奇的发明给了美国。

伯特以视而不见的目光凝视着上述消息。他穿着一件被熏黑的法兰绒衬衫，以及昨天用过的已面目全非的度假套装。用木板封住的店铺又暗又寒碜，其惨状简直无以言表。为数不多的出租车看上去极其丑陋蹩脚，破破烂烂。他想到了在外"干活"的其他车子，想到了下午即将发生的争吵，想到了新房东和老房东，也想到了钞票和索赔要求。生活在他面前首次呈现出一幅无法战胜命运的令人绝望的图景……

"格拉布，伙计，"他很干脆地说，"我对这个店厌烦透了。"

"我也一样。"格拉布说。

"我对这个店一点也不满意，似乎提不起精神来和顾客说话。"

"那辆拖车来了。"格拉布沉默了一会儿说道。

"炸掉它！"伯特说道，"无论如何，不留一点值钱的东西，我决不那样做，还有——"他转向自己的朋友，"瞧，我们的生意一点也不顺，我们彻底亏了，我们把事情搞得一团糟。"

"我们该怎么办？"格拉布问道。

"清仓处理掉，尽我们所能把所有东西卖掉，剩下的就扔，明白吗？留恋失去的东西没有什么好处，一点好处也没有，只会导致愚蠢。"

"好吧，好吧，"格拉布说道，"不过你的本钱再也收不回来了。"

"现在没必要再去考虑本钱问题。"伯特故意扯开话题。

"总之，我不对那辆拖车负责任，不关我的事。"

"没人要求你对此事负责，如果你喜欢待在这儿的话，那好极了。我要走了，去度假，明白吗？"

"离开我吗？"

"离开你，如果你必须被扔下的话。"

格拉布环顾了一下店铺，它确实已变得不怎么雅观了。原先这个店铺可谓开业大吉、欣欣向荣、物资充足、资金雄厚，而现在则是一派萧条和肮脏的景象，房东很可能会马上过来继续对店铺的破窗户唠叨个没完……"你想去哪儿，伯特？"格拉布问道。

伯特转过身来盯着他："在回家的路上、在床上，我一直都在考虑这个问题，我已经想好了。为了这个我一夜没睡。"

"你想出什么了？"

"计划。"

"什么计划？"

"不要问个没完！"

"如果有什么好消息的话，我就随便问一问。"

"只不过是一个想法而已。"伯特说。

"讲来听听。"

"你昨天唱的那首歌逗得姑娘们笑个没完。"

"这似乎是许久以前的事了。"格拉布说。

"可是当我唱歌时，爱德娜差点哭了。"

"那是因为她眼睛里飞进了一只飞虫。"格拉布说，"我看见了，但这与你的计划有什么关系呢？"

"我的话还没讲完呢。"

"怎么啦？"

"你不明白吗？"

"不会是在大街上唱歌吧？"

"大街！不用慌！我们到英国海滨去旅游你觉得怎么样？年轻人欢歌笑语，嬉戏玩乐，不是很好吗？你的嗓音不赖，我的也不错。在海滩上我还从没遇到过唱歌能胜过我的人，咱俩还得打扮得入时一点，这就是我的想法。格拉布，咱俩来一首精彩的歌、一段踩脚曳步舞，就像我们昨天胡闹的一样，这就是我一直在想的计划。编一套节目易如反掌，搞六个节目，其中一到两个是加演节目和快板。不管怎么说，我对快板很在行。"

格拉布依旧凝视着他那灰暗、令人沮丧的店铺。他想起了以前的和现在的房东，想起了生意不景气，连中产阶级都感到日子难熬。他似乎隐隐约约听到了远处传来班卓琴"当、当"的弹奏声，听到了搁浅的船只上传来汽笛的鸣叫声。他感觉到太阳光炙烤着沙子，热浪滚滚，一群至少暂时富有的度假的孩子围着他窃窃私语："他们是真正的绅士。"于是他们手托装着铜钱的帽子叮叮当当地过来了，有时帽子里甚至装着银币。这都是收入，没有开销，也没有账单。

"我们出发时手头可不能缺少资金啊。"格拉布说，"如果我们把其中一些最好的自行车拿到芬斯伯利的自行车市场上去卖，能赚到六七英镑。明天清早，市场人还不多的时候我们可以很容易做成这笔生意……"

"一想到那个老家伙又要和我们纠缠个没完，而这次他却发现门上贴了停业维修的告示时，我心里就美滋滋的。"

"我们就这么干，"格拉布兴味盎然地说，"我们就这么干，而且还要挂上一个告示，让所有人到他那儿去打探消息，明白吗？然后他们就知道我们已经走了。"

天黑时整个计划都安排好了，他们决定称自己为"海军O先生"。这是从一个著名的"红色E先生团"的称呼剽窃来的，也许剽窃得并不高明。伯特想要一套淡蓝色的哔叽制服，上面饰有许多金花边、金线以及装饰物，和海军军官的制服比起来有过之而无不及。但由于这种想法不切实际而不得不放弃，因为没有足够的时间和金钱来准备。他们觉得必须穿便宜一点的现成的套装，格拉布倾向于穿白色连帽化装斗篷。他们琢磨了半天，想从库存中挑出最破烂的两辆自行车，用深红色的亮漆把它们整个儿漆一遍，并用最响亮的摩托车喇叭来代替自行车的铃铛，然后骑着车子开始这次活动，但又不知这个办法是否明智。

伯特说："别人不会认出我们的。我们不要重复那些老套，要有一个崭新的开端。"

"我们要忘掉一些事，要与所有老掉牙的、令人心烦的东西一刀两断，这些东西对我们一点好处也没有。"

不过，他们还是决定冒险骑这两辆自行车，带上棕色长筒袜和便鞋，以及中间有一个破洞的便宜的本色床单、假发和由纤维束制成的胡须，余下的便是他们自己了！他们称自己为"荒漠苦行僧"，要唱的歌是那些流行小曲：《在我的拖车里》和《发夹现在多少钱？》。

他们决定先去小的海滨胜地，然后随着信心的增强，逐渐向大的游览中心进攻。他们选中了位于肯特的一个叫小石的地方作为这次旅行的起点，主要是由于这个地方朴实的缘故。

而就在他们盘算计划时，整个世界有半数以上的国家正在陷入战争，不过这对他们来说似乎算不了什么。临近中午时分他们才发现街对面的晚报栏上写着：

战云密布

除此之外别无他事。

"现在人们总是胡扯什么战争，"伯特说，"如果不小心，有朝一日真的会陷到战争里去。"

四

由此你会理解，那突然出现的奇景打破了迪姆彻奇沙滩的宁静。迪姆彻奇是英国海滨单轨铁路最后到达的地方之一，因此在故事发生时，它广阔的沙滩只不过为数不多的人心目中的秘密和欢乐所在。他们到那里去，是为了逃避粗鄙而奢靡的世风，在安谧的环境中与孩子们聊天嬉戏，进行日光浴。他们却一点也不喜欢"荒漠苦行僧"。

　　红色车轮上的两个穿白衣服的人从小石路沿着沙滩向他们奔来，仿佛从天而降，这两个人的身影变得越来越近，越来越清晰，听得更清楚的是车子发出奇怪的"哼、哼"的叫声。这对这里生机勃勃的景象构成了威胁，迪姆彻奇的人们简直惊呆了。

　　他们按照预先安排好的计划，骑着车子穿梭在纵队和横列中，然后下了车，站直了。"女士们，先生们！"他们说道，"请允许我们自我介绍一下——我们是'荒漠苦行僧'。"他俩朝人群深深地鞠了一躬。

　　沙滩上为数不多的几个散落的群体惊恐地看着他们，有些孩子和年轻人倒饶有兴趣，向他们走近了一些。"沙滩上没有短发女郎。"格拉布压低嗓门说道。然后"荒漠苦行僧"以滑稽的动作把他们的自行车堆积了起来，此举引来了一个不谙世事的小男孩的嘲笑。他们深呼一口气，唱起了《发夹现在多少钱？》这首欢快的歌。格拉布负责唱歌，伯特竭力把和声变得振奋人心，唱到每节歌的末尾他们就按照事先认真排演好的方法，手扯裙角，跳起了舞。

　　他们就这样在迪姆彻奇沙滩的阳光下载歌载舞。孩子们惊诧于这两个愚蠢的年轻人的表演，围拢过来。大人们则表情冷淡，带有敌意。

　　那天上午，欧洲所有的沿海地区都响起了班卓琴的弹奏声，人们大声叫喊，尽情歌唱，孩子们在阳光下恣意欢闹，游船来回穿梭。人们漫无目的地、欢快地过着平凡而丰富的生活，丝毫没有觉察到各种危险在潜滋暗长，准备摧毁这种生活。城市里的人们忙于各种琐碎的事务和约会。新闻布告栏常常大呼"狼来了"，现在即便呼喊也是徒劳了。

五

伯特和格拉布唱第三遍时，注意到在西北方向的低空中有一个巨大的黄棕色的气球正向他们快速飘来。"我们刚要吸引住他们，"格拉布嘟囔道，"却来了这么一个玩意儿分他们的心，快去看看，伯特！"

气球升起来又落下去，消失在人们的视野中。"谢天谢地，它终于落地了。"格拉布说。气球突然纵身一跃又出现了。"咳，"格拉布叹道，"快跳舞啊，伯特，否则他们会去看气球的！"

跳完舞后，他们就站在那儿直愣愣地盯着气球。

"那个气球有点问题。"伯特说。

现在大家都在观看气球，它在让人神清气爽的西北风的吹拂下飞快地向他们飘来，越飘越近，于是他们的歌舞节目便悄无声息了，没人再去理会，甚至伯特和格拉布也完全忘记了下面的节目。气球跌跌撞撞地飘着，似乎上面的乘客在想方设法着陆。它渐渐靠近，慢慢下降，碰到了地面，随即又向空中跃起五十英尺左右，然后立即下降。气球的吊舱擦到了树丛，在绳索里一直挣扎的黑影又退回（更确切地说是弹回）吊舱里。又过了一会儿，气球离地面已相当近了。它看起来和房子一般大小，轻捷地朝沙滩飘落下来，后面拖着一根长绳索，吊舱里的人大声喊叫。他似乎在脱衣服，头朝吊舱一侧露了出来。"抓住绳索！"他们听得很清楚。

"快救人，伯特！"格拉布喊道，然后朝绳索冲去。

伯特紧跟着他，与一名怀有相似目的而奔跑的渔夫相撞，但没把他撞倒。一位怀抱婴儿的妇女、一个两手拿玩具铲的小男孩和一位身穿法兰绒服装的胖绅士几乎同时往摆来摆去的绳索那儿跑，并开始在绳索上面乱蹦乱跳，企图将它踩住。伯特也向这条扭动不止、躲躲闪闪的像蛇一样的东西奔来，用一只脚踩在上面，然后全身趴在上面，抓住了绳索。几秒钟后沙滩上四散的人几乎都聚集在绳索上。在吊舱中的人的狂热而令人振奋的指挥下，他们使劲拖拽着绳索，"拉！"吊舱中的人喊道，"使劲拉！"

不一会儿，气球借着冲力和风势吃力地拖着吊舱朝海边飘去。它落了下来，碰到了水面，发出一阵清脆的银铃般的溅水声，然后像人的手指碰到滚烫的东西一样朝后退缩了一下。"把她拉出来，"吊舱里的人说道，"她昏过去了。"

人们拖着绳索把他往外拽时，他正忙于应付某种大家看不见的东西。伯特离气球最近，他很激动，兴致勃勃，兴奋到极点时不停地被苦行僧衣服的后拖部分绊倒。他以前从未想象过气球有多大、多重、多圆，吊舱由棕色的粗糙的柳条制成，相对小些，他拖拽着的绳索系在一个位于吊舱上方四五英尺的结实的环上。每拖一下他就收进一码左右的绳子，这个左右摇摆的柳条制品也就被拉得更近了。从吊舱里传来了阵阵怒吼："她昏过去了！她经历的风风雨雨让她的心都碎了。"

气球停止挣扎，向下坠落。伯特扔掉绳索跑过去，在另外一个地方把它抓住，紧接着又一把抓住吊舱，"抓住，不要放松。"吊舱里的人说，他的脸和伯特的脸贴得很近。这是一张很熟悉的脸，有两弯严峻的眉毛、一个微扁的鼻子、一撮粗大的黑胡子。他已扔掉了外套和马甲——也许他想万不得已时跳入海中游泳逃命——他的一头黑发显得特别杂乱。"请大家抓住吊舱，"他说，"这儿有位女士晕过去了，可能得了心脏病，天知道究竟得了什么病！我叫布特里奇，我的名字印在气球里。现在请大家到气球边上来，这是我最后一次把自己托付给旧石器时代的发明物，放气的拉绳出了故障，气球阀门没法打开。假如我遇到了坏蛋，他该看到……"

他突然把头夹在绳索中间，用诚恳的劝诫性的口气说道："拿点白兰地来！拿点纯白兰地！"有人跑到海滩上去取了。

吊舱里有一位身材高大的金发女郎躺在一张像床的长凳上。她身穿一件毛料外衣，头戴一顶硕大的鲜花状的帽子，有一种奇怪的自暴自弃的表情。她的头懒洋洋地靠在吊舱里有软垫的一角，双目紧闭，嘴巴张开。"亲爱的！"布特里奇先生大声说道，"我们平安无事了！"

她没有理会。

"亲爱的！"布特里奇加大嗓门，大声喊道，"我们平安无事了！"

她依旧无动于衷。

于是布特里奇显示出他灵魂深处火一样猛烈的脾性，"如果她死了，"他慢慢地举起拳头朝向上面的气球，用颤抖的嗓音大声吼道，"如果她死了，我会像撕衣服一样把天空撕碎！我必须把她救出来。"他叫道。他的鼻孔由于激动而张大。"我必须把她救出来，我不能让她在九平方英尺的柳条篮里死去——她是王宫里的公主！抓住吊舱不要放松！我把她抱出来时你们当中有没有强壮一些的人能接住她？"

他的手臂强有力地一挥，一把将她举了起来。"不要让吊舱晃荡。"他向聚集在周围的人群说，"用你们身体的重力压住它，她身体不轻，一旦她离开，吊舱就轻多了。"

伯特敏捷地跳到了吊舱边缘的座位上，其他人紧紧抓住绳索和圆环。

"准备好了吗？"布特里奇问道。

他站在长凳上，小心翼翼地举起那位女士，然后坐在伯特对面的柳条吊舱边上，把一条腿伸出舱外晃荡。一条绳子或是类似的东西似乎给他带来了麻烦。"哪位能帮我一下？"他说，"谁愿意接一下这位女士？"

正当布特里奇和那位女士稳稳地在吊舱两边一动不动时，女士苏醒了。她醒来得很突然，伴随着一声撕心裂肺的大叫："阿尔弗雷德，救救我！"然后她试探性地挥舞着手臂，勾住了布特里奇。

伯特似乎感到吊舱摇晃了一会儿，然后猛然跃起，撞了他一下。同时他看到那位女士的靴子和男士的右腿在空中划出几道弧线，他们从吊舱边跳了出去。

他的感觉很复杂。其他人也知道他已失去平衡，要在这个嘎吱作响的吊舱里倒立过来。他伸出手臂乱抓一气，在某种程度上确实倒立过来了。他的由纤维做成的假胡子脱落了下来，掉进了嘴里，他的脸颊贴着座位上的衬垫滑动，他的鼻子埋在沙堆里。吊舱猛地摇晃了一下，然后就纹丝不动了。

"该死的！"他诅咒道。

他感到自己晕过去了，因为两耳轰鸣，周围人们的说话声已变得微弱而遥远，像山中的小精灵那样发出细微的叫声。

他发现站起来有点困难，他的四肢被布特里奇丢弃的衣服缠住了。当时布特里奇曾考虑为了逃生必须跳入海中，所以脱下了一些衣服。出于愤恨和悲哀，伯特声嘶力竭地喊道："你好像说过要弄翻吊舱。"然后他站了起来，颤巍巍地握住吊舱的绳索。

在他下方很远处是波光粼粼的英吉利海峡，远处阳光下蜿蜒的星星点点分别是海滩和杂乱无章的房屋群。他可以看到他突然离开的那一小群人。格拉布穿着苦行僧的宽大衣服沿着海滨奔跑着。海水淹没了布特里奇的膝盖，他声嘶力竭地喊叫着。那位女士戴着花状的帽子屈膝坐着，让人惊讶的是她被晾在一旁，无人理睬。海滩上到处是星星点点的人，他们似乎全都在仰望天空。气球在解除了布特里奇及其情人的二十五英石的质量后，以赛车一样的速度直冲云霄，"哎呀！"伯特叹道，"它飞起来了！"

他皱着眉头俯视渐渐后退的海滩，意识到自己并没有晕过去。于是他粗略地检查了一下周围的绳索，在潜意识中他认为要"干点什么"。"我还是别把事情搞糟了。"他最后说道，然后坐到软垫子上。"我还是别去碰它……我不知该怎么办？"

一会儿他又站了起来，长时间地凝视着下面渐渐远去的世界，凝视着东边的白色悬崖和左边平坦的沼泽，凝视着广阔的旷野和丘陵，凝视着模糊的城镇和港口、河流和绸带似的道路、船只、一碧无垠的海面上的甲板和烟囱，以及横跨从福克斯通至伯龙的海峡的巨大单轨大桥，直到最后，几抹微云接着是一片薄纱似的云朵挡住了他的视线。他其实很清醒，也不太害怕，只是感到些许惊愕。

第三章

气球

一

伯特是一个粗俗的小人物。20世纪初,各个国家都有成千上万像他这样恬不知耻、眼界狭小的人物。他在那些街道狭窄的教区里住了一辈子,看到的是数不尽的破败不堪的平房,接触的也只是些没什么见识的小市民。他认为活着就是为了耍小聪明骗人,猛捞"票子"和寻欢作乐。直至今日,他一直运气不佳,然而对他这样一个进攻意识很强又善于聚敛钱财的人来说,这算不了什么。何况他向来没有爱国心,忠诚奉献他是不干的;他也没什么荣誉感,甚至连勇气都没有。

现在,由于意外,他一下子从那奇妙的摩登世界"平步青云",远离了世上的喧哗和诱惑,像个出了窍的魂灵在天空和海洋间飘

55

荡着，似乎老天选中了他当样本来做试验，所以把他举到空中以便更清楚地观察，也看看到底人心变了多少。老天是怎么看他的我就不敢妄加评说了，因为我早就不信那套取悦上苍、为世楷模的说教了。

现在，伯特一个人在离地一万四五千英尺的气球里，这种经历是以往任何经历都无法比拟的——这是人所能期望得到的最好的东西了。哪个飞行器能比这个气球更出色呢？此时，一人独对万物寂静，没有任何人打扰，也没有一丝儿多余的声音，这已大大超出尘世的生活了。这就是升向高空、独对苍穹了。

这儿没有一丝儿人世的喧嚣，空气清新甜美，也是世上俗人无法想象的，毕竟没有哪只鸟、哪只昆虫能飞得这么高。气球里感觉不到风，也没有沙沙的声音，因为气球是随着风向运动的，因此也就成了大气的一部分了。而且一旦升空，它就不再颠簸摇晃了，简直让人感觉不到它是在升还是在降。

尽管伯特没有高山反应，但他还是觉得很冷。他当时只穿了件便宜的外套——这已是他最好的衣服了，外面披着块"荒漠苦行僧"式的床单。于是他穿上布特里奇留下的外套，披上他的大衣，戴上他的手套，然后安静地坐下来，久久地注视着这让他无比震惊、静极了的世界。在他的头上，是那黄褐色的涂了油的丝质气球。它轻盈透明，鼓鼓的，闪闪发光。气球上面是一片耀眼的阳光和广袤的蓝天。气球下面是一片灿烂的云层，有许多裂隙，能够看到下面的海水。

要是有人一直在下面观察伯特的话，他可能会看到伯特那黑点似的小脑袋一动不动地露在吊舱外面，过了很久才缩回去，不一会儿又在另一侧露出来。

伯特现在一点也不觉得难受或害怕。他确实也想过，既然这个没法控制的大家伙能带他一直往上飞，也可能很快就要往下掉了。不过他并不怎么心烦，他现在还是惊喜万分。事实上，除非气球往下坠，否则谁会想到要害怕，谁又会想到会有什么麻烦呢？

"我的天！"他终于感觉到是说说话的时候了，于是他开口了，"这可比骑摩托车兜风带劲多了！"

"啊，一切顺利！"

"他们该打电报谈论我了吧，我想。"

在接下来的一个小时里，他开始仔细检查吊舱里的设施。在他头顶上是气球的进气口，束在一起，形成一个管径。伯特往里面看，看到了这大气球安静空旷的内部。从这进气口里分出一红一白两股细索，伯特不知道它们的用途。这两股细索一直通向下面的气囊袋。气球的全部绳网最后都汇集在这用钢环围住的进气口上，连接吊舱的绳子也拴在这里，拖缆和锚钩也挂在这里。吊舱周围堆着许多麻袋，伯特想这肯定是防止气球下落用的沙囊了。（"不过现在还不像要往下降。"他说，"所以现在也用不着扔出去。"）

挂在进气口边的还有一个无液气压表和一个盒子状的仪表。这个仪表上面有个象牙牌子，写着"灵敏高度表"和一些法文单词。

仪表上有一个小指针，在法文的"升""降"之间颤动个不停。"很好，"伯特说，"这样就知道你是在上升还是在下降了。"

他在铺着红毯子的座位上找到几块垫子和一台柯达照相机，在吊舱的另一个角落里看到一只空香槟酒瓶和一只玻璃杯。"点心！饮料！"伯特若有所思地说道，将空瓶子侧过来。突然，他想到一个好主意。他注意到，这铺了毯子像床一样的座位其实是些箱子拼起来的。看到箱子里面的东西，他明白了布特里奇对于乘气球上天该带些什么必备品的观念，也就是说，他找到一个很大的有盖提篮。里面有一块野味馅饼，一块罗马式馅饼，一份冻鸡，几个西红柿，一些莴苣，不少火腿三明治和虾皮三明治，一块大蛋糕，几副刀叉和纸盘，几听自动加热的罐装咖啡和可可、面包、黄油、橘子汁，几瓶包好的香槟和毕雷矿泉水；还有一大罐洗漱用水，一个文件夹，几张地图，一个罗盘和一只装着卷发夹、发卡、带护耳的帽子等日用品的行军包。

伯特拿起帽子，放下护耳，一边系上带子一边自言自语："不错，虽说不是自己的窝，倒也说得过去。"

他向外望去，下面灿烂的云层已经变厚了，已经看不到下面的海水了。这些云在南边聚集成雪堆似的云团，在北边和东边还是像一层层波浪，发出令人目眩的亮光。

"不知道这气球能维持多久。"他想。

他觉得气球好像没有动，"这大家伙可真轻！恐怕在落地前能飘上一阵子吧？"他自言自语。

"看看高度表，"他又说，"还在升哩。"

"可是，要是拉拉这两根细索会怎么样呢？不，不，我还是别乱动的好。"他马上否定自己。可随后他把两根细索（裂幅拉绳和阀绳）都拉了。然而，正如布特里奇早就发现的那样，这两根细索纠缠在一起打了个死结，根本拉不动，自然什么也没发生。可要是这绳子没有绞成一团，那么这轻轻一拉，裂幅拉绳就会把气球嗤的一声割开，像用剑劈开一样，而我们的伯特就会被一股气浪以每秒数千英尺的速度抛出气球，一命呜呼。"没有动静？"他又拉了一下，还是没反应，便去吃午饭了。

他拿起一瓶香槟，刚一拉开线，塞子就呼地一下弹了出去，大部分香槟也泼到外面了，然而伯特还是斟上了一杯。"大气压强的缘故，"伯特说，他总算把七年级时学到的物理知识给派上了用场，"下次开瓶子我会小心些，不会再糟蹋酒了。"

然后他又想抽抽布特里奇留下的雪茄，幸运的是找不到火柴，否则会把气球给烧着的，搞得天空像放礼花一样壮观。"该死的格鲁比！"伯特拍着空空如也的口袋，生气地嘟囔，"他何苦要卡下我的火柴盒？这家伙就喜欢偷火柴！"

他休息了一会儿，然后起来四处转悠，理了理沙囊，看了看云彩，又回来把地图在箱子上摊开。伯特向来喜欢看地图，他有一阵子试图找到法国地图或是英吉利海峡图，然而这些地图全是英国各郡的军用地图。他不由得想到语言的问题，于是开始回忆从前学的法语，"我是英国人，这是一场误会，我是出了意外才到这里来的。"他想着可能用得上的法语。

随后，他想看看布特里奇的书信，再翻翻他的笔记本，消磨消磨时间。他就这么过了一下午。

二

他坐在木箱上，浑身裹得严严实实，尽管现在天气很晴朗，却已是非常冷了。他开始只穿了一件蓝粗哗叽外套，他是一个喜欢赶时髦的乡下小伙子，里面没穿多少衣服。他脚上套了双厚袜子，脚下是类似凉鞋的便鞋。他披着那件破破烂烂的床单，然后加了件大衣，披上了布特里奇的马夹和毛边大衣，最后连一件女式皮披风都穿上了，还往膝盖上盖了一块毯子。他头上顶着亚麻色的假发，上面压着那顶大帽子，护耳已经放下了，布特里奇的毛皮鞋已经穿到他脚上了。

吊舱里面虽然小但很整洁，只有那些小沙囊让人看着不顺眼。他还找到了一个可以折叠的小桌子，把它打开放在肘边，放上了一杯香槟。他的前后都是一片虚空，这种天宇澄清的空旷和静谧只有坐上气球以后才能体会到。他不知道会飘往何处，也不知道会发生什么事情，他用那种斯莫尔韦兹家族惯有的处事不惊的态度勇敢而平静地接受了当前的局面，当然了，我们也有理由认为这只是一种退化了的可鄙的特性而已。他感觉总要落到什么地方，而且只要不摔死，总会有人或某个组织把他和气球运回英国。要是他们不肯帮忙的话，他就会坚持去英国领事馆。"大不列颠'临时'馆"，他以为这就是法语的正确说法，"请把我送到'临时'馆去。"他将用蹩脚的法语这么说，他可绝不是不懂法语。然后他又仔细地研究了布特里奇的秘密，觉得很有趣。这里的信除了私人信函之外，还有字迹很大的、一望便知是热恋中的女子写的情书。这些当然不关我们的事，有人可能会对我们的主人公会偷看别人的信而感到遗憾。

读那些情书的时候，伯特惊愕地叫了声"老天"，过了好长时间才说："莫非是她……天哪！"他又冥想了一阵子，然后继续探究布特里奇的秘密。这里有一些简报，还有一些德文、英文的信，一望便知是同一笔迹。"啊！"伯特叫了一声，拿了其中一封信读了起来。信的开头是向布特里奇致歉，说以前没有用英语写信以致给他造成了许多不便，然后又说到一些让伯特觉得很有趣的事："我们完全理解您现在的处境，可能是有人在监视您。如果您决定带着那些图纸离开英国，这并没有什么太难的，您可以取道多佛、奥斯登、布朗尼或迪帕埃到我们这儿来，我们觉得不会有人因为您那宝贵的发明而谋害您。"

"真有趣，"伯特想了想，然后继续看信，"他们似乎要利用他，可又不肯花力气，要不就是在装模作样想少给点钱吧。"过了一会儿，他又想："这似乎不像和政府有什么关联，却更像一些公司的交易。全是德语，我可是一点都看不懂。不过这个家伙想卖些机密文件倒是确凿无疑的。我明白了，很清楚，就这么回事，老天！这就是他的秘密了！"

他一耸身跳下了座位，打开了箱子，取出文件夹放在桌子上。里面是一些机械师常用的平面图，除此以外还有一些曝光不足的照片，显然是出自业余摄影师之手。

伯特发抖了："天哪，我现在和这些秘密一起飘在天上，不知道会落在何处。"

"让我想想。"他看了看平面图，又和照片对比了一下，这些东西让他迷惑不解，图纸似乎缺了一半。他考虑怎么把它们拼在一起，可很快又认识到，这是他无法办到的。

"真让我心烦，"他说，"我要是学过机械就好了，就能猜出来了。"

他走到吊舱边，心不在焉地看着那一团团巨大的云彩，这些云彩就像是慢慢隐去的蒙娜丽莎的微笑。突然，一个移动的黑影引起了他的注意，使他不由得警觉起来，这个慢慢移动的黑影不知疲倦地紧跟着他。这东西干吗要跟着他？又是什么玩意儿呢？

他突然明白了，"当然是气球的影子了。"他说。这的确是气球的影子，可是他仍然警觉地看了一阵子，然后又回到桌边重新研究那些图纸。他整个下午都试图去理解图纸，中间也沉思了好一会儿。他现在又想起了法语："到这儿来，先生，我是英国的发明家，我叫布特里奇，我是来卖情报的，关于飞行器的情报，明白吗？对，我要钱，要现金，明白吗？这就是那台能在天上飞的机器，像鸟一样，明白吗？平衡？当然，我想到你们政府去，告诉我在哪儿好吗？"

"从语法角度看是有点古怪，不过我想他们是能听得懂的。"

"可是，如果他们要我解释这气球的构造，那……"

他又焦急地看了看那些图纸："可是我并没有全部的图纸。"

当气球穿过云山云海时，他开始变得越来越困惑，不知道拿这些图纸如何是好。不过他明白，他肯定会落在一个地方的，尽管他不知道在哪儿。

"这可是我的好运到了。"然而他越来越清楚地意识到根本不是这么回事，"我一下气球，他们就会将我的事登报，而这会把布特里奇引来的。"

要是谁让布特里奇给盯上了，日子可真不好过。一想到那个一脸黑胡子、尖鼻子的布特里奇，一边盯着自己，一边发出令人心惊的低吼，伯特指望卖掉布特里奇秘密的梦也就慢慢消退了。他又清醒了过来。

"这是办不到的，想又有什么用呢？"于是他慢慢地、极不情愿地把这些文件和信件放回原处。这时他察觉到一线金光照在气球上，蓝天似乎也温暖了许多。他站起来去欣赏落日，只见一片连绵起伏、镶嵌金边的紫红色晚霞中静静地挂着一轮巨大耀眼的金色火球，这景象美得让人难以言喻。云层向东边延伸到天际，蓝幽幽的。伯特觉得似乎整个宇宙尽收眼底。突然间他看见了三个黑影匆匆掠过，看上去很像鱼，甚至还有尾巴，它们一个接一个地像海豚一样游着。不过在这种光线下，这种感觉并不十分可靠。他眨巴眨巴眼睛再看时,它们已经不见了。他一直在朝那边看,却再也没见到那三个黑影了。

"我怀疑我是否真的看见了什么,"他说,"不可能有这种东西的……"太阳西沉了,然而却不是笔直地往下沉,而是一边往下沉,一边往北走。突然,白昼和温暖消失了,高度表的指针一下子指到了"降"。

三

"会发生什么事呢?"他问自己。

他感到吊舱下面那冰冷的铅灰色的云层不断地向他逼近了。当他被云层包围时,这些云不再像白雪皑皑的山坡了,而是变得虚无缥缈了。他感到这些云在飘浮和旋转,当他快落到云层底端的时候,已是黄昏。这时气球停止了降落,天很快就被云掩盖,看不见了,最后一线白昼也消失了。他掉进了昏暗的黄昏中,感到许多细微的小雪花从身旁往天顶飞去,从身旁飘过时全部冒着水汽,像幽灵的手在摸他的脸。他冷得发抖,呼出的气像烟一样从嘴唇中冒出,而一切都变得湿漉漉的了。

他感觉这就像一场从未经历过的大风雪,铺天盖地地向他袭来,所不同的是,这逐渐加剧的风雪是来自下面的。然后他觉得自己越降越快。

不知不觉中一个声音在他耳边响起,先前的那个静谧的世界消失了。

"这嘈杂的声音是怎么回事？"他伸长了脖子，忧心忡忡地向外看。

开始他似乎看到些什么，后来却什么也没看到。他清楚地看到下面是一片广阔汹涌的海洋，海面上细细的泡沫在相互追逐着，远处是一艘有着大帆的导航船，船上的黑字已看不清了。船上发出昏黄的光，船在大风中颠簸不停，前后动荡，然而伯特却感觉不到风。但是浪涛声确实越来越大、越来越近了，他在一点点地落向海里。

他突然想到要开始着手补救。

"啊，沙囊。"他叫了起来，抓住一个沙囊往外扔，不等有什么效果就又扔了一个。他向外一看，刚好看到在那昏暗的水面上溅起了一串小小的白浪，然后他就回到了满是风雪的云层中去了。

他几乎是毫无必要地又扔了两个沙囊，然后又猛地从又湿又冷的云层中升到了清澈寒冷的上层空气中去了。这里天色尚未全黑，"真是老天保佑！"他诚心诚意地说。

天上已经出现了一些星星，弯弯的月亮在东方放射着光芒。

四

这一次差点栽进海里的经历给伯特留下了深刻的印象，让他想起下面的水。现在是夏天，晚上很短，然而在他看来，却是长得可怕。他有种不安全感，因此担心太阳什么时候才能升起，驱走这无边的黑夜。此外他又有些饿了，他摸黑打开箱子，从里面摸出那块罗马式馅饼，又吃了些三明治，还算成功地打开了一瓶香槟，尽管又泼了一半。吃完后，他感觉身体暖和了些，精神也有所恢复，于是他开始抱怨格鲁比拿了他的火柴，夹紧了裹在身上的衣服，打了一会儿盹。他起来两三次看看是不是还在海面上空。月光下的云层第一次看上去这么白、这么密，而气球的影子像只狗，穿过其间的云层，随后云彩似乎也就薄了些。他静静地躺着，瞪着头顶上那又大又黑的气球。他突然发现身上的马甲，确切地说是布特里奇的马甲，当他呼吸时，里面的衬里沙沙作响，但他没法取出来看一下。

他被鸡鸣犬吠和鸟叫声吵醒了。他现在是在一片被日出染得金光闪闪的大地上低低地飞行。他看到了一大片没有分界、长势很好的庄稼地，田间有些道路纵横交错，每条路边都有红色的电线杆。他刚巧越过了一个刷成白色的精巧小村庄，村里有一个塔楼高耸的教堂，有红白瓦相间的屋顶。农民们穿着耀眼的衣服和奇怪的鞋子，在他们上工的路上停下来怔怔地看着他。他现在飞得很低，引绳都拖到地上了。

他盯着这些人，对自己说道："我真不晓得该怎么着陆。"

"非得着陆不可吗？"

他发现自己正飞向一条单轨铁道，他马上又抛出了两三个沙囊企图避开。

"让我想想！我或许正好可以说'拿好！'但愿我知道法语中拿好绳索的'拿'，我猜他们是法国人。"

他又看了看下面的村庄。"或许是荷兰，或许是卢森堡，就我所知也可能是洛林。那些大建筑是干什么用的呢？砖窑吗？呵！这看上去倒像是个繁华的地区……"

这个国家的外表令人敬佩，他内心深处的琴弦也因此有所拨动。

"我先来梳洗打扮一下。"

他决定先升高一些，除掉假发等（现在这让他感到头上很热），他扔出一个沙囊，非常惊奇地发现他正飞快地升了上去。

"该死！"伯特说，"我的把戏玩得过头了，真不知什么时候落下来。不管怎样，早餐只好在气球上对付了。"

现在太热，他脱下了帽子和假发。出于一阵不顾后果的冲动，他把假发扔了出去，结果高度表也就猛地指向"升"了。

"哦，只要你记着向外扔东西，这鬼玩意儿就会一个劲儿往上升。"他说。他又打开了箱子，找出一些吃的，其中有几罐可可汁，罐上面清楚地写着开罐说明。他严格按照操作说明，在一个洞里面找到了钥匙，用它打开了罐底的加热系统。罐子变得越来越热，最后碰都不能碰了。然后他打开了罐子，一杯热腾腾的可可汁就出来了，全部过程根本没用到火柴，也没用到火。这只是一项老发明，然而对他来说却很是新奇。他又吃了些火腿，尝了点面包，喝了点儿橘子汁，这可真是一顿相当丰盛的早餐。

他还是觉得很热，又脱了大衣，不由想起昨天晚上马甲发出的沙沙声。于是他脱下马甲仔细查看。"布特里奇这家伙恐怕不会喜欢我把它拆开。"他犹豫了一会儿，还是拿刀把马甲给割开了，在里面他找到了那些平面图的剩余部分。

让我们来设想一下有一个天使一直在观察伯特，这天使将看到他在发现这些图纸后坐在一边沉思默想，然后他站起来似乎有了灵感，抓起那已被割开的马甲，一抬手就把它给扔了下去。这马甲马上就扑腾着、转着圈慢慢地往下落，它最后会落到威尔巴德附近的某一个田野上，"呼"的一声罩到一个睡得正香的德国人脸上。这个动作使得气球又飞高了些，当然我们的天使也能更便利地观察他了。天使会看到我们的伯特又脱下了夹克和马甲，扯掉了假领，解开了衬衫，一伸手就把心给掏出来了，抑或不是他的心，而是一个像心一样的鲜红物品。要是这位天使不给吓得逃之夭夭，而是仔细地查看一番，就会发现这只是一个红法兰绒布做的护胸。这个护胸便是伯特最不想让别人知道的秘密。伯特一直都戴着它，因为他在马尔各特算过命，算命的说他肺不好，他也就信了。

然而他现在却拿出他的"护身符"，一刀剖开，把他所发现的图纸全塞了进去。随后他拿过布特里奇刮胡子用的小镜子整理了一下衣装，脸上是一副壮士一去不复返的庄严神情。扣上了夹克，他接了点水，洗了把脸，刮了刮胡子，又重新戴上帽子，穿上皮大衣。做完这些之后，他感到精神振奋，便又开始观察下面的景色。

这景色真是不可思议的壮丽，也许它并不像伯特前一天看的灿烂的云层那么奇特壮观，但要有趣得多。空气极其清朗，南边和西南简直是万里晴空。下面很多山，不时地可以看到杉树林和光秃秃的高原，也能看到农场。这些山被峡谷隔开，峡谷上河流蜿蜒，随处可见小池塘和用来发电的拦水坝。河流两边是一些屋顶尖尖、光彩夺目的小山村。每个山村里都有孤零零的电话杆，电话杆上没了电线，附近有一个精致的小教堂。他还看到一些庄园、公园和白色的公路，还有竖满红色、白色电缆杆的小道，有围墙的花园和牲口棚、乳品加工中心，高原上还有许多奶牛。一些老朽的铁轨（现已被单轨道取代了）穿过隧道和路堤，当火车经过时发出一种哼哼声。一切都很清楚，只是看上去很小。

有一两次他看到枪炮和士兵，不由想到在英国那个假日看到的军事演习及其引起的骚乱。不过，看到眼前这一切，他就不觉得那些演习是庸人自扰了，尽管他还不能解释他们为何要向他开火。

伯特一边嘟囔着："我要是知道怎么降落就好了！"一边乱扯着那两根绳子。然而他仍然在一万英尺的高空下不去，于是转身去清点一下物品，列个清单。在高空中飞行，他的胃口变得极好。不过他觉得还是限制一日三餐的供给保险些。照这样下去，他恐怕得在空中待上一个礼拜哩！

起初，下面看起来就像是一幅巨大的静物画。但当这一天快要过去时，气囊中的气又少了些，气球又往下降了些。下面这幅画的情景更清楚了，人物变得更清晰了。他开始听到火车的汽笛声和车辆的喇叭声，听到牛群的哞哞声，军号钢鼓的奏鸣声。不久，甚至也能听得见人的说话声了。他觉得现在可以试着着陆了。

有一两次，拖绳擦过下面的电线，火花在吊舱上打得叭叭直响，伯特的头发也由于电击而根根竖起。他倒是无所谓，认为这是旅行中难免要发生的。他反正只想把挂在上面的铁锚给抛下去。

从一开始，试着着陆就运气不佳，也许是选错了着陆地点。气球本来应该在空旷开阔处着陆，而他却选择了拥挤的闹市区降落，他本该好好想想再决定的，可惜却没有。

他看见前面有个小镇子，看上去像是个可爱的小镇子：镇上有一个教堂，在教堂的钟楼四周，围绕着一群高高的山墙，散布在树丛中。树林像一面墙似的拥抱着它们，这些墙形成庞大而精致的通道，一直通往一条林荫大路。路两边满是电线、电缆杆，似乎所有电线、电缆都汇集在此，就像食客围聚在餐桌旁。这看上去是那么亲切、舒适，路边还插了许多旗帜，看上去更是欢快之极。在这条路上来来往往的是一些坐着大车或步行的农民，偶尔会有一辆单轨火车从他们身边开过。城外树下的车站边，是一个热闹的小集市。所有这一切显得很温馨，伯特觉得这地方真是令人愉快。他拿起锚钩，靠近树丛，准备抛下去挂在树上，好让他这位好奇而有趣的客人下来。他甚至想象会有那么一帮子乡巴佬满怀敬意地围上来，听他用半文不白夹杂手势的法语讲述他的冒险故事。他放下了铁锚。

然而与他预想的相反，灾难则是一桩接一桩地降临了。

一开始还没人留意有只气球逼近树梢，然而拖绳却引起了麻烦。第一个看到拖绳的是一位头戴黑帽子、手握一把大红伞的老农夫。他似乎是喝多了，当他看到这绳索从身边划过时，居然生出恶意要打死他。他一路轻快地追逐着这拖绳，嘴里发出难听的叫声。这时，绳索斜斜地掠过公路，"扑通"一声掉进货摊上的一盒牛奶中，然后这浸了牛奶的尾梢又"啪"的一声甩过一辆停在城门外的卡车，卡车上挤满了要去上班的年轻女工，看到这绳索向她们扫来，不由失声大叫起来。人们听到她们的尖叫后，抬头看见伯特正在挥舞胳膊（他还以为这是友好的表示呢），便以为他这是存心要侮辱人。然后，他们看到这绳索狡猾地爬上了城楼的屋顶，撞翻了一根旗杆，又弹向电话杆，扫断了一根电话线。他们看到这电话线像鞭子一样打了下来，于是对这肇事的绳索越发痛恨。

这时气球也颠簸起来，伯特忙抓住围栏才没有摔下去。两个年轻的士兵和几个农夫还冲着他破口大骂，恶狠狠地向他挥舞着拳头。当他和气球飘过城墙，潜入镇内时，他们还一路小跑着追他。他可真是深受这帮乡巴佬的"爱戴"呀！

由于刚才绳索着了地，这气球便借力向上轻浮地跃了一下，接着伯特就飘到通往集市广场的街上了。这条街上挤满了农夫和士兵。然而不友好的气氛仍跟随着他。

　　"注意铁锚！"伯特嚷起来，马上他就意识到他们恐怕听不懂英语，于是又夹杂着法语叫道："小心你的脑袋！听见没有，快让开，让开！喂，喂，你找死吗？"铁锚悠悠地滑过一个陡峭的屋顶，所经之处瓦片像雪崩似的哗哗往下落，然后这锚又倏地跃过街道，一路激起人们的尖叫和咒骂，当啷一声砸碎了一个玻璃窗，钻了进去，结果造成了巨大的不幸。气球猛地旋转起来，吊舱也一头高一头低地翘了起来，一只锚钩上可笑地挂着只童椅，后面跟着个气急败坏的店主。在一片怒讨声中，它不由晃悠起来，拿不定主意把这"赃物"藏到哪儿去，然而当它路过一个在菜场整白菜的农妇时，它的灵感一下子来了，毫不犹豫地把它扔到这可怜的妇人头上。

　　现在人人都注意到这只气球了。他们不是忙不迭地侧身躲开飞舞的铁锚，就是一个劲地想抓住垂下来的拖绳。铁锚像钟摆一样在他们头上荡来荡去，逼得他们左右闪避。后来，铁锚又落到地面上来了，这次要勾住一位戴草帽的蓝衣绅士，可惜给他逃掉了。它于是怒气冲冲地打翻服饰摊子的搁凳，吓得一个穿灯笼裤、骑着车的士兵弃车落荒而逃（他跳得像只山羊）。然后它又犹犹豫豫地想抓住一头绵羊的后腿，吓得浑身发抖的绵羊还是很不雅观地挣脱了。最后它总算挂住了一个石制的十字架，好歹停了下来。这时气球猛地往上一挣，然而许多只手已经拽住了绳索，试图把它给拉到地面上来。

伯特感到吊舱里头一回这么凉风习习。好一阵子，他都在吊舱里踉踉跄跄地（因为吊舱现在晃得厉害）俯视下面激动的人群，努力想集中思想（他转得够呛）。他真没想到麻烦事会这么多，他们真的这么生气吗？每个人都是一肚子的火，看上去谁也不欢迎他的到来。他们发出的声音都是咒骂，而且听得出来，他们是要动真格的了，几个戴着三角帽的军官试图安抚人群，但没有用。他们冲他挥拳舞棒。伯特发现人群外围有个男子跑到干草车上抓起一把亮锃锃的铁叉，一个士兵解下了皮带，他知道大事不好，也就不再怀疑了——这小镇不是理想的着陆地点！

他本来坚信他们会把自己当英雄来欢迎，现在知道他错了。

还差十英尺他就要给拽下来了。这时他想好了，也不再呆若木鸡了。只见他猛地跳上箱子，不顾摔下来的风险，解开了系铁锚的绳索，然后又跳向系引绳的桩，把它也解开了。

铁锚绳索落了下来，人群发出一阵沙哑的怒吼。气球猛地往上一升，伯特感到有个东西慢慢地擦过他的脑袋（后来他猜想是芜菁），引绳也掉下来了，人群似乎一跃而去。

突然，气球擦上一根电线杆，发出巨大的嚓嚓声，在这个惊险时刻，伯特提心吊胆地等着气囊破裂，气球爆炸。然而他运气很好，气球安然无恙。

可是，下一秒钟他就蜷在吊舱底部了，因为这吊舱减去了铁锚和两根绳索的重力，正在冲天直上。他乖乖地蹲了好一阵子。

最后，当他俯视时，这小镇已经很小了，而且似乎和下面的整个土地在围绕吊舱转来转去——至少看上去是这么回事。

后来他适应了，而且发现气球这么转来转去也没什么不好——至少他不用在吊舱里走动就能鸟瞰全景了。

五

1911年某个夏日的傍晚（请允许我在此借用已故的G.R.P. 詹姆士先生那颇受读者青睐的套话），我们的主人公——一位孤独的气球乘客（与传统的历险小说不同，这回出场的不是孤独的骑马人），坐在那离地一万一千多英尺、仍然在轻轻打转的气球里。他此时正在法兰克尼亚上空往东北方向飞。他探头向下望，满脸的困惑和犹豫，他时不时地动动嘴唇，好像在说："他们要把我打下来了。"要不就是"我不是不想降落，可没法子降落啊！"他已经把那破床单挂在吊舱边了，似乎在请求谅解，然而下面的人根本不理会这可怜的白旗。

他现在已经清楚地认识到这地方不是他想象中那茫然无知、却能喜爱甚至敬畏他这位从天而降的英雄的乡间小镇。事实上，这"纯朴"的小镇已被他的身份激怒了，而且也绝不允许他继续航行了。不过这也不能怪他，他是无法左右自己航向的，左右他去向的是风——他的主人。底下的扩音喇叭里传出用各种语言的喊话，伯特觉得这事又神秘古怪又让人心里捏着把汗。一些长官模样的人挥舞着小旗和手臂叫他下来。最后，他听到一句哑着嗓子、怪里怪气的英语，大意是说："你要不下来，我们可要开枪了？"

"妙极了！"伯特说，"可怎么个下法？"

随后他们向吊舱开了枪，然而没有打中。他们又打了六七枪，有一枪跟他擦身而过，发出一声如裂丝帛的响声，伯特以为气球给打中了，担心它会笔直地掉下去，摔得粉碎。但似乎他们打飞了靶，或是瞄他打的，反正气球并没被打破。当然，他还是给吓得够呛，惊慌失措。

现在他们停火了，他暂时可以苟延残喘一阵子了，不过他也知道，这充其量也只是个"幕间休息"，他们很快就会再开枪的。所以他决定随遇而安。恰好，他身边零乱地放着咖啡和馅饼，不过他无心饮食，一双惊恐的眼睛不时地打量着舱外。

一开始他以为，之所以落到现在这么"引人注目"的地步，是因为他还没准备好就想降落在这个明亮的小镇里，不过现在他明白了，他已引起了军方的注意。

伯特并不知道他此时正在扮演一个神秘古怪的国际间谍的角色。他所看到的全是机密。事实上，他在无意中闯进了世界政治斗争的焦点所在：他此时正处于德意志帝国的版图之中，完全是误打误撞地飘到帝国的秘密基地中来了。这原是法兰克尼亚地区飞速建成的一个空军基地，其目的是悄悄地迅速制造大量的由汉恩斯台德和斯陀塞尔发明的飞艇，从而抢在其他国家前面建立起一支飞艇部队使德国成为空中强国。

在被击落之前，伯特透过薄暮的亮光，看到这由德国人满怀热忱地创造出来的壮观奇景。只见这片广阔的高原上,停着一队队飞艇,宛如正在进餐的怪兽。这块繁忙的基地向北一直延伸到天边,到处是编了号的货栈、加油站、军队营区和堆放物品的区域。基地里随处可见单行道,而且上空没有一根电线或缆绳。身穿白、黑、黄制服的德国皇家军队已排好阵势,到处是展翅欲飞的德意志帝国黑鹰标志。即便是没有这些标志,看到这里的一切都是那么忙忙碌碌、井然有序,也不难让人猜出是德国军事基地。数不清的人来来往往,许多穿着褪了色的白灰制服的德国兵在飞艇边忙上忙下,另外还有一些身着新的灰色制服的新兵正在操练,随处可见德国军服在落日余晖中闪着冷光。

伯特的主要精力集中在那些飞艇上。他马上认出有三艘是他前一天晚上遇到过的,它们能在高空云层中飞行,因而没有暴露。

这些飞艇看上去都很像鱼,因为它们是1906年飞过康斯坦思湖的赞柏林飞艇和在1907年及1908年在巴黎上空露了一手的里堡迪航海气球的直接改良品种。德国在争夺世界霸权的过程中(直到后来人们才意识到世界霸权只是一枕黄粱梦而已),最后孤注一掷,这些飞艇被派出去空袭纽约。

这些德国飞艇此时停在机场上,这怪兽以钢筋铝条为骨架、以坚实的粗布为皮肤。在这层表皮下是一个不易破损的橡皮气囊,里面被分隔叶片划成五十到一百个不等的小室。这些小室都充满了氢气,看上去紧绷绷、气鼓鼓的。在气囊里面,还有一个涂了油、硬化处理过的丝质气球,是椭圆形的,空气可以通过它灌进去或排出来，从而可以让飞艇保持在一定的高度上。这种飞艇可以用比空气轻的材料也可以用比空气重的材料，因为它不但可以通过消耗燃料和投出炸弹来减轻重量，还可以通过向气囊里灌气来获得浮力。这一切最终使得飞艇成为极易爆炸的混合体。但这种事风险是少不了的，防范措施也是必须采取的：飞艇前部，相当于鱼的头部，是飞艇上唯一可以住人的地方，飞行人员和弹药装备就放置在这里。飞艇中部是一根横贯全艇的钢轴，相当于鱼的脊椎骨。后部是发动机和叶轮。飞艇所采用的是德国发明家足以为之自豪的普福尔茨海姆市出产的发动机，它功率强大，由飞艇前部的控制室控制。要是出了机械故障，机械师们可以通过设在下方的绳梯或穿过气室的通道到飞艇后部，也就是发动机的位置，去排除故障。飞艇两边有水平鳍翼，可以部分消除运动时产生的颠簸。飞艇前部两侧还有两个像鳃盖一样紧贴的垂直鳍翼，可以控制升降运动。这飞艇几乎完全采用了鱼的形态结构，尽管相当于鱼眼、鱼鳔、鱼脑作用的部件都设置在飞艇下方而不是在上方。另外一个明显不像鱼的地方是吊在前舱下的无线电发报机，它正处于相当于鱼的下颌的位置。

这些庞大的怪兽们在天气好时可以每小时行驶九十英里，因此除了龙卷风外，任何天气也阻挡不了它们的前进。它们的长度从八百英尺到两千英尺不等，载重也由七十吨到两百吨不等。尽管历史没有记录德国拥有这样的飞艇的确切数目，但伯特粗略估计起码有八十艘停在这个基地。这是德国手中对抗门罗主义，进而要求分得新大陆的一张王牌。然而德国倚仗的还不只这些，它还拥有一些叫"飞龙"的单人驾驶的投弹飞艇。不过，伯特在鸟瞰法兰克尼亚基地时并没看到这些投弹飞艇，因为它们当时在汉堡东面的二号基地。他们又开枪了，这次用的是恩格堡的威尔夫发明的防空钢索弹，很是干净利索地把伯特的气球给打下来了。这子弹呼啸着擦过他的身体，它尾部的钢索在气球上划开了一道，气球于是咝咝地泄着气往下降。伯特慌乱地扔出一个沙囊，然而德国兵们彬彬有礼却又坚定地制止了他不必要的行为——他们又朝他的气球开了两枪。

第四章
德国机群

一

　　人们根据想象制造出的产物把伯特生活的世界变得既精彩又令人困惑。而这其中却没有一样像现代版的爱国主义那么奇特、轻率、喧闹、令人不安，既具说服力又具危险性，这种爱国主义发端于帝国政治及国际政治。人人内心都乐善、自豪且存有一份对母语及熟悉的土地的温存。在科学时代到来之前，这些平和且崇高的情绪已然成为每一位值得尊敬的人的一个优点。这一优点尽管有其让人感觉不太亲切的一面，但对陌生人通常并无敌意，对异域他乡之人也无损伤之心。随着人们生活的节奏、范围、用具、规模及前景发生了剧变，过去的界限及旧的隔离被彻底打破。过去定型的思维习惯及传统都面临着新情况，而且这些新情况又不断翻新并继续变化着。因为无从适应新情况，它们或被废弃，或走样，或被付之一炬，而非获得认同。

当班希尔只是彼得父亲控制下的一个村庄时，伯特的祖父已经对"他的地盘"了如指掌。他举手扶帽向上司们致敬，对于地位不及他的人则居高临下看不起。他一生一成不变地恪守着这样一个想法：他是英格兰肯特郡人，这意味着蛇麻子、啤酒、犬蔷薇和世上最好的阳光。他对报纸、政治和去伦敦都没有兴趣，但接着发生了变化。前面的章节已经交代了班希尔所发生的事，大量新奇的东西如何闯入虔诚的乡村生活。在欧洲、亚洲、美洲，数以万计的人一出生就要在一股他们永不理解的洪流中抗争而不是扎根于土地，伯特便是其中一员。他们父辈的信仰出人意料地走了样，形式之奇令人吃惊。尤其是爱国主义这样好的老传统在新时代的冲击下被扭曲了。伯特的祖父对于"法兰西化"这个词有着很深的偏见，他认为这简直是对他最大的蔑视。伯特有权把本已被无赖们搅混的政治搅得更混。这些无赖们吸着烟在金斯敦（牙买加）或孟买的街上骑着自行车。这些地方的人在伯特看来是"从属种族"。他准备以死来保住这种优越的权势，当然是通过找愿意当兵的人替他。但想到也许会失去这种权势又使他夜不能寐。

伯特生活的年代最终稀里糊涂地发生了空战。这期间的政治状况其实非常简单，要是当时人们对这一状况看得简单点就好了。科学的发展改变了人类事务的范围。利用快速的机械牵引，科学使人们无论从社会学角度还是经济角度、自然角度都更加地接近了。旧的国家或王国式的分裂不再可能，新的更为广阔的一体化不仅是需要的而且也是绝对必要的。正如一度独立的法兰西各公国不得不联合起来组建国家一样，现在的国家也不得不组建一个更大的共同体。他们必须保留那些宝贵且可操作的，丢弃那些过时的和危险的。在一个比较有理智的世界里，人们本应明显感觉到需要一个合理的共同体，人们本应心平气和地议论到它，然后实现并继续发展这项显然可能实现的文明。但伯特生活的世界却并不这样。各国政府出于各自利益不会注意这些显而易见的事情。他们只是互相猜疑且缺乏丰富的想象力。他们就像缺乏教养的人在拥挤的公共汽车里互相挤推，推来操去，争吵不休。其实他们只需重新调整一下就会舒服多了，但他们对这种劝告是听不进去的。20世纪初的历史学家发现了同样的事，他们发现人类活动的延续及调整总是不可避免地被旧的地域、偏见及愚蠢行为所束缚。此外，还有交通不便的地区人口密集，人口过剩，人们利用关税及所有可能的商业措施互相牵制，并以日渐强大的海军、陆军相威胁，尽管这不是个好兆头。

现在去估算世界上有多少脑力、体力被用来进行军事准备及军事装备是不可能的，但这肯定是个巨大的数字。如果把英国用在海陆军的钱和精力转投到教育上去的话，英国人差不多就是全世界最优秀的了。如果英国的统治者们把用于战争的物资转投到"育人工程"上去并让全民一直坚持学习、锻炼到十八岁的话，岛上每个像伯特这样的人都会变得身强体壮且头脑聪颖。然而统治者们对伯特一直摇旗进行战争鼓吹，直到他十四岁，他为煽动所鼓舞，然后离开了学校去开办自己的营生，这一点我们已经简要地谈到过。法兰西也同样的愚蠢，德国有可能更糟，俄罗斯由于军国主义的扩张而正朝着破产和没落恶化。整个欧洲正不断制造着大炮，不断出现数不清的像伯特这样的人。亚洲各民族已经被迫进行自卫，新的强权政治也使他们面临类似的转变。大战爆发前夕，世界上有六大强国和一些稍弱的大国。他们每个都武装到牙齿，绷紧每一根神经，为的是在装备的致命性及军事有效性方面领先，美国是当时第一大国，非常热衷于商业；但德国向南美的扩张以及它无意间从日本手中夺得一些附属领土的事实使它走上军事扩张之路。它拥有两支庞大的舰队，一个在东，一个在西。在国内，当时联邦政府与州政府为了自卫民兵的"普役制"问题争论不下。大英帝国散布全球也并不太平，此时爱尔兰和其他所有"从属民族"人民的起义运动弄得它焦头烂额。尽管大英帝国给这些"从属民族"带去过香烟、长靴、圆顶硬礼帽、板球、田径赛、廉价左轮手枪、石油、工厂体制、用英语和当地语言双语出版的售价仅半个便士的报纸、不太昂贵的大学学历、摩托车、有轨电车，但大英帝国也有过大量的文学作品蔑视这些"从属民族"，并恣意向他们传播，因为大英帝国认为这些并不会导致什么恶果。先前就曾有人写过"古老的东方"，吉卜林也曾写下过如此富有灵性的文字：东是东来西是西，两者永不到一起。

然而在埃及、印度和其他附属国，一代又一代富有激情、愤忿、活力，具有现代意识且积极的新人成长了起来。英国统治阶级正在缓慢调整自己的观念，开始意识到"从属种族"已经觉醒，并发现在如此紧张的情况之下需努力一番才能保住帝国的完整。他们的观念也正在发生改变，包括公平竞争，以及对有色人种的歧视。他们傲慢得过了头，招致一片指责。在同别人的争论中，他们会引用彭斯、穆勒以及达尔文的话来为自己辩护。

法国及其盟国还有说拉丁语的一些大国由于人们不愿打仗，所以要比大英帝国生活得和平，而且他们无论从社会进步还是政治角度都在多方面领导着西方的文明。俄罗斯必然是一个"爱好和平"的大国。由于被挤在这些气势汹汹的大国之间并受他们的支配与威胁，世界上的一些"小国"小心翼翼地保持着独立并尽最大可能地发展武装力量。

每个国家都有相当大比例的——且这一比例正在上升——富有活力及创造力的人，他们忙于精心制造战争机器，既为了进攻也为了防御，直到战争爆发。每个大国都试图将自己的准备情况保密，秘密掌握新式武器，揣摩并分析对手的准备情况。人们对于新发现会产生不安全感，这种感觉又对每个爱国者产生影响。一会儿说英国制造出一种无敌炮，一会儿又是法国制造出一种无敌机，一会儿是日本研制出一种新型炸药，一会儿又是美国造的潜水艇海中称霸。每一次谣言都会引起战争恐慌。

尽管各国对战争倾注了心力，但他们的人民却是一股巨大的民主力量。他们与其他各国人民一样，无论从思想上、脑力上还是体力上，既不热衷于也不适应战事。这是时代本身的一种自相矛盾。总的来说，在世界历史上，战争是一段特别的时期。在朝向尽善尽美的目标前进的伟大进程中，战争机器、战争艺术和方法每隔十几年就会给人类带来根本的改变。人们越来越讨厌战争，最后战争便会消失。

最终战争爆发了。因为真正的原因十分隐蔽，所以它的到来让全世界所有的人吃了一惊。当时德美关系紧张，由于激烈的关税冲突以及德国对美国的门罗主义有异议。日美则因长期以来的公民权问题而剑拔弩张。但这两种情况都只是导致战事的一般性原因。现在看来真正的决定性因素是德国因为弗尔兹海姆引擎的改进而有可能制造出快捷且完全适合飞行的飞艇。当时德国是世界上最高效的大国，组织严密，行动快速而隐秘，拥有较好的现代科技装备，此外它的官员及管理阶层受过相当高水平的教育及训练。德国深知这些情况并全然不顾邻国的秘密忠告一味夸大实情。可能因为有着自信的传统，它对于邻国的侦探工作越来越不彻底。另外德国还有一个传统就是行动武断不够审慎，这一点大大影响了其在国际上的发展前景。随着这批新式武器的诞生，德国激动不已，仿佛属于它的时代来临了。在历史进程中它似乎再次掌握了决定性的武器。现在，别人还只是在进行空中飞行器的试验，而德国要开始进攻与征服了。

众所周知，美国拥有一种根据莱特机型改进的具有很高实用价值的飞行器。但并不能据此认为华盛顿战争办公室已打算批量生产以组建一支海军航空部队。尽管如此，德国在美国可能有此举动之前发动攻击仍然是有必要的。法国有一支飞行速度很慢的机群，其中几架注明是 1908 年造的，就飞行速度而言它们不可能比得过德国的新型飞艇。法国制造这些飞机仅仅是用来侦察东部战线，因而大多数飞机小得一次仅能运送二十四名不带武装及给养的人，而且没有一架飞机时速超过四十英里。英国似乎因为不愿花太多的钱，因而正与具有帝国精神的布特里奇为了他的卓越非凡的发明（一种飞机）而讨价还价。亚洲没有任何有威胁的迹象。其他竞争者不值得去考虑。他们还说："机不可失，时不再来，我们要趁别的大国还在试验摸索时，像当年英国夺得制海权一样夺得制空权。"

德国的战争准备迅速、有系统且不为人知，并且他们的计划也是无可挑剔的。就目前所知情况，只有美国有可能对德国构成威胁，而且现在它也是德国最主要的商业竞争对手，它还是妨碍德国扩张的几个主要国家之一，所以德国很快会进攻美国。德国人准备派一支强大的空军越过大西洋上空，在没有防备没有警觉的情况下打败美国。

考虑到政府掌握的情报，德国的计划总的来说是设想完美、极有希望且令人振奋的。它极有可能成为一次成功的突袭。飞艇与飞行机器都不像装甲舰那样需要耗时十几年才能造得出，只要提供足够的人手与厂房，可以在几个星期内造出数不清的飞艇与飞行器。一旦安排好必要的停放场地与生产厂房，到时天上就会布满飞艇。事实上战争爆发后，正如一位痛苦的法国作家所写的那样，天空布满了飞艇，就像是垃圾堆上的蝇群。

对美国发动进攻将是这场"大规模游戏"的第一步。进攻一旦开始，这些停放着的飞行器就会立即组织起来并开始扩充第二队机群。第二队机群将控制欧洲并在伦敦、巴黎、罗马、圣彼得堡或其他"需要"战争之处的上空有效地转移。这将给全世界带来一次惊奇，同样也会是一次征服。那些冷静且富有冒险精神的人策划了战争，他们即将实现他们的总体构想，这是多么美妙的事啊！

冯·斯特伯格是这场空战的参谋长，但其实是卡尔·阿尔伯特亲王那奇怪的刚毅浪漫主义说服了犹豫不决的皇帝，使他相信了这个计划。所以阿尔伯特亲王才是这次世界性戏剧的中心人物。他是德国帝国主义精神的新宠，是新的贵族情绪的理想化身。这种情绪也被称作新骑士制度。对于许多人来说，他看上去像是纳粹的头头。他人高马大、金发碧眼、雄姿勃发，且显然与道德不沾边儿。他诱拐了挪威公主海伦娜却断然拒绝与她成婚，差点引发了一场新的特洛伊战争。这是他震惊欧洲的第一项伟大功绩。接着他与一位美艳绝伦的瑞士女孩成婚，然后就是那次英勇的救援行动——他为了援救三名因在赫耳果兰岛附近海域翻船而溺水的三名裁缝，差点丧了命。因为这些以及他曾挫败过美国游艇"防卫者号"和"C.C.I 号"，德国皇帝原谅了他并让他负责新的德国部队的航空武装。按他的话说，他以巨大精力和能力发展的这支武装正分散到德国的陆地、海洋和天空。英国人厌倦了他们国家拖沓、复杂且文质彬彬的政治方式，转而喜欢这个不屈的、有力的汉子。法国人深信他。美国人用诗来歌颂他。是他制造了战争。

德国人民对于帝国政府的迅速强大与全世界其他人民一样感到震惊。早在1906年大量有关军事预言的文学已开始出现。其中鲁道夫·马丁不仅写过一部出色的预言小说，而且说过这样一句话"德国的未来在空中"。

二

对于这些世界强国的军事实力及勃勃野心，以前伯特一无所知。现在，他发现自己处于所有这一切的焦点。看着下面那巨型飞艇编队，他目瞪口呆。每个飞艇都和斯特兰德高街一样长，和特拉法加广场一样大，有的飞艇足足有三分之一英里长。以前，他从未见过这样广阔且井然有序的停飞场。平生第一次，他感到自己有可能会知道一些非同一般、非常重要的事情，而其他人对此一无所知。他一直怀有错觉，觉得德国人身体肥胖，头脑蠢笨，终日吸着陶瓷烟袋，沉溺于知识，钟情于马肉、泡菜和一些无法消化的东西。

他这样鸟瞰没持续多长时间，第一枪打来了。他躲闪一旁，气球开始竖直下落。此时，他思绪混乱，考虑着怎样解释自己的身份，是否该假装是布特里奇。"噢，天哪！"他举棋不定，左右为难，呻吟了一声，接着看见了自己脚上的鞋，一阵恶心涌上心头。他自言自语道："他们肯定认为我是一个傻瓜。"没错，的确如此，他绝望地爬起来，扔掉沙袋，这又招致了第二枪、第三枪的到来。

当他畏缩在吊舱底部时，一个念头闪过脑海，他可以假装是个疯子，这样也许能逃脱各种令人不悦、麻烦的解释。

这是他的最后一个念头了。接下来，那些飞艇似乎要冲上来将他包围起来看个究竟。他的吊舱撞在地上，反弹起来，把他头朝下扔了出来。

醒来时，他感觉不错，一个声音在喊："布特里奇！对的，布特里奇先生就是你！"

他躺在街边的一小片草地上，这是飞艇停飞场附近的主要街道之一。飞艇排成了一条狭长的风景，一道壮观的风景，每个钝形的吊舱前部都装饰着一百英尺左右长的黑鹰。街道的另一侧放着一排气体发生器，以及到处弯曲在空地上的粗水管。附近是他的已泄气的气球，吊舱歪在一边，和场内附近的一个巨型飞艇比起来，相形见绌，就像一个破损的小玩具，萎缩的气泡。伯特周围站着一群情绪激动的人们，大都身材魁梧，穿着紧身制服。每个人都在议论，还有几个人在大声叫喊，伯特知道他们在说德语，因为他们发音时带有"喝"（[h]）的音，就像受惊的小猫一样。他只能听出一个不断重复的短语——"布特里奇"。

"天哪，"伯特说道，"他们已经认出来了。"

"最高……"他们当中一个人说道，接下来是几句快速的德语。

他看到附近有一个野战电话机，一个穿蓝色制服的高个子军官正在那儿谈论着他。另外一个在身边站着，手里拿一个装着图片和相片的公文包，他们俩都在盯着他。

"你会德语吗？布特里奇。"他们英语发音不太准。

伯特决定最好装作茫然的样子，于是他使尽浑身解数装腔作势，"我在哪儿？"他问道。

一长串德语，提到了"亲王……"。远处一声号响，近一些的号声也跟随着响起，接着附近的号也响了。号声似乎渲染了气氛，一辆单轨车晃晃悠悠地开过。电话铃急促地响起，那个高个子军官似乎在电话里进行着一场激烈的争论。接着，他走到伯特旁边，喊叫着，似乎要把什么人带走。

一个面色庄重、留着白色胡须的人恳请伯特："布特里奇，我们走吧。"

"我在哪儿？"伯特又问道。

一个人晃着他的肩膀问："你是布特里奇吗？"

"布特里奇，我们走吧！"白胡子的人重复了一遍，又无助地说："我们能做什么呢？"

那个军官在电话里不断地提到"亲王"与"带走"，白胡子的人盯了一会儿，想到了一个主意，立刻像充了电似的，他站起来，向伯特看不到的一个人大喊大叫，下达命令。他们开始问问题了，伯特身边的医生回答了几次"对，是这样"，还提到了"头"。因为有些紧急，伯特被架着站起来，他显得很不情愿，两个大个子的黑人士兵走过来，抓住了伯特。"嘿！"伯特猛一惊问道，"干什么？"

"没什么。"医生解释说，"他们把你抬走。"

"到哪儿？"伯特又问，但没人回答。

"用手搂住他们的脖子！"

"好！不过你们带我去哪儿？"

"搂紧！"

没等伯特再说什么，他已经被两个士兵带走了。他们俩手拉在一块儿给伯特当椅子，伯特的手放在两人的脖子上。一个手拿公文包的人在前面跑着。

他被两个家伙抬着在气体发生器与飞艇之间的宽阔大道上快速奔跑，基本上没遇到什么麻烦，只是有一两次两个士兵踩到水龙软管上，差点把他也带着跌倒。

他正头戴布特里奇的登山软帽，瘦小的双肩裹挟在布特里奇的毛里大衣中，他已经承认自己就是布特里奇。凉鞋在脚下无助地吊甩着，每个人看起来都很匆忙。他被一路摇晃地抬着，在霞光中瞠目结舌、惊愕万分。

宽敞、方便、系统化的空间布局，到处高度戒备的士兵，偶尔见到的整洁的材料堆，无处不在的单轨线，耸立在他四周的飞艇艇身，这一切使得伯特想起了当他还是个孩子时去参观沃尔威治海军基地时的情景。整个兵营显示了科学创造的威力。尤其特别的是电灯全是安在地上，很低，光线全向上照，所以伯特与两个士兵在飞艇的侧边留下了古怪的影子，三个人的身影合在一起像个长着细腿、有着巨大的扇形身体的怪物。这些灯之所以安在地上是为了免去电灯杆与灯台，以防飞艇上升时遇到混乱与麻烦。

日暮将近，蓝色的夜空平静无声，一切在地上灯光的照射下都变得半透明，而且高大粗壮。飞艇舱内那些小的检视灯散发出柔和的光，有如云遮霞挡的星星，使这些飞艇看起来形如幻影。每只飞艇的名字都用黑色字母标在艇身两侧，前面有代表帝国的鹰形图案，在光束里犹如一只战无不胜的巨鸟。军号吹响，单轨列车满载着沉默的士兵晃荡着从旁驶过。飞艇头部下的一排小房间亮了起来，房门打开可以看见拥挤的过道。不时地有一个声音在发号施令。

经过一些哨兵、舷梯和一架长长窄窄的通道以及一堆混乱不堪的行李，伯特发现自己正站在一个宽敞的房间门口，这个房间大约有十平方英尺，八英尺高。当伯特进去的时候，一个身材高大的年轻人，小头、长鼻、头发花白，手里拿着很多东西，像磨剃刀的皮带、鞋楦子、梳子和洗漱用品，嘴里说着布特里奇。显然这个人将要被撵出去。果然不一会儿他闪身不见了，伯特躺在角落里的一个柜子上，房间的门关上了。他现在独自一人，因为所有的人都莫名其妙地不见了。

"天哪，"伯特说道，"接下来会怎样？"

他盯着房间四周看。

"布特里奇！我要不要继续做布特里奇呢？"

伯特对这个小房间感到很奇怪。"这看上去既不是座监狱也不是间办公室，他们把我关在这干什么？"

三

门猛地一下被撞开了，一个身着军装强壮的年轻人出现在门口，手里拿着布特里奇的公文包、帆布背包和刮胡镜。"听我说，"他走进来，说着一口流利的英文，他有一张容光焕发的脸，一头亚麻色略带粉红的头发，"没想到你就是布特里奇！"

他啪的一下把伯特那空瘪的包裹袋摔在地上。

"我们最好现在就开始，"他说，"再用半小时！你没有多少时间了。"他严肃地俯视着伯特，他的目光在伯特的鞋上停留了一会儿。"你肯定是开着你的飞行器来的，布特里奇。"

他并没有期望得到答复，"亲王殿下要我务必照看好你。当然他现在不可能来看望你，但他想幸运的是你总算来了，真是感谢上帝。"

伯特站在那听着，一动不动。

门外老有人来来往往地走动，远方突然响起一声号响，在屋子四周回荡着。人们高声地说话，声音短促、尖锐，听起来生气勃勃，而回声像是从很远处传来的。突然一声尖锐的铃声响起，屋外响起了脚步声，向着楼下移动，然后是一声比嘈杂声更令人迷惑的寂静。接下来是一阵巨大的水流飞溅、激荡之声，年轻人的眉毛扬了起来，他犹豫了一下，然后冲出房子。一会儿，一声巨响打破了寂静，远处传来一阵欢呼，年轻人又回到了房内。

"他们已经在放小气球里的水了。"

"什么水？"伯特问。

"用来稳定我们的水，真巧妙，呃？"

伯特努力去理解些什么。

"当然，"这个强壮的年轻人接着说，"你不明白。"伯特心头掠过一阵轻微的震颤。

"那是发动机，"强壮的年轻人用肯定的语气说，"现在我们用不着等多久了。"

又是一阵寂静。

舱室摇晃起来。"哦，天哪！我们终于启动了！"他喊道，"我们启动了！"

"启动？"伯特坐起来，"在哪儿？"

但是年轻人又跑出了房间，过道里听到的都是德语，神经质般颤抖的叫喊一阵高过一阵。

摇晃加剧了，年轻人回到舱室，"我们出发了，非常平稳。"

"听我说，"伯特说，"我们出发去哪儿？我希望你能解释一下，这是哪儿？我一点也不知道。"

"什么？"年轻人叫起来，"你不明白？"

"对，我都快被弄晕了，我的头痛得快裂开了，我们在哪儿？我们出发去哪儿？"

"你真不知道这是在哪儿？这是什么吗？"

"一点也不知道！这摇晃和吵闹到底是怎么一回事？"

"真有趣！"年轻人叫起来，"听我说，这真是有趣！你知道吗？我们正前往美国，而你却没有意识到。你正与亲王同坐在这古老的神圣'旗舰'中。你不会错过任何景色的，不管发生什么，'弗特兰号'肯定会安全到达。"

"我们！——正驶向美国？"

"正是。"

"在一艘飞艇里？"

"你以为呢？"

"我！乘一艘飞艇去美国？在那个气球之后！呃！我说我不想去，让我出去！这是怎么回事？"

他向门口冲去。

年轻人一下就抓住了他，而后又抓住一根皮带，拉开那堵装有衬垫的墙上的一块嵌板，一扇窗户出现了，"看！"他说，俩人并排向窗外望去。

"啊！"伯特喊道："我们飞起来了！"

"是的！"年轻人得意地说，"而且很快！"

他们在空中平稳安静地上升着，发动机的运转声愈来愈清晰。

他们斜穿过航空器停放场，在他们下面，有些像萤火虫一样的金属般的光在闪烁，在黑暗中隐隐地呈某种几何图形。闪光之间有规则的间歇。在"弗特兰号"的一侧，另一艘魔鬼般的飞行器正缓缓升起，从联结器和电缆中解脱出来，飞向天空。然后，隔了一段非常精确美妙的距离，第三艘升起了，接着是第四艘。

"太迟了，布特里奇，"年轻人叹道，"我们已经出发了，这也许对你来说是个意外，但是你还是来了，亲王说你必须得来的。"

"你瞧，"伯特叹道，"确实吓晕了，这是什么？我们要去哪儿？"

"这是，布特里奇，"年轻人说，一副尽力解释清楚的样子，"这是一艘飞艇，是阿尔伯特亲王的'旗舰'，这是德国空中舰队，而这支舰队将跨过大西洋飞往美国，去告诉那些勇敢的人民我们的目的。而我们一直感到不安的就是你的发明。不过，现在你在这儿啦。"

"但是……你是德国人？"伯特问。

"科特中尉，空军中尉科特随时听候您的调遣。"

"你会说英语？"

"我母亲是英国人。我在英国上的学，获得过罗兹奖学金。但不管怎样，我还是德国人。而现在，布特里奇，我奉命照看您。您为您的降落感到心绪不宁。可现在一切都好了，真的！他们打算买下您的机器和其他一切有关的东西。您坐下，冷静地考虑一下，然后就会搞清楚这里发生的一切了。"

四

伯特坐在柜子上思考着发生的一切，那个年轻人在给他讲有关飞艇的事。

从某种角度来说，科特的确是个非常机智的年轻人。"我敢说这一切对你都是新的，"他说，"这并不是你所发明的那种机器。"

科特站起身来在房间里走来走去，陈述自己的观点。

"这儿是床，"他解释说，从靠墙的地方很快移动了一下睡椅，然后又"咔嚓"一声把它扔回去。"这儿是盥洗用品，"他打开一个排列整齐的小橱，"没多少要洗的。除了饮用水之外我们没水。在我们到达美国或登上陆地之前不能洗澡，用丝瓜络擦一擦吧。一品脱热水可用来修面，就这些了。在你下面的柜子里是小地毯和毛毯。你很快就会用得着它们。据说天气会转凉，我不确定。飞艇编队里有四分之三的人无事可干。门后边有一把折叠椅和一张桌子，很结实，没错吧？"

他拿起椅子，用小指把它提起来。"很轻，是不是？铝镁合金的，里面是真空。所有这些垫子都充了氢气，很聪明！整个飞艇都是这样的。明天我们再仔细检查一遍机器，我非常喜欢它们。"

他朝伯特微笑着，"你的确看上去很年轻，"他说，"我一直以为你是一个留着大胡子的老人——像个哲学家。我不知道为什么人们总以为智者都是上了年纪的。"

伯特有点尴尬地避开了他的恭维，然后中尉突然问起他为什么没有乘坐自己的飞行器。

"说来话长，"伯特说，"看这儿！"他突然说，"我希望你能借一双拖鞋或什么东西，我很讨厌我穿的这双破鞋。"

"好的！"

这位罗兹奖学金获得者冲出房间，带着一些精心挑选的鞋子又回来了：一双浅口的无带皮鞋，一双洗澡用的布拖鞋，还有一双装饰着金色太阳花的紫色鞋子。

"我自己也不穿这些鞋，"科特说，"都是凭一时热情买下的。"他笑道，"在牛津时它们派上过用场，一位朋友穿着它们到处跑。"

于是，伯特选择了那双浅口的无带皮鞋。

中尉高兴地暗自窃笑。"这儿大家都穿拖鞋。"他说，"全世界在下面像一幅活动的图画，快看！"

伯特随着他向窗外看去，外面是一片漆黑。除了一个小湖，下面的这片土地黑乎乎的，毫无特征。其他的飞艇都隐藏了起来。"到外面去多瞧瞧，"中尉说，"走吧！外面有一个类似看台的地儿。"

他领着伯特走过被一盏小电灯照亮的长长的过道，穿过一些德语标志，来到一个露天阳台。那儿有一支轻便的梯子可通向一个探出去的小平台。伯特跟着他缓慢而小心地爬到小平台。从那儿可以看到第一支空中舰队飞过夜空的壮观景象，它们以楔形编队飞行，"弗特兰号"飞得最高，处于领导位置，尾部一直延伸到了天边。整个编队呈现出有规律的起伏波动，鱼一样地飞行，十分隐秘，几乎没有任何亮光，发动机发出可以在平台外听到的嗡嗡声。他们正在五千英尺或六千英尺的高空飞行，而且还在逐渐上升。下面的国家一片寂静，星星点点的火炉勾画出的一片漆黑，还有那些大城市里灯火辉煌的街道。世界看上去像在一个碗里，除了低处的部分，天空全让飞艇那巨大的身躯给遮挡住了。

他们欣赏了一会儿风景。

"发明东西一定很有趣。你起初是怎么想到要发明这种机器的？"中尉突然问道。

"就是要把它设计出来，仅此而已。"伯特想了一会儿答道。

"我们的人对你都很感兴趣。他们以为英国人得到了你。英国人不感兴趣吗？"

"在某种程度上，"伯特说，"这可说来话长。"

"我觉得搞发明是件很了不起的事，我就不能发明一件东西来救我的命。"

接下来他们都一句话不说，看着漆黑一团的世界，遐想着，直到军号声叫他们去吃姗姗来迟的晚餐。伯特突然惊慌起来。"你们都不需要换衣服吗？"他说，"我在科学上太用功了，不知道社会上的这些规矩。"

"别担心，"科特说，"除了他们身上穿的，没人有多余的衣服。我们是在轻装旅行。或许你可以脱掉你的大衣，屋子的每一端都有电暖器。"

于是很快伯特发现自己正在和那位"德意志的亚历山大"一起用餐——那个伟大的、有势力的亲王——阿尔伯特，他是战争巨头、两个半球的英雄。他很英俊，亚麻色的皮肤，有一双深陷的大眼睛、扁平的鼻子、朝上卷的小胡子，还有一双长长的白皙的手。他坐在一只双翅展开的黑鹰和一面德意志帝国的旗帜下，比其他人都坐得高一些。伯特发现他在吃饭时不看人，而是看着人们的头顶上方，仿佛在看着某种幻象。二十名戴各式军衔的军官站在桌子和伯特周围。他们看上去都极为好奇地想见到这位著名的布特里奇，而且他们一见到伯特的外表就感到十分惊讶。亲王威严地跟他打了个招呼，他则灵机一动，鞠了个躬。亲王身边站着一位棕色皮肤、满脸皱纹的人，戴着一副金丝眼镜，两髻毛茸茸的，毫无光泽。他以一种怪异的、使人惊慌失措的眼神注视着伯特。在一套伯特无法理解的仪式之后人们坐下来，桌子的另一端是伯特曾经撵出去的一位军官。那位军官仍然带有敌意，和身边的一个人低声谈论着伯特。两名士兵在一旁侍立。晚餐很简单——一份汤、一些新鲜羊肉、一些奶酪——几乎没有人说话。

一种奇怪的庄严笼罩着每一个人。这种气氛部分是在万分辛劳和压抑的兴奋之后的反应，部分是对从未有过的奇怪经验以及不祥冒险的强烈感受。亲王陷入了沉思。当他回过神来，拿起香槟提议为皇帝干杯。

尽管不许吸烟，可有些军官还是下到开阔的小平台里去咀嚼烟草。在一堆易燃物中火光是极其危险的。伯特突然开始打哈欠，并颤抖起来。身处于这些在空中飞行的怪物之中，他感到自己无足轻重，生活对于他而言太茫无边际了。

他对科特说他有点儿头痛，就从那个摇晃的小平台里爬上那个陡直的梯子，重新回到了飞艇里的床上，仿佛那里是避难所似的。

五

伯特睡了一会儿就从梦中惊醒过来。在梦中，他很多次都是在逃离一种无形的恐怖——在一艘飞艇上，沿着漫无边际的过道，那过道先是用活板门铺成，极其恐怖，接着又是用一种极粗劣的透着孔的帆布铺成。

"啊！"伯特边喊边翻过身来。这已是那天晚上他第七次从梦中那无尽的太空中跌落下来。

在黑暗中他坐起身，紧抱着双膝。飞艇的飞行远不如气球那么平稳。他能感觉到飞艇一阵阵规则的摇动：先是向上，再向上，然后又是向下，再向下，还有引擎不断的颤动。

他的脑子开始了一连串的回忆，并且越来越多。

这些回忆引起了一个令人困惑的问题，就像一个在洪水中奋力挣扎着的游泳者对人生的问寻："明天的我，会做些什么呢？"明天，科特已经告诉过他，亲王的秘书，格拉夫·冯·温特菲德要来与他商讨关于他的飞行机器，然后会带他去见亲王。伯特到时将不得不继续宣称自己是布特里奇，然后再把他的发明卖给他们。不过，到时万一他们发现自己的身份就完了。他仿佛看到被

100

激怒的布特里奇……等一切结束后，跟他们坦白会怎么样？或者假装这是他们的误会？于是伯特便开始计划如何把发明卖给他们，并且如何避开布特里奇。

他该开价多少呢？不知怎的，伯特觉得两万英镑这个数是对方可以接受的。

几小时的等待令伯特觉得有些沮丧。他的任务太艰巨了——很艰巨的任务！

回忆使他忘记了他的计划。

"昨晚这会儿我在哪儿？"

他重新在脑子里回想起前几个晚上发生的一切，冗长而啰唆。

昨晚在云层上面，他待在布特里奇的气球里一直没睡。他想到了自己在跌落云层的那一刻，他看到下面不远处冷冷的微蓝的海。他还清楚地记得在梦里发生的那件令人恶心的事。还有前一天晚上他和格拉布在肯特郡的小石城找便宜旅店的情景。现在想起来多么遥远，那似乎是几年前的事了。他第一次想到了留在迪姆彻奇沙滩上的他的同伴"荒漠苦行僧"和那两辆红色自行车。"没有我，他的表演也不会成功。不管怎样，他有钱，正如以前一样，在他口袋里……"在这之前是那个假日的夜晚，他们促膝谈论着他们的演出计划、节目安排和排练步骤。再以前那晚是圣灵降临节。

"天哪！"伯特喊道，"那摩托车都给我带来些什么！"他回想起被拆掉的缓冲器，一种无助的感觉如火一般在心中又一次升起。

从这些混乱而又带着悲伤与愤怒的回忆中，一个瘦小的身影浮现在他脑海里——爱德娜——聪明、伶俐、可爱。她在那辆离去的摩托车上，不情愿地回头朝他喊："明天见，伯特。"

另外一些关于爱德娜的回忆也聚集在了他的脑海。这些回忆使伯特的心情渐渐愉快起来，他甚至想："她一不留神，我就会娶她。"接着又想，他要是能把布特里奇的秘密发明给卖了该多妙！假如等一切结束后，他得到那两万英镑。有了这笔钱，可以买别墅、花园，可以买梦中的新衣服，再买一辆摩托车去旅游，与爱德娜一道分享他所知道的那种文明生活中的每份快乐。当然这其中必有危险。"我想我会使布特里奇这老家伙上当的。"

他苦思冥想，情绪又变得沮丧起来。到现在为止，他的这次冒险行动才刚刚开始。他仍不得不送货、取钱。在这之前——现在——他绝不能回家。他正飞往美国，去那里战斗。"不会打多久的。"他想。但如果一颗炮弹从底部击中"弗特兰号"就惨了……

"我想我该许个愿。"

他又倒下躺了会儿，一边将自己刚才的愿望、设想、憧憬理出个头绪，主要是为了爱德娜。伯特现在已经决定了，开价就是两万英镑。他还要留下一小笔遗产……这些愿望、设想、憧憬慢慢地变得越来越漫无边际，越来越奢侈、过分……

他从噩梦里的第八次跌落中醒了过来。"这飞行真让我心烦。"伯特抱怨说。

他能感觉到飞艇在俯冲，向下，再向下，然后又慢慢升起，还有引擎在不断地颤动。

他立即起床，用布特里奇的大衣和所有毯子把自己裹了起来，因为寒气刺骨。然后他瞥向窗外看到一道灰色的晨光冲破了云层。他开了灯、闩上门，坐在桌旁打开护胸。

他用手展平了那些起皱的设计图，用心地思考着。接着他又找出公文包里的其他图纸。如果他成功了将可得到两万英镑！再怎么说也值得一试。

他立即打开了科特放纸与书写工具的抽屉。

伯特绝不是个笨蛋，从某种程度上讲他倒是受到过较好的教育。寄宿学校教过他一些绘画，教过他如何计算和读懂一份说明书。他的国家在他未被教育好之前，就让他置身于一个充满广告与私营企业的氛围之中去谋生，所以这不是他的错。他受的教育就是这样，但读者不该因为他是个伦敦小无赖就断定他绝对无法领会布特里奇关于飞行器的设想。但他觉得布特里奇的想法有些呆板，让人费解。他的摩托车、格拉布的实验以及他在七年级时做的"机械制图"使他豁然开朗。况且，能看得出来，他手中这些图纸的制图人，且不论他是谁，还是热切地想表达清楚自己的想法的。伯特把关键的图纸和一些草图都按原样复制了一份，而且做了笔记，然后他对着这些图纸又陷入了沉思。

最后他叹了口气，站了起来，把原先放在他护胸里的原图折起来放到上衣胸前的口袋，然后很小心地将他复制的图纸放到护胸里，做这一切时，他脑子里倒没有什么明确的想法，只不过不想一下子放弃秘密。他点着头沉思了好一阵子，然后关了灯又上了床，准备睡觉。

六

那天晚上，高贵的冯·温特菲德也迟迟没能入睡，不过他本就属于那些睡得很少、经常在脑子里玩国际象棋以打发时间的那类人。而那天晚上他有个特别棘手的问题要解决。

第二天他来找伯特的时候，伯特还躺在床上，沐浴在从北海折射上来的阳光中，享受着士兵送来的面包圈和咖啡。他胳膊下夹着公文包，在明亮的晨光中，他那没有光泽的灰发和笨重的金丝眼镜使他看上去近乎慈祥。他的英语说得非常流利，但带着一股浓浓的德国味。他大声地招呼伯特："布特里奇。"在几句随意的客套之后，他鞠了个躬，从门后搬出一张折叠桌和一把椅子，然后把桌子放在他和伯特之间，坐了下来。他干咳了一声，打开了公文包，然后把胳膊肘放在桌子上，用两个手指捏着下唇，睁大眼不安地瞧着伯特："你原本并不打算到我们这来的，布特里奇。"他最后说。

"你怎么看出来的？"伯特吃惊地问道。

"从你吊舱里的地图上看出来的。它们全都是英文的，还有你带的食品，都是为野餐准备的。气球上的吊绳缠在了一块，你曾使劲拉，想解开，但没有用。你控制不了气球，而另一种力量将你带到了这里。是这样吗？"

伯特思考着。

"还有……那位女士在哪儿？"

"什么？——什么女士？"

"你出发时带了位女士，这很明显。你们准备进行一次午后的郊游——一次野餐，像你这样的先生是会带上一位女士的。当你在多恩霍夫着陆的时候她却没有和你在一起，没有！只有她的外套！这是你的事，但我仍感到好奇。"

伯特心想："你怎么知道这些的？"

"我从你带的各种食物中判断出来的。我无法知道，布特里奇对那位女士做了些什么。同样，我不知道你为什么穿着凉鞋和这么便宜的蓝外衣。这些都不在我考察的任务范围之内。也许这些是小事情，得不到官方的重视。女士们来来去去——我在世界各地游历过。我知道智者们常穿凉鞋，甚至吃素。我还知道一些人——至少化学家们——是不抽烟的。毫无疑问，你在某个地方将那位女士放了下去。好了，我们谈正事吧。一股高空中的自然力，"他的声音随着情绪而起了变化，睁大的眼睛也似乎变得更大，"将你和你的秘密径直带到了我们这儿。既然这样，"他低了低头，"那我们就这样说下去吧。我能理解为什么你总是随身带着那个秘密。你害怕被偷，还害怕间谍。因此它跟着你到了我们这儿。布特里奇，德国会买下它的。"

"会吗？"

"会的。"秘书肯定道，同时眼睛盯着衣柜角落里的那双被伯特扔掉的凉鞋。他起身拿出一张记着什么东西的纸看了一会儿，伯特则充满期待和不安地看着他那棕色的布满皱纹的脸。"我被命令通知你，"秘书将那张纸摊在桌子上，眼光仍停留在纸上，"德国一直想买你的秘密。我们一直渴望得到它——非常渴望。我们只是害怕你会因爱国精神的驱使而与英国军方串通，因此我们出于谨慎没有通过中间人向你购买这了不起的发明。现在我们决不会迟疑了，我得到指示，同意你提出的十万英镑的要求。"

"噢！"伯特兴奋地喊了出来。

"你怎么了？"

"只是有点痛。"伯特指了指缠着绷带的头。

"啊，还有，关于那位受到不公正指责的尊贵的女士，我们知道你曾为支持她而英勇地对抗英国的虚伪和冷漠。我被告知，德国将义无反顾地站在她这边。"

"女士？"伯特嘀咕了一声，随即回想起了布特里奇那伟大的爱情故事。那个老家伙也看了那些信了吗？如果他看了的话，一定会认为他是个会引起轰动的人。"噢！她没事，"他说道，"毫无疑问。我……"

他停住了话头。秘书的目光使人感到害怕，似乎过了几百年这目光才从他身上移开。"好吧，那位女士的事就随你好了，反正这是你的事。我已尽我的职责了。还有男爵的头衔，这也能办到。这些都能办到，布特里奇。"他用手指在桌子上敲了一会儿，然后接着说："我不得不告诉你，先生，你到我们这儿时，正赶上世界政治出现危机。现在告诉你我们的计划已没有关系了。在你离开这艘飞艇之前，全世界都已经知道了这个计划。宣战书可能也已公布。我们要去——美国。我们的机群将降落在美国——这是一个对来自任何地方的战争都毫无准备的国家，任何地方。他们总是依靠大西洋的阻隔，还有他们的海军。我们已选中了一个确定的地点，目前这还属于我们的指挥官的秘密。我们将夺取这个地方，然后我们将建一个基地——类似于内陆的直布罗陀。它将会成为——成为什么呢？一个鹰巢。我们的飞艇将会在那儿集中和维修，接着它们将会在美国上空飞来飞去，恐吓城市，控制华盛顿，需要时投下些什么东西，直到我们的要求被接受。明白吗？"

"接着说！"伯特点点头。

"我们本来准备用我们原有的飞艇，但你的机器的加入使得我们的计划变得完整。它不仅给了我们更好的飞艇，而且打消了我们对大英帝国的最后一丝顾虑。如果没有你，先生，你深爱着的却又以如此恶意对待你的大英帝国，这个遍布伪善者和爬虫的国家，将不能干成任何事！任何事！你看，我是十分坦诚地跟你说这些的。我奉命告知你，德国知道所有这一切。我们希望你能为我们服务。我们希望你能成为我们的飞行总工程师。我们希望在你的指导下配备一大批'大黄蜂'。我们希望你指导这支空中力量，而且我们在美国的基地也需要你。因此我们毫不迟疑地接受你几星期前提出的全部要求，绝不讨价还价——十万英镑现金，三千英镑的年薪，一年一千英镑的退休金，还有你想要的男爵的头衔。这些就是我奉命要告诉你的。"

他的眼光还在审视着伯特的脸。

"就这样，当然。"伯特的呼吸有点急促，但除此之外，他显得很坚决，也很镇定。看来现在是他把昨夜盘算的计划付诸实施的时候了。

秘书盯着伯特的衣领，思考着什么。仅有一会儿他向那双凉鞋扫了一眼，然后目光又转了回来。

"让我想一会儿。"伯特发觉了这令人心虚的目光。"看这！"他最后用明确无误的口气说，"我拿着这秘密。"

"没错。"

"但我不想布特里奇这个名字出现，明白吗？这点我想了很久。"

"一个想得很周到的小要求。"

"确实。你们买这个秘密——不管怎样，我给你们这个秘密，明白了？"

他的声音弱了下来，秘书还在盯着他。"做这件事，我想隐藏自己的姓名，明白吗？"

秘书仍然盯着他。伯特就像游泳的人被水流冲走一样，只能说到哪儿算哪儿了。"事实上，我想用斯莫尔韦兹这个名字。我并不想要什么男爵的头衔。我已改变了主意。并且我想私下里得到钱。我想让你们把那十万英镑存到我指定的银行里——三万英镑存进肯特郡班希尔的伦敦银行分行,我交出秘密时立即付清;两万英镑存进英格兰银行;另一半存进德国国家银行,明白吗?我想马上得到钱。我不想用布特里奇这个名字,我想把钱存在阿尔伯特·彼得·斯莫尔韦兹这个名字下,这是我将要用的名字。以上是第一个条件。"

"接着说。"秘书说道。

"第二个条件,"伯特说,"关于头衔你不用多问。我的意思是当英国绅士卖给你或租给你土地的时候他们都会这么干。你别问我怎么得到它的,明白吗?我在这儿,我给你们货,这就行了。有些人无耻地说这不是我的发明,知道吗?但你知道这是我的发明,这就行了。我不希望说太多,我只要一个公正的协议,明白吗?"

他的"明白吗"接着的是一段可怕的沉默。

秘书最后叹了口气,靠在椅背上,取出一支牙签,一边剔牙,一边考虑着伯特的条件。"你刚才说的是什么名字?"他最后放下牙签开口问道,"我得把它记下来。"

"阿尔伯特·彼得·斯莫尔韦兹。"伯特柔声回答。

由于英德两种语言的字母有所不同,因此秘书在花了些时间解决拼写的问题之后才记了下来。

"现在,斯莫尔韦兹,"他往后一靠,盯着伯特问道,"告诉我，你是怎么搞到布特里奇的气球的？"

七

当格拉夫·冯·温特菲德离开伯特时，伯特就像个泄气的皮球，已经把他所有的事都说了出来。

就像人们说的那样，他已经坦白交代了。他被细细地盘问了一遍。他还不得不交代了他的蓝衣服、凉鞋、"荒漠苦行僧"——每一件事。秘书心里充满了要搞清每件事的"科学热情"，而关于那些计划的问题却一直悬而未决。他甚至对伯特之前的气球上的乘客做出了推测，"猜想，"他说，"那位女士就是那位女士，但这不关我们的事。"

"这很令人好奇，也很有趣，但恐怕亲王会不高兴。他像往常一样做出决定——通常他总是做出精妙的决定，像拿破仑一样。当他得知你在多恩霍夫军营中降落的消息后说：'把他带来！把他带来！这是我的明星！'他命令你以布特里奇的身份而来，但你却没做到。当然你试过，不过事实证明你失败了。他对人的判断非常准确和恰当，所以人最好按自己的判断行事，特别是现在，尤其是现在。"

他继续用手指捏着下唇，近乎神秘地说："这会很可怕。我试过提出一些疑问，但没有被理睬。亲王不会听的。他在高空中很不耐烦。也许他会认为他的明星愚弄了他，也许他会认为我愚弄了他。"他紧皱着眉头。

"我得到了那些计划。"伯特开口说道。

"对，这没错，对。但是你知道，亲王是对布特里奇感兴趣，布特里奇对我们至关重要。恐怕你无法像他希望的那样控制我们的飞行器部门。他曾保证过……

"另外还有声誉问题——全世界都知道布特里奇和我们在一起……好吧，看看我们能做些什么。"他伸出手，"把计划给我。"

一股寒气带着恐惧流过伯特的身体。他一直不清楚当时他哭了没有，但他的声音中确实带着哭腔。"喂，听我说！"他抗议道，"难道我为他们什么都没做吗？"

秘书用慈善的眼光看着他："你一文不值！"

"我完全可以把它们撕了！"

"它们不是你的！"

"很可能也不是他的。"

"我们一分钱也无须付。"

伯特的身体似乎因绝望而绷紧。他抓紧外套，喊了起来："什么都没有吗？"

"镇静点，"秘书说道，"听着，你能得到五百英镑。我保证你能得到这么多，我会为你争取的，这也是我唯一能为你做的。把那家银行的名字告诉我，写下来，就这样！我想亲王对你昨晚的表现很不满意。不！我也无法向他解释。他想要布特里奇，而你却毁了这一切。亲王——我并不是很清楚，他现在很让人捉摸不透。这是因为起飞时的兴奋和现在在空中高飞的激动，我无法解释他的所作所为。但如果一切顺利的话，我将会负责让你得到五百英镑。这样行了吗？现在把那些计划给我。"

"老乞丐！"在门咔嚓一声关上后，伯特嘟嚷着，"呸！真是个老乞丐！没错！"

他坐在折叠椅上，轻声地吹了一会儿口哨。

"如果我把那些计划撕了的话，那我真是狠敲了他一笔了。我本来能这么干的。"

他若有所思地摸着鼻梁。"我把好事全搞砸了。如果我不提匿名的事……唉！……太操之过急了，伯特，你这个家伙——急于求成了。我真想踢自己这个笨蛋一脚。

"我本可以坚持下去的。

"不管怎样，情况还不太坏。"他对自己说。

"不管怎样，还有五百英镑……这毕竟不是我的秘密。这只是路边捡来的一笔意外之财，五百英镑。

"不知道从美国回家的路费是多少。"

八

这天晚些时候，一个衣衫褴褛、不修边幅的伯特站在了阿尔伯特亲王的面前。

谈话是用德语进行的，在飞艇最后面一个房间、亲王自己的舱中,这是个用柳条装饰的漂亮的套间,一扇大窗,与房间一样宽。亲王坐在一张铺着绿色羊毛毯的折叠桌旁,冯·温特菲德和两个军官站在他身旁。在他们面前摊着几张美国地图和布特里奇的信和公文包,还有几张零散的报纸。没人叫伯特坐下,自始至终他一直站着。冯·温特菲德把关于他的事说了一遍,而每次说到"气球"和"布特里奇"时,就像在敲打着伯特的耳膜。亲王一直保持着严厉而不祥的表情,那两个军官要么小心地观察着亲王的表情,要么就盯着伯特。他们看亲王时有些古怪——有些好奇,又有些恐惧。不一会儿,亲王有了个想法,然后他们开始讨论那些计划。亲王突然用英语问伯特:"你看过这东西升空吗?"

伯特跳了起来:"我在班希尔山看见它升空的,尊贵的殿下。"

冯·温特菲德做了些解释。

"它能飞多快?"

"难说,尊贵的殿下。报纸上,至少《每日信使报》说它一小时能飞八十英里。"

他们用德语商量了一会儿。

"它在高空能保持平稳吗?我想知道这个。"

"远不止,尊贵的殿下,它能像黄蜂一样飞翔。"伯特回答道。

"真不错,不是吗?"亲王用德语问冯·温特菲德,然后他们又用德语说了一会儿。

很快他们结束了交谈。那两个军官开始看着伯特,其中一个按响了唤铃,叫来一个侍从把公文包取走了。

然后他们又开始讨论伯特,很显然亲王偏向于让他吃些苦头,

113

冯·温特菲德表示反对。似乎他们谈到了神学方面的问题，因为在他们的谈话里出现了好几次"上帝"。他们最后做出了一些决定，显然要让冯·温特菲德解释给伯特听。

"斯莫尔韦兹，"他说，"你显然是通过不光彩的、彻底的谎言才登上了这艘飞艇。"

"不是，"伯特说，"我……"

亲王用手势打断了他。

"而亲王完全有权力把你当间谍除掉。"

"嗨！我来是为了卖……"

"嘘！"一个军官制止了他。

"不管怎样，考虑到这次愉快的机缘，是上帝派你将这个布特里奇的飞行器送到了亲王手里。你被饶恕了。是的，你是位信使。你将会被允许待在这艘飞艇上，直到我们找到合适的机会除掉你，明白了吗？"

"我们会带上他，"亲王说着用令人恐惧的目光看了他一眼，接着又用德语说，"就把他当作压舱物。"

"你将和我们一起走，"冯·温特菲德解释道，"就算是压舱物，懂吗？"

伯特张开嘴想问那五百英镑的事，但转念一想又咽了回去。他撞上了冯·温特菲德的目光，这个秘书似乎是在微微地点头。

"走！"亲王把手一挥，指向门的方向。

九

在碰见亲王之前，伯特已经把"弗特兰号"前前后后看了一遍。他发现这很有趣，尽管并不是当务之急。和德国空中舰队的大多数人一样，科特在被派到这新的"旗舰"上之前对航空几乎是一窍不通。但他对这件德国突然之间掌握的武器有很高的热情。他像孩子一样急切地给伯特看这看那。"让我们从头到尾把飞艇参观一遍。"他兴致极高。

他特别指出每一件东西的分量都很轻，废旧铝管和充满压缩氢气的气垫的应用；飞艇的隔墙是由人造革制的氢气袋组成的。需要加固的地方都用上了新的所谓的"夏洛特勃格德国合金钢"，这是世界上最坚固、最具抵抗力的金属。

这儿有充足的空间，只要不再增加人和货物，空间不成问题。飞艇的居住区有二百五十英尺长，有两层房间。再上面是特别小的白色金属炮台，炮台装着大窗子和密闭双层门。这一切给伯特留下了深刻的印象，在此之前伯特一直认为一艘飞艇只是一个除了气体以外什么都不装的简单的大气袋。现在他看到了他头顶上方飞艇的"脊椎骨"，还有一条条巨大的"肋骨"。"像神经纤维一样。"科特解释道，他曾经研究过生物学。

"对！"伯特表示赞同，尽管他根本不知道这是什么意思。

如果晚上发生什么意外的话，可以打开顶上的小型电灯，有几架梯子横跨两边。

中尉打开一个柜子，向伯特展示了一件潜水服，是用油浸过的丝制成的，而且它的压缩空气背囊和头盔都是用铝合金和一些轻质金属制成的。"我们能走到气囊的内部修补弹孔或漏缝，"他解释道，"里边和外边都有防护网，唯一露在外面的可以说只有绳梯。"

过了居住区向艇尾方向去是炸药库，里面有各式各样的炸弹——大多装在玻璃器皿里，所有的德国飞艇都不带任何枪炮，除了一种小"砰砰炮"（这是英国人从布尔战争开始给起的绰号）。连接炸药库的是一条由帆布围成的走廊，地板上有铝制的踏板，还有一条拉绳，从气室下面一直通到尾部的引擎室。但伯特没有走这条道，而且自始至终他也没看见引擎。他顶着通风机的强风爬上了一架梯子——梯子被围在一种密闭的紧急通道内，向右横跨巨大的前气室，直通到那间小的瞭望室。瞭望室里面有一部电话，另外，这也是存放用德国钢制成的轻型"砰砰炮"以及炮弹箱的地方。这间瞭望室完全用铝锰合金建造，密闭的飞艇前部上下鼓胀着，巨大的黑鹰图案覆盖了整个表面，末端都被气囊的凸出部分挡住。而在下边，在这些翱翔的"鹰"的下方是英国，也许有四千英尺的距离。在清晨的阳光里，地面上的一切看起来都那么渺小，那么毫无防范。

意识到下边就是英国时，伯特心里蓦地滋生一种出于爱国心的内疚和不安。他的脑子里闪现出一个新奇的想法。不管怎样，他本可以撕毁那些计划并扔掉的。这些人本不能这么对他的。而即使他们这么对他，作为一个英国人难道不应该为他的祖国去

116

死？如今这种想法已经几乎被崇尚竞争的文化所取代。他心潮澎湃，意识到他应该在此之前就看到这一点。为什么在此之前他没能看到这一点呢？

说实在的，他算不算是个叛徒？

他想象着从地面上看这支空中舰队该是什么样，庞大，毫无疑问，而且一定使所有的建筑都显得矮小。

科特告诉他，现在正飞行在曼彻斯特和利物浦之间，视野中那条闪光的带子是什普运河，前方远处有一条船运繁忙的水渠，那是莫塞河口。伯特是南方人，从未到过中部各郡以北的地方，从未看过如此众多的工厂和烟囱——后者中的大部分已被废弃而不再冒烟了，取而代之的是巨大的发电站，古老的铁路跨线桥，单轨火车网络和堆放货物的货场，还有大片肮脏的房屋和狭窄的街道，向四面八方毫无目的地延伸着，四处都是渔网状的农田。毫无疑问，在这幅混乱的画面里，还有博物馆、市政厅甚至大教堂等标志着市政和宗教中心的建筑，但伯特却看不到它们。在这幅宽广而无秩序的画面中它们根本就无法突出，他眼中只有拥挤的工人的房屋和工厂，还有商店和粗陋的小教堂。而横越这片工业文明的是德国飞艇群的阴影，就像一大群匆匆游过的鱼。

科特和他谈论着空战的战术，很快他们又跑到飞艇下层以便让伯特能看见"飞龙"。这是左翼的飞艇在一夜之间从地上拖起来的，每艘飞艇后拖着三到四个。它们看上去就像夸张的大风筝，在无形的线的牵引下飞翔着。它们有着长方形的头和扁平的尾巴，侧面还有推进器。

"这需要很高的技术——很高的技术！"

"对！"

对话停了一会儿。

"你的机器和这不同，是吗？布特里奇！"

"很不同，"伯特说，"它更像一只昆虫，而不是一只鸟。它还会发出嗡嗡的声音，也不是这么飞的。那些东西能干些什么？"

科特自己对这些也不是很清楚，当伯特被叫去见亲王时（这次会面前面已经提到），还在不停地解释。

在会面结束后，伯特身上最后一点布特里奇的痕迹也像外衣一样被脱掉了，他在所有人面前变成了斯莫尔韦兹。士兵们不再向他敬礼，军官们也好像忽略了他的存在，除了科特中尉。他被赶出了他的漂亮的房间，收拾起东西与科特住到了一起。这位军官仍保持着自制，还和从前一样小声地骂骂咧咧，手中仍拿着磨剃刀的皮带、铝制的鞋和很轻的梳子，还有小镜子和头油。伯特被安排与科特同住，这是因为在这艘拥挤的飞艇里已经没有别的地方能安放他那颗缠着绷带的脑袋了。他被告知得与这些人打成一片。

科特来到伯特跟前，两腿分得很开，打量了他一会儿——他正神情沮丧地坐在自己的新住处里。

"那么你的真名叫什么？"科特问道，他对事态的发展知道得不是很多。

"斯莫尔韦兹。"

"我原先就认为你是个骗子——甚至在我还认为你是布特里奇的时候。你很幸运，亲王平静地处理了这件事。当他被激怒时，他就像一团火。如果他认为把你这样的人扔出飞艇合适的话，他会毫不犹豫地这样做的。他们把你推给了我，但你要知道，这是我的房间。"

"我知道。"伯特答道。

科特离开了房间。环顾四周，伯特看到的第一样东西是贴在软墙上的西格弗利特·施马茨的名画"战神"的复制品。这个可怖的战神，头戴头盔，身着深红色的斗篷，手持宝剑，在一片废墟上跋涉。这幅画当初是为取悦阿尔伯特亲王而作，而其中战神形象与亲王有着惊人的相似。

第五章
北大西洋之战

一

阿尔伯特亲王给伯特留下了很深的印象。伯特从未见过比他还可怕的人，因此很怕他，也很讨厌他。好长时间伯特一人待在科特的小舱里，什么也不干，甚至连门都不敢开，唯恐靠近那个可怕的身影，哪怕一点点。

发动机轰轰作响，电报断断续续发来消息，说一场恶战正在中大西洋展开。伯特是艇上最后一个听到这个消息的。

他是从科特那儿知道的。

科特进来了，对伯特依旧不理不睬，嘴里不停地用英语自言自语："太棒了！"伯特听他喃喃说着。"过来！把这个箱子搬下来。"他命令道。接着他使劲拽出两本书和一匣地图。他在桌子上展开地图，站在那儿端详起来。德国军人的纪律、刻板和他英国式的轻松和蔼、健谈的性格简直格格不入。克制了好一会儿，他再也忍不住了。

"他们干起来了，斯莫尔韦兹。"他说。

"干什么？长官？"伯特战战兢兢而又毕恭毕敬地问。

"当然是打仗！几乎我们所有舰队都和美国北大西洋舰队干上了。我方的'艾色尼·克鲁兹号'遭到重创，正在下沉；而他们的'麦尔兹·斯坦第什号'——他们最大的军舰之一——已经被击沉。我想可能是让鱼雷打沉的。这艘军舰比我们的'卡尔·德·克劳斯号'还大，只是早服役了五六年……老天！我想如果我们能在现场看看有多好！湛蓝的海面上，双方实力相当，或存或亡，所有的船都在勇往直前！"

他打开地图，说个不停，十分激动，给伯特讲了一下海军战况。

"就在这儿，"他说，"北纬30度50分，西经30度50分。我们还得飞一整天，而他们现在正在从南面全速向西南开进。这场仗我们甭指望参加了，太可惜了！我们一点也看不到！"

二

北大西洋海战形势很特殊。尽管当时美国是海上两霸中的强者，但其主力还在太平洋上。因为美国最怕的是从亚洲方向受到攻击，而那时亚洲人和白人矛盾激烈，形势危急，日本政府也从未让人感到如此棘手。德军进攻时发觉美军一半力量集结在马尼拉，而所谓的第二舰队正航行在太平洋上，通过无线电同亚洲基地和旧金山保持联络。北大西洋舰队是美军部署在东部海岸的唯一兵力，而这支舰队刚结束对法国和西班牙的友好访问，在归途中正在中大西洋后勤补给舰上加注油料——因为该舰队大部分舰艇都是蒸汽动力的。就在这时，国际形势恶化了。北大西洋舰队有四艘战列舰，五艘装甲巡洋舰（几乎和战列舰同一级别，而且都是1913年前服役的）。美国人一直相信英国海军能保证大西洋和平无虞，结果在东部海区受到攻击，竟毫无准备。然而实际上在德国宣战之前，在圣灵降临节后的第一个星期一，德军舰队所有十八艘战舰，带领一支以备空军编队使用的分遣舰队就已经出发了。他们由油料后勤舰（装有军用储备）和客轮改装成的军舰组成，浩浩荡荡穿过多佛尔海峡，直奔纽约。德国军舰不仅在数量上比美国多了一倍，而且火力也更强劲，船体结构也更先进——至少有七艘装有爆发内燃机，由夏洛敦堡钢制成，而所有战舰都装有夏洛敦堡钢炮。

在正式宣战之前的星期三，两国舰队就碰上了。美国军舰已经以大约三十英里的距离散布开来，而且正继续开进，游弋于德军和巴拿马东部国家之间。保卫沿海城市（尤其是纽约）固然重要，但保护运河不受攻击更是当务之急。因为一旦运河受攻，太平洋上的主力舰队将断了退路。如科特所言，这毫无疑问是在大西洋上创造新纪录，"除非日本人和德国人有同样的打算。"很明显，美国北大西洋舰队根本不可能希望遇到德国人，并打败他们；但另一方面，如果美国人运气好一些的话，可以借战斗拖延时间，这样尽管海上受些损失，但可以最大限度地损耗德军兵力，从而沿海就会减少损失。因此北大西洋舰队的任务实际上不是取得胜利，而是做出牺牲。这可算是世界上最难完成的使命了。

这就是海上的形势，可直到圣灵降临后的第一个星期三，美国人才意识到果真要打仗了。他们这时才得知多恩霍夫航天公园的真实规模，才听说可能受到的袭击不仅来自海上，而且来自空中。很奇怪的是，报纸当时信誉很低，就拿纽约来说，直到德军空军编队飞到纽约上空了，大多数纽约人才相信报纸上关于德军丰富而详尽的描述是真的。

科特几乎一直在自言自语。他站在那儿，面前摆着一张墨卡托投影地图。飞艇晃动，他也晃个不停。他讲到枪炮、吨位、战舰以及船的构造、功率、速度，还有战略要地和行动基地。在众军官面前，他因羞涩而屈作听众，现在他不再沉默，滔滔不绝。

伯特立在一边，很少说话，只是目光盯着科特指点地图的手指。"他们一直在文章中谈论这些，没想到成真的了！"他说。

科特对于"麦尔兹·斯坦第什号"了解得很详细。"该舰曾是重炮舰中的种子选手，一直保持着纪录。我真纳闷我们怎能在火力上胜过它。如果我也在场有多好！不知我们哪艘军舰能把它击沉。可能是发动机挨了一下。这仗可是好戏连台！不知'巴巴罗萨号'正在干什么呢？"他接着说，"那可是我的老伙伴。尽管不是一流的，但的确是好家伙。我敢肯定，现在如果老将'施内德号'出马，它可能挨了一两下就逃回家了。你只需想一下：他们在那边打冒了烟，大炮轰鸣，弹片横飞，军械炸得七零八落，船只轰成了碎片，像稻草在狂风中飞舞。这一切可是我们多年来梦寐以求的！我想我们应有理由认为那儿用不上我们。我们只需掩护一下就行。所有的后勤舰正在从西南经西面向纽约挺进，把那儿变成我们的海上仓库。明白了吗？"他轻轻敲着地图，"我们现在在这儿，而我们的物资船将到这儿，我们的军舰将在这儿，把美国佬这个碍脚石清理掉。"

伯特下去到士兵食堂领晚餐时，几乎没有人注意他。大家都在讲打仗的事，有出主意的，也有争论不休的。最后一些低级军官命令安静，于是大伙一哄而散。新公告出来了，但除了"巴巴罗萨"的消息外，伯特一概不关心。一些人盯着他看，他自己也几次听到有人叫"布特里奇"这个名字，但还没有找他的麻烦。轮到他领饭时，没费什么劲就领到了汤和面包。他本来还害怕可能没他的份了。如果真没有，他也不知该如何是好。

后来他又壮起胆子跑到那个小平台上。天气还不错，但风更紧了，飞艇也抖得更厉害了。他紧握住栏杆，感到头很晕。现在已看不到陆地了，下面黯蓝的海水在起伏，波涛汹涌。一只插着英国国旗的破旧的双桅帆船在起伏的海浪中时隐时现——那是能见到的唯一的船。

三

傍晚刮起了大风，飞艇在翻滚的气流中像海豚一样摇摆。科特说好几个人都头晕了，但飞艇振动没让伯特感到丝毫不适。他很幸运，竟有一个好水手的神奇的胃。他睡得很好，凌晨四五点时，阳光把他照醒了。科特正在舱里晃晃悠悠地四处寻找什么。最后他在那个箱子里找到了，是个罗盘，在手中还不停地晃动。他对照了一下地图。

"我们已经改变航向了，"他说，"遇到大风了，我们不奔纽约，而向南了，看来很可能我们也要干一场了……"

之后他又自言自语了一阵。

天亮了，外面很潮，风很猛。窗子外面结了一层水雾，什么也看不到。早上还很凉，伯特决定裹紧毯子躺在箱子上，一直等号声叫去领早饭。吃完饭，他又去了那个小平台。

但他只能看见翻滚的云雾在身边飞过，还有近处几架飞机模糊的轮廓，别的什么也看不见了。偶尔他也能从飞动的云层空隙中瞥见黯蓝的大海。

到了上午，"弗特兰号"突然拔高，升入晴朗的碧空，继续飞行。科特说飞行高度可达一百三十万英尺。

伯特待在舱里，刚好看见窗上的水汽消失。外面射进一缕阳光。他向外望着，又一次看到了镀满金黄的云海，就像他在气球上最初见到的那样。德国空军编队的飞艇一个接一个地从云中升起，就像从深水中游上来的鱼儿，越来越清楚。他呆望了一阵，接着又跑到小平台上，将这奇观看个真切。只见下面乌云密布，风急雨暴。一股强大的旋转气流正向东北袭去。他周围的气流又清又凉，十分平静，只偶尔刮过一丝寒风，飘来一缕雪花。"嘟嘟嘟嘟"，在一片寂静中发动机在轰鸣。连续升起的密密麻麻的飞艇像一群奇异的不祥怪物正在闯入一个完全陌生的世界……

一上午安然无事。这或是因为没有得到海战的消息，或是阿尔伯特亲王有意秘而不宣，直到中午才有公告出来，接着是一阵喧哗。消息让科特中尉兴奋不已。

"'巴巴罗萨号'身受重创，正在下沉！"他用德语嚷道，"我的老天！可怜的老家伙！但我们打得有多勇敢！"

他在摇摆的艇舱里转来转去，转了好长一会儿，他是个彻头彻尾的德国军人。

之后他又成了英国人。"想想吧！斯莫尔韦兹！我们的老伙伴，保养得干干净净，整整齐齐！结果炸得支离破碎！老战友们，唉！也是血肉横飞！沸水飞溅，火光冲天，还有隆隆的枪声，爆炸！就在你跟前爆炸！什么都炸得粉碎！而你无能为力——你阻止不了！可我现在却高高地站在这儿，这么近，但又那么远！可怜的'巴巴罗萨号'！"

"还有别的船给炸了吗？"伯特接着问道。

"唉！有！我们还损失了'卡尔·德·克劳斯号'，我们最大、最好的军舰，是让一艘乱闯的英国客轮撞沉的。那客轮闯进战场又想逃离，当时正刮大风。那客轮前部已撞坏了，可还在顺风飘荡！我们从未打过这样的仗！从未打过！双方都舰艇精良，人员干练，一样是在暴风雨中，一样地在浩瀚的大海上全速驰骋！没人搞暗算！没人用潜艇！都是大枪大炮！可我们有一半船只不知了去向，因为天线杆给打没了。北纬30度38分，西经40度31分，这是在什么鬼地方？”

他又搜出了地图，两眼直勾勾地瞪着，可什么也看不进去。

“可怜的‘巴巴罗萨号’！我真想象不出它是个什么样。发动机室炮弹横飞，火炉的火四处蔓延，锅炉工和机械师烧得死的死，伤的伤。还有我熟识的战友，斯莫尔韦兹，和我倾心长谈过的战友啊！没想到他们今天也遭了殃！他们实在太不走运了！”

“完了！沉了！我想战场上好运不会让一个人独占的！还有‘施内德号’！肯定会给美国人一点儿颜色看看！”

一上午传来的都是战场的消息。美国人又损失了一艘舰，舰名不详；“赫曼号”在掩护“巴巴罗萨号”时受了伤……

科特就像关在笼子里的野兽烦躁不安，在舱里坐立不宁。一会儿走上鹰旗下的艇前部平台，一会儿又研究起地图，弄得伯特也紧张兮兮，感到战火马上就要烧到眉毛了。但一上平台，外面空空荡荡，寂寥无声。上面是晴朗、蔚蓝的天空，下面静静飘荡着一层薄薄的镀着阳光的卷云；透过云层可以依稀见到快速流动的雨云，而大海一点儿也看不见了。“嘟嘟嘟嘟”，发动机还在轰鸣。楔形排列的编队在旗艇之后，就像飞在头鸟之后的一群天鹅。只有发动机振响，周围死一样沉静。而在下面，某个风雨交加的地方，大炮正在轰鸣，炮弹正中目标，同以往战斗一样，人们在痛苦中挣扎，继而死去。

四

时间一点点儿地流逝。下午地表的恶劣天气渐渐好转，大海也间或可见了。飞行编队慢慢地降到中空飞行。日落时，他们隐隐见到了已经瘫痪的"巴巴罗萨号"远远地飘在东边的海面上。伯特听到走廊上人声喧闹，也被吸引到平台上，只见十几个军官簇拥在那儿，正用望远镜细看那残骸呢。边上还有两只船，一艘成了耗光的油罐，飘在水上岌岌可危；另一艘是客轮改装过的军舰。科特远离众人，待在平台一头。

"老天哪！"他沉默片刻，放下双筒望远镜，说道，"这真像见到老朋友给人砍了鼻子——等着咽气呢。可怜的'巴巴罗萨号'。"

一阵冲动，他把望远镜递给伯特。伯特正手搭凉棚窥视呢。三艘船看起来就像在海上划过的三道黑褐色的直线。

伯特还从未见过这样放大的略有些模糊的图像，那简直不是一艘还在艰难地前进的中弹的装甲舰，而是一堆打烂的废铁。它居然还能浮在水面，真是奇迹！大功率发动机竟成了厄运之源。在前天夜晚的长途追逐中，它和护卫舰跑分了家，结果独自行驶在萨斯奎哈那和肯萨斯城之间。美军发现它正在靠近，于是悄然后退，直到它几乎闯入沿岸地区，靠近了美军的战列舰。这时美军向"西奥多·罗斯福号"和"小舰观察号"发出信号。天一破晓，"巴巴罗萨号"已成了众矢之的。战斗开始不到五分钟，"赫曼号"从东赶来，紧接着西边又来了"福斯特·俾斯麦号"，试图迫使美军不得不放弃它。可为时已晚，美国人早把它炸成烂铁了。他们把近日来节节败退的怒气都发泄在它身上了。等到伯特看到它时，已像捣毁的蜂窝一样烂成一团，分不清面目了。

"老天哪！"科特接过伯特还给他的望远镜，边看边用德语嘟囔着，"我的老天！可怜的阿尔布莱希特！可怜一个好木匠——罗森来的老兵！"

"巴巴罗萨号"早已被吞没在暮色中，抛在远方。可科特还站在平台上透过望远镜久久地看着，当他回到舱时，与以往判若两人，沉默无言，陷入了深思。

"这是一场残酷的游戏，斯莫尔韦兹，"过了半天，他才说话，"战争是一场残酷的游戏。但不知怎的，一旦硝烟散尽，人们对打仗的看法就变了。多少能工巧匠才造成了'巴巴罗萨号'，又有多少干练人才，人们平日难以见到的人才在船上战斗。阿尔布莱希特——船上有一个叫阿尔布莱希特的，他会弹扁琴，还能即兴作曲，真不知他现在怎么样了。我们俩可是铁哥们，德国式的铁哥们。"

五

第二天夜里，在黑漆漆的艇舱里，一阵风把伯特吹醒了，科特还在那边用德语自言自语。在黑暗中伯特可依稀看见他立在窗边——他旋开螺丝，打开窗户，正在向下看呢。随着夜色褪去而进来的十分微弱、又清又冷的光线使一切投下淡淡的阴影。晨光轻轻地映在他脸上。

"外面怎么啦？这么热闹？"伯特问。

"闭嘴！"科特吼道，"你难道耳聋听不见？"

在静寂中接连传来沉闷的炮声。轰！轰！稍停了一下又连着三声。

"妈呀！"伯特惊叫道，"大炮！"随即缩在科特边上。飞艇飞得仍然很高，下面的大海被一层薄云笼罩着，风缓了些。伯特沿着科特手指的方向，透过云雾，模糊地先看见一缕红光，接着马上红红地一闪，然后不远处又是一闪。爆炸好像只有闪光，听不见声音；过了几秒钟，人们都等得不耐烦了，才传来轰轰闷响。科特在一边很快地用德语讲着。

这时飞艇响起一阵号音。

科特腾地跳起来，依然用德语兴奋不已地说着什么，一下跨到门前。

"喂！怎么了？"伯特叫道，"发生什么事了？"

科特在门口停了一下，外面走廊里的灯火衬出他的身形。"你待在这儿，伯特，就待在这儿别动。我们就要行动了。"说着就

130

没影了。

伯特的心怦怦跳得飞快。他感觉自己好像悬在下面的军舰的上空。再过一会儿，他们是不是要像老鹰扑小鸡一样扑上去了？"天哪！"过了好久，他才在惊魂落魄中悄声叫道。

轰！轰！一声炮响之后，在远处他又看见一团红彤彤的火光，与第一声响遥遥相应。在上面看两次爆炸有些不同，可他说不清为什么。接着他突然发觉发动机转慢了，几乎听不到震响。他从窗子探出头一看，在稀薄凄冷的空气中，其他飞艇也正以少有的慢速度飞行。

又响起一阵号声，接着每架飞艇上接连响起。声音在空中愈颤愈细。灯熄了，编队一片漆黑。一群黑乎乎的东西在澄清的天空中飘动，星光在闪烁。编队悬浮了一阵，而伯特好像过了不知几世几劫，这时才有空气排入气室的声音。慢慢地，"弗特兰号"降到云层。

他伸长脖子，但看不到其他飞艇是否在后面，气室突出部分不时地遮住视线。这么多飞艇悄然而下，真让他浮想联翩。

一时之间黑暗浓了许多，远处天水之间的最后一缕星光也褪去了。他感到周围全是冰冷的云。突然间下面又火光夺目，烈焰冲天。飞艇停止下降，静观局势冷化。但中间隔层云，下面又看不明朗。

夜里，大西洋海上战事已进入新阶段。美军已十分敏捷而熟练地将舰艇集中，形成一个纵队，以应付从南面分散追来的德军。

天亮前，他们已出动了，向北面开进，意欲突破德军中部防线，袭击正开往纽约的德军物资船队。但两军一照面，形势顿变。在此之前，美海军上将奥康纳对德空军编队早有耳闻，因此主要的忧虑不再是巴拿马。因为据报告，美潜艇分队已从基韦斯特岛出发到达巴拿马。"特拉华号"和"亚伯拉罕·林肯号"两舰火力大，设备新，已抵格兰德河，守卫在运河边上的太平洋中。但将军对"萨斯奎哈那号"的调遣因锅炉爆炸事故而耽搁了。结果天明时发现萨舰已在敌舰"布雷曼号"和"威曼号"眼前了，德军立刻发动进攻。要么放弃一艘船，要么就整个舰队一齐上去。将军选择了后者，因为并不是没有取胜的希望。尽管德军舰艇在火力、数量上占很大优势，但其兵力过于分散，跨度达四十五英里。在德军聚集兵力之前，美军完全有可能一个一个把他们打得稀烂。

天亮了，但灰蒙蒙的。"布雷曼号"和"威曼号"两舰本以为只需对付一艘"萨斯奎哈那号"，但没想到美国一个纵队都上来了，就在大约一英里外，正向他们扑来。正在这时，"弗特兰号"出现在上空。伯特从云雾中看到的红光正是不幸的"萨斯奎哈那号"中的一弹，几乎一下就被击沉，前后都起了火。但两门炮还顽强地开着火，同时向南慢慢开进。"布雷曼号"和"威曼号"也被击中数处，正经南向西逃离。美舰队以"西奥多·罗斯福号"为首，正从它们后面穿过，不断向其开火，又从中间将其隔开。这时先进高大的"俾斯麦号"从西边赶来救援。伯特对这些船名一无所知，好长一段时间，这些军舰走马灯似的穿梭追逐弄得他晕头转向。他一会儿把德舰当成美国的，一会儿又把美舰认作德国的。看了半天，他还以为是六打三，后面又上来一个帮助弱方。可直到看到"布雷曼号"和"威曼号"在向萨舰开火时，他才知道看错了。之后他绝望、慌乱了好一阵。炮声让他迷惑，不再是隆隆震耳，而是"啪、啪、啪"的响声。每一次微弱的闪光都让他的心猛烈抽动，不知哪只舰又要遭殃。他倒是见过这样的装甲舰。不过不是侧面看到的实物，而是节略图或轮廓图。图上面只有空空的甲板，有一两个人躲在装甲下面。在飞艇上能看到的最显眼的是粗长而灵活的大炮在喷射细长透明的火焰；舷炮在快速连发，弹雨攒射。美军舰为蒸汽发动，舰上各有二至四个烟囱；而德军舰吃水较深，装有爆发式发动机，时而发出少见的低沉的嗡嗡声。由于是蒸汽发动，美舰个头更大，外表更雄壮。在清冷的晨曦中，伯特看着这些小模型的船儿一面在起伏的海浪中颠簸，一面喷射着火焰。随着飞艇的起伏和震动，整个场面在眼中也跳动不停。

起初编队中只有"弗特兰号"出现在战场上空，高高盘旋在"西奥多·罗斯福号"之上，紧紧跟住。透过云层，从"西奥多·罗斯福号"上肯定能看到上面的"弗特兰号"飞艇。而其他飞艇则保持在六七千英尺高空的云层上面，同旗舰通过无线电联络，且不会被大炮打到。

不知在什么时候，不走运的美国人时来运转了，突然发现了头顶这个新的战斗成员。当然，那些美国船员的经验已无从考查了，我们只能开动大脑，发挥想象：肯定是一个久经沙场的水兵突然仰望了一下，结果发现头上神不知鬼不觉地悬着一个又大又长的飞艇！比以往任何飞艇都大！一面德国国旗正呼啦啦地飘在艇后。这时天清云散，晴空中出现了越来越多这样的怪物，更可恨的是——所有飞艇竟没装火炮和装甲！却在肆意追踪下面的战舰！

自始至终美国人没有向"弗特兰号"开炮，只用了步枪。而德国人也活该倒霉，艇上竟被打死一人。直到战斗结束"弗特兰号"也没亲临战斗，仅仅飞行在业已瘫痪的美舰队上空。阿尔伯特亲王通过无线电指挥编队飞行，同时"伏哥尔－斯顿号"和"普鲁森号"两艇各领六架战斗机全速飞行，然后穿过云层，飞到美军舰队前面大约五英里上空。"西奥多·罗斯福号"见状马上开火，但炮弹射程太小，没打到飞艇就爆炸了。十二架"飞龙"也毫不示弱，马上俯冲下来发动进攻。

此时伯特从舷窗探出头来，看到了这别开生面的一幕——机舰大会战。德国战斗机形状奇特，机翼平而宽，机头像火柴盒四四方方，机身装有轮子，只有一个飞行员。飞机由空中呼啸着扑下来，像一群恶魔。"天哪！"伯特叫了一声。只见右边的一架飞机猛地上仰，被射入高空中，随着一声爆响，成了一团烈焰，然后坠入了大海。还有一架也倒栽葱似的砰然入水，在与水面撞击时好像撞了个粉碎。从上面看"西奥多·罗斯福号"甲板上的小人就像只有脑袋和双腿的木偶，正在忙忙碌碌地准备打飞机。

这时最前面的一架飞机冲到"弗特兰号"和美舰之间，一颗炸弹干净利落地投到舰首炮台上，"轰"的一声巨响，而美舰只以细弱无力的步枪还击。"啪，啪，啪！"美舰上舷炮开始快射，而"俾斯麦号"则报之以炮弹轰鸣。这时又有两架飞机相继从他们之间冲过，不停地投弹。又一架飞过来，可飞行员被子弹打中了，飞机翻转着摔到已是伤痕累累的美舰烟囱中间，把烟囱炸得七零八落。伯特看见一个小小的黑影从摔散的飞机残骸中弹射出来，撞在烟囱上，软乎乎地落下来，马上就被爆炸的烈焰和冲击吞噬得无影无踪。

"轰！"美舰前部传来一声炸响。舰上一个巨大的金属附件好像给炸飞了，栽进了大海。舰上一下子人仰马翻，正好给了德机以可乘之机。一架战斗机马上冲下来丢了一颗燃烧弹。在升起的惨淡火光中，伯特十分真切地看到一群乱成一团的小动物在烧灼后又挣扎在"西奥多·罗斯福号"舰尾翻起的白沫中。那是些什么啊？不是人——真的不是吗？那些血肉模糊的小生命在水中痛苦地挣扎时握紧的手就像在抓伯特的心。"啊！天哪！"他叫道，"啊！主啊！"他几乎在抽泣了。他再看时，人已消失了。"安德鲁·杰克逊号"船首已烧成乌黑，被正在下沉的"布雷曼号"的最后一炮打变了形。它也在下沉，两舰被水吞没时留下对称的两道水痕。伯特被下面血腥的战斗吓得脑中一片空白。

三英里之外偏东方向上，"萨斯奎哈那号"尾部挨了一阵枪炮攒射，毕剥作响一阵后，轰地爆炸了，立即消失在四溢的蒸汽中。一时除了翻滚的海水什么也看不见，继而下面嘈杂声传上来，水雾、蒸汽喷涌而出，汽油、帆布碎片、木头器具和死尸全都飘浮上来。

这一阵混乱使战斗骤然停息了片刻。这片刻伯特仿佛是过了一年。他发现自己还在搜寻德机。坠毁的一架已破烂不堪，正冲着"观察号"船舷中部飘去，已飞过去的飞机还在向美舰队投掷炸弹。有几架落在水中，看上去还没受什么伤，这时还有三四架在空中盘旋，形成一个大圈，正往"弗特兰号"方位飞回。美国装甲舰不再是编队阵形了，受了重伤的"西奥多·罗斯福号"早已转向东南而去，而"安德鲁·杰克逊号"也多处中弹，只是战斗部位还没伤着，正打算阻击德舰，穿行在"西奥多·罗斯福号"和战兴正酣的"俾斯麦号"之间。远处在西边，"赫曼号"和"日耳曼西斯号"正赶来援助。

在"萨斯奎哈那号"惨遭横祸之后的片刻沉寂中，伯特听到像没油的门轴转动时发出的细微吱吱声——那原来是"俾斯麦号"上的人在欢呼。

在喧嚣之后的片刻宁静中，太阳冉冉升起，黯蓝的水面给照得蓝莹莹的，整个世界披上一层金黄，就像人们在仇恨与恐惧之后突然露出的微笑。云层已奇迹般地散尽，德飞行编队展露无遗，这时正俯冲下来，扑向目标。

"轰隆！轰隆！"火炮继续喷射，但装甲舰不是用来打飞机的，因而即使美国人用步枪击中了几个目标，也不过是歪打正着，偶然的运气而已。他们的纵队已受重创："萨斯奎哈那号"沉了，"西奥多·罗斯福号"掉了队，前炮被打残，"观察号"也处境危急，这两艘舰艇就熄火了，"布雷曼号"和"威曼号"也不能战斗了。四艘军舰互在射程之内，但只能怒目注视着对方还在飘扬的战旗，谁也奈何不了谁。东南方向上，美国只剩下四艘军舰，由"安德鲁·杰克逊号"带着继续前进。而德军"俾斯麦号""赫曼号""日耳曼西斯号"并排赶上，超在前面，狂轰滥炸。这时"弗特兰号"慢慢升到空中，准备结束这精彩的一幕。这时编队中十二只飞艇整齐排成一线，快速但有条不紊地向下飞行，追击美军舰队。他们保持在二千英尺的高空，飞到美军最后一艘装甲舰前上方时，便迅速俯冲，子弹像雨点般落下。他们轮番轰炸，装甲很薄的甲板上一会儿就成了火海。飞艇赶来正好为德军三只舰艇助战，轮番飞过美军编队，炸得一个比一个猛。美军大炮只是偶尔还有两下英勇不屈的喷射，大都打残了。舰艇仍在前进，尽管已被打得伤痕累累、血肉模糊，但仍在愤怒地抵抗；步枪还在开火，而德军则毫不留情地轰炸。伯特这时只能从附近正在袭击美军的飞机之间的空隙中偶尔看看下面……

突然伯特发觉整个战斗正在远去，场面越来越小，声音也不再那么震耳欲聋了。"弗特兰号"缓慢而平稳地升到高空。四艘被打哑的美国军舰被远远地抛在东边，成了小不点儿。但那是四只舰吗？伯特只能看见三艘浮在水面，烧焦的残骸在阳光下冒着浓烟。"布雷曼号"放下两只小船，"西奥多·罗斯福号"也正放下小船，一簇簇小东西在上面拥挤、挣扎、颠簸在波涛汹涌的大西洋上……"弗特兰号"不再追击了，那一片混乱被飞快地抛向西南，越来越小。一架飞机飘在水面，还在燃烧，渐渐远去，成了一个小小的火球，而在远远的西南，只见驶来一艘德军装甲舰，接着又来三艘，正匆匆赶来助战……

六

"弗特兰号"平稳地拔高，编队也随之呼啸而上，直向纽约逼近。刚才的战斗已成为午饭前的一个小插曲，硝烟和废墟渐渐远去，变小。机舰残骸变成了黑黑的一条线，而一个还在冒着浓烟的火球现在成了天水之间的一个模糊的红点。一天辉煌的战绩，最后在视野中消逝了……

伯特看到的这次战斗是人类战争史上第一次由飞机参与的战斗，也是最后一次那种最奇特的武器——装甲舰参与的战斗。装甲舰从拿破仑三世克里米亚战争起就在海上东征西讨，耗费了巨大的人力物力，逞威足足七十年。在此期间，世界造出了一万二千五百多艘这样的怪物，各种各样，应有尽有，而且造得越来越大，越来越重，也越来越致命。每艘造出之时都宣称为时代之最，可结果大多数被当作废铁卖掉，只有百分之五参加过战斗。一些沉入海底，一些逃回岸边时业已报废，还有少数在事故中相撞而沉没。为了这些怪物，不计其数的人在维护保养，成千上万的工程师、发明家孜孜不倦，倾尽心血，花去的财物无法估算，而这代价，我们还要加上百姓受到的饥馑穷苦，上百万儿童被迫身受苦役；无尽的幸福与安乐都因这些怪物而丧失。为了造它们应不惜任何代价——这就是那个奇异年代中每个国家的生存必需。毋庸置疑，它们是工业发明史上生产出来的最怪异、最具毁灭性，也是最浪费的怪兽。

继而廉价的煤气和编织工艺一下结束了怪兽的时代，飞艇又在天上逞凶了！

在此之前伯特还从未见过真枪实弹的残杀，也从未意识到战争造成的危害和浪费。他惊悸的心一下想到了这些问题，至今想起来还不禁心惊肉跳。在澎湃的思绪中涌起一个场面，越来越清晰沉重——眼前浮现出"西奥多·罗斯福号"被炸后人们在水中挣扎的情形。"天哪！"他心里想，"这些人中也可能有我和格拉布啊！……我们也会在水中垂死挣扎，嘴里灌满了水，肯定没多久就完蛋了。"

他很想知道科特对此有何感想，而且他也有些饿了，于是踌躇不决地蹭到舱门边，向走廊里张望。在通向食堂的过道上，几个人正在围观隐在一凹处的某样东西。其中有一个身着轻便的潜水服。伯特曾在气室的转台上见过他，当时很想走上去仔细看看这个人，再看看他腋下夹的那个头盔。可他一走到那个凹处就把头盔的事忘得一干二净了。那儿躺着一具年轻人的尸体，是刚才被"西奥多·罗斯福号"射出的子弹击毙的。

伯特根本没注意到有子弹打到艇上来，也根本没想到自己曾在美军的炮火之下。好久他也弄不清那个人是怎么死的，也没人给他讲是怎么回事。

那个小伙子还像倒下死去时一样，平静地躺在那儿。夹克打穿、烧焦了，肩胛骨打开花炸飞了，整个左半身被撕裂开来，血流满地。士兵们站在那儿听戴头盔的人解释，看他指点着地板上子弹打出的圆洞，走廊护板也被打碎了。每个人都表情庄严、肃穆。这些白肤金发碧眼的士兵，头脑清醒，习惯于服从和守纪，面对曾经的亲密战友现在却成了一堆湿乎乎的让人痛苦的东西，他们竟像伯特一样，感到莫名惊诧。

一阵铜锣般的狂笑沿走廊传向这个小平台。有人用德语兴高采烈地讲着——几乎是在叫嚷，而旁边的人则低声低气，毕恭毕敬地附和着。

"阿尔伯特亲王驾到。"一个人用德语喊道，所有人都变得拘谨、不自然了。走廊里走过来一群人，科特中尉走在前面，抱着一打图纸。

看到地上的尸体，他一下止了步，红润的脸变得苍白。"怎么，这——"他惊讶地叫道。

阿尔伯特亲王走在后面，正隔着他和冯·温特菲德和艇长高谈阔论呢。见科特停住了，他"嗯？"了一声，一句话还没说完，沿着科特的手势看去。他愤愤地盯着地上乱糟糟的一团东西，好像陷入了深思。

然后他冲着尸首轻轻地、毫不在意地挥挥手，转向艇长说："把它处理掉！"他用德语命令道。接着又和冯·温特菲德用与刚才同样欢快的腔调高谈阔论起来。

七

伯特从实战中看到的那些美国人在水中垂死挣扎的情形和气宇轩昂的阿尔伯特亲王挥手处理艇上士兵的一幕紧紧交织在一起。在此之前他还一直以为打仗是件愉快、刺激的事，就像假日里好多人喧喧嚷嚷，十分热闹、刺激，现在他对打仗意味着什么有了更深的理解。

第二天，艇上发生了一件微不足道的事，不过是打仗期间一般都有的一件事。这件事在他正在形成的模糊认识上又罩上了第三层丑陋的阴影。一想起此事，他"城市化"的头脑就痛苦不堪。人们写作时用"城市化"这词来表达当时很特别的温文尔雅的气质。奇怪的是，那时众多的市民与以往的人截然不同，竟从未见过杀戮，只从书本或图片上略略见到一点关于生命中潜在的暴力本性的轻描淡写而已。伯特这辈子只见过三次死人，只有三次。而且他一向不赞成杀死任何比刚出生的小猫大一点儿的生灵。

刚刚说到的第三层阴影是"阿德勒号"上一个人因带火柴而被处决。那是触目惊心的一幕。登艇时那个人忘了自己身上带有火柴。关于火柴的危险性出发前已三令五申地讲过，而且禁止烟火的标牌在飞艇上也随处可见。这人被抓住时分辩说他太熟悉这些标牌了，而且由于忙于工作，竟忘了自己也要遵守规定。他还犯了另一项罪名——玩忽职守，因此他的开脱是徒劳的。他是由他的连长审判的，处决通过无线电由阿尔伯特亲王批准，以此来杀一儆百。正如阿尔伯特亲王所说的："我们德国人可不是跨过大西洋去玩过家家的。"为了给大家上好遵纪守规这一课，最后决定处决不用电刑，也不用溺水，而是用绞刑。

于是编队围拢到旗艇周围，就像一群在池塘里争食的鲤鱼。"阿德勒号"在空中紧挨着旗艇。"弗特兰号"上的人员都集合到悬挂平台上，其他飞艇上的人员进了气室，爬上飞艇上面两侧的网板上，军官上到机枪射台上。伯特在"弗特兰号"上俯视着整个编队，觉得这场面颇为壮观。远远地在下面有两艘汽轮在翻滚的碧浪间起伏。一艘是英国船，另一艘上飘着星条旗，看上去十分微小，离上面太远了。伯特站在平台上，十分好奇地看着执刑的场面。但那个可怕的金发阿尔伯特亲王就在十几英尺之外，气势汹汹，两臂交叉在胸前，脚跟很严肃地并拢。伯特如坐针毡，十分不安。

他们开始执刑，那个人接到一条六十英尺长的绳子，为的是能让他高高挂着，让所有还藏着火柴或心怀其他不轨的人见识见识。那人站在那儿，活生生的一个人，略有些不情愿。毫无疑问他心里十分害怕，很不服气，可表面上还是规规矩矩，笔直地站在一百码开外的"阿德勒号"的下层平台上。这时有人把他扭了上来……

"呼"地一下他被扔了下去，四肢展开，直到绳子猛地一下绷直。他本该死在那里，然后摇摆几下，好引人深思，可没想到更骇人的事发生了：他的头一下给拽了下来，身体飞转着坠入大海，看起来软乎乎的，古怪而恐怖；脑袋也紧跟着向下飞。

"哎哟！"伯特叫了一声，双手紧握着前面的栏杆，边上几个人也同情地叫出了声。

"这个不争气的蠢货！"阿尔伯特亲王愤愤地说。他变得更严肃、更冷酷了，怒视了一会儿，转身回了舱室。

伯特在平台的护栏前呆立了好久。刚才恐怖的一幕让他恶心得想吐。这比打仗可怕多了。他在这个时代过于温文尔雅了，已不合时宜了。

接近傍晚时科特一进舱，只见伯特蜷缩在箱子上，面色惨白。科特脸上本有的红润也几乎没了。

"晕机了？"他问。

"没有！"

"今晚我们就到纽约了。尾部这小风吹得真舒服！那时我们就可以看见景儿了。"

伯特没吱声。

科特打开折叠着的桌椅，哗哗地翻了半天地图。思考了好一会儿，他抬起头看了看伯特，"你怎么了？"他问。

"没怎么了！"

"究竟是怎么回事？"科特声色俱厉，又问了一遍。

"我看见他们绞死那人，看见飞机轰炸装甲艇的烟囱，还看见走廊里被打死的那个人。今天我看到太多的毁灭和杀戮了！这就是原因。我不喜欢这些。我不知道打仗竟是这个样子，我是个文明人，我不喜欢这些。"

143

"我也不喜欢！一点也不喜欢！我发誓！"科特说。

"对打仗我只是从书上略知一二，可亲眼看见，完全是另一回事。我现在要晕了，要晕过去了。在气球上那么高，我一点儿事没有，可在这儿看着下面被炸得一片废墟，死伤惨重，我被弄得心惊肉跳，你知道吗？"

科特心想："不仅是你，所有人都在提心吊胆。飞行嘛——就是如此。一开始都会有点儿头昏脑涨。至于战争——我们都得流血，就是如此。尽管我们是文明人，但必须准备好流血牺牲。这艇上恐怕没几个人真见过杀人放血。他们一向是沉静、善良、恪守公令的德国良民……但现在在他们已卷进来了，别无选择了。现在他们还有点畏首畏尾，等到他们放开手脚干时再瞧吧。"

他想了想，说："每个人都被弄得紧张兮兮的。"

说完又去看他的地图了。伯特蜷缩在角落里，对他不理不睬。好长一阵两人都不作声。

"为什么亲王要绞死那个人呢？"伯特突然问道。

"噢，那很正常。"科特说："绞得对，很对。军队里有纪律，就像你脸上有鼻子一样。那个傻瓜竟敢带着火柴四处乱跑……"

"唉！我一辈子也忘不了那一幕。"伯特却独自叹道。

科特没说什么。他一边测量编队同纽约的距离，一边计算。"不知美国飞机会是什么样的。"他说，"也许像我们的战斗机……明天这时候就清楚了……会是怎样的呢？也许他们会挑起一场战斗，一场恶战！"

他轻轻地吹了个口哨，又沉思起来。但还是心烦意乱，于是走出舱，来到颠簸的平台上。在暮色之中仰头凝视着天空，心里盘算着明天未卜的命运……

云层又弥漫在大海上空，一支长长的、黑压压的楔形编队时升时降，像一群新生的怪鸟，飞翔在空旷的天空中。从那儿既看不见地，也看不见海，只有浓浓的云雾和广袤的苍穹。

第六章
纽约如何惨遭战火

一

德国要袭击的纽约城在许多方面堪称有史以来最大、最富、最壮观，也是最邪恶的城市。她是科技商业时代的巨人；她向世人展示着她的伟大，她的力量，她的竞争凶残、了无秩序的企业，还有她濒于瓦解的社会秩序。她早取代了伦敦而以当代巴比伦自居；她是世界金融中心、贸易中心，也是娱乐中心。人们把她比作古代预言家们所说的末日之城。她吞噬着美洲大陆的财富，就如以往罗马吞噬地中海、巴比伦吞噬东方国家一样。在纽约街上，财富与苦难同生，文明与野蛮共存。在这里，一面是朱门豪华，灯红酒绿；而咫尺之外则蝇飞狗吠，汗臭熏天，流氓群集，无人问津。在这里无论什么罪恶，什么无耻勾当，什么完美细致的法规都可凭灵感产生；这里的人精力充沛，脑力惊人。正如中古时意大利的大城市一样，这儿也充斥着尔虞我诈和钩心斗角。

曼哈顿岛两边临海，地势狭长，只能向北屈伸发展。鉴于这一奇特地形，纽约建筑师们一致认为建筑物只能向高空发展。钱、物、劳力都应有尽有，唯一缺的就是空间。因此从第一幢楼起，就得往高建。这样一来，就要建出一个全新的世界——建筑物都精妙绝伦，高耸入云。自从海底隧道的建成使中部地区的交通堵塞有所缓解之后，四座大桥又飞起于东河之上，东西联通十二线单轨缆车，进一步建设还在继续。在许多方面纽约和她庞大的富豪阶级已赶上了威尼斯，比如高大雄伟的建筑物、绘画艺术、金属工艺、雕塑艺术等，还有残酷无情的政治手腕，飞速发展的海运和商业。但就混乱的社会秩序和松散的政务管理而言，纽约可谓前无古人，独领风骚了。这使各地区各自为政，层层设卡，而在内战爆发或罪犯远逃时，政府和警局只能望洋兴叹，无能为力。这里是个民族大熔炉，纽约港内飘着各国国旗。最多时一年来自国外的流动移民可达二百万。对于欧洲来说，纽约代表美国；而对于美国来说，纽约又是通向人间富贵的门径。但要讲完纽约的故事就得写一部全世界的文化史，因为这里上至圣人，下到无赖，种族繁多，教派林立，无所不包，无所不有。在一片鱼龙混杂中飘着一面星条怪旗，崇高伟大与卑鄙渺小同书于其上；也就是说，一面高唱着自由、博爱的口号，而另一面则实行着"人不为己，天诛地灭"的信条。

纽约人历代都不问战事，除非打仗殃及股市行情，或成了报纸上的头条新闻。纽约人可能比英国人更肯定战争打不到美国，因为他们有一种幻觉：他们是美洲之主。他们感到很安全，就像在斗牛场上打赌一样。尽管有可能输钱，但也只是输点钱而已。因此一般美国人关于战争的认识不过是从对过去有限而刺激的战争描述中获得的。他们就像看待历史一样看待战争；有如透过一层斑斓的迷雾，看到的只是纯洁透明，甚至还飘溢着一缕芳香，而所有的血腥和残酷都被巧妙地抹去了。他们习惯于把战争看成是让人遗憾的悲壮历史，进而慨叹自己再也无缘去书写这些悲壮了。他们饶有兴致地阅读、了解他们制造出的新式火炮、越来越大的装甲舰、越来越有威力的炸药，但所有这些巨大的毁灭性武器会给他们自己的生活带来什么，则从未想过。至少从他们的所见所闻可以判断，这些东西根本不会给他们带来什么不利。他们以为，有这些囤积如山的军火，美国会固若金汤。积习所致，他们高举美国大旗，藐视他国。只要国家有难，他们定会意气风发，为国披肝沥胆，也就是说，若有人胆敢对敌表现软弱或稍有让步，他们肯定会对之口诛笔伐，绝不容情。他们对亚洲兴趣盎然，对德国不依不饶，与英国执理力争，弄得大不列颠这个"老婆娘"和她这个不听话的"小丫头"之间关系紧张，就像现在的漫画上画的一个惧内的老公和一个母夜叉似的小媳妇。至于其他时间，纽约人只管工作，照旧享乐，仿佛战争早就像恐龙一样从世界上消失了。

而突然之间，在这个安详宁静的世界，当人们忙于囤积枪支弹药，自以为坚不可摧之时，战争来了。于是一片骇然，知道这下大炮要扬威用武了，而全世界堆积如山的弹药终于要化为火海了。

二

战争突然降临，对于本来就紧张忙碌的纽约无异于火上浇油。

满足美国人好奇心的报纸和杂志（美国人没耐心读书，书籍只是有精力的收藏家的猎物）犹如火箭升天和炮弹爆炸般迅速登满了战争图片和新闻标题。本已弥漫着紧张与忧虑的纽约街道上又平添了一缕战争狂热。人们聚集起来，尤其是用餐时，人山人海，拥在麦迪逊广场法拉格特纪念碑前，聆听爱国讲演，报以欢呼与掌声。小旗子、小徽章很快风行于涌动如潮、步履匆匆的爱国青年之中。他们一同坐汽车，乘缆车或搭地铁拥进纽约，而到了晚上六七点钟又熙熙攘攘、斗志昂扬地冲回家去。谁不戴战争徽章就会很危险。富丽堂皇的音乐厅里逢曲必奏爱国歌，场面疯狂火热。激情澎湃的听众看到芭蕾舞剧中奋力挥舞的国旗，热泪纵横。灯火照如白昼，让人莫名惊叹。教堂也应和着激荡着的狂热，只是步调较慢，音调低沉。东河上空军、海军的战备因河面上穿梭的汽动游轮而受到极大阻碍。轻武器产业骤然兴起。市民在大街上群情激愤，如山崩海啸，难以扼制。中央公园的行人也成了惊弓之鸟，见到小孩手里绳系的最新式气球竟也屏气驻足，看上一眼。州议会常设会议上更是以难以言喻的激情破天荒地一反常规，两院一致通过了争论已久的议案，决定纽约市全民皆兵，参战卫国。

后来的评论家们往往说美国人过于迂腐。德国人已大军压境，而纽约人却在戴章挥旗，纵情歌唱！他们把战争当成了政治示威，可这不能有损德军或日军一发一毛。但这些评论家们忘了一点：科技革命百余年，战争条件早已今非昔比，手无寸铁的老百姓无论如何都不可能给敌人带去沉重打击。因此没有任何理由说他们不应如此。战斗任务的有效完成正在从多数人转向少数人，从大众转向专门人才。由英勇的步兵决定战争胜负已永远成为历史了。战争成了武器装备、专业训练和最细致、最烦琐的技能的角逐。打仗的事不再民主了。无论大众的热情多高，美国政府常设的一小支武装力量，当面临这样突如其来的德军入侵，都会无可置疑地采取积极行动。目前他们不但在外交上受到暗算，组建空军、海军的装备同德国相比，也是相形见绌。尽管这样，他们还是马上着手军备，向世界昭示当年制造"观察号"和1864年南方联盟制造潜艇时的英勇犹在。在西点附近负责航空设施的卡伯特·辛科莱尔在百忙之中抽出时间，以那民主时代很普遍的架势对一个记者说："我们已定好我们的墓志铭了，就是：'他们已倾尽全力了。'走吧！"

奇怪的是，他们真的倾尽全力了，毫无保留。他们唯一的不足体现在战斗风格上。

这次战斗中最引人注目的历史事实就是美国政府对于其空军力量进行了有效的保密。这使得作战可以秘而不宣地展开，而不必让民众参与。他们没向民众透露一丝关于军备的情况，甚至不愿同国会讨论对策。他们悄然压制了所有的询问和质疑。这场战争全让总统和内阁部长们独包了。他们需要大众参与的不过是要避免不便，制止骚乱和保卫一些特别地区。他们意识到一旦泄了密，空军防务中的主要危险将来自于民众：他们容易激动又消息灵通，很可能只顾自己，本位主义。这样一来，本来就极为有限的力量，将变得四分五裂，成了一盘散沙。他们最怕的就是未等准备充足，就被迫进行抵抗。他们早就预见到这是德国人要钻的一个大空子，于是他们煞费苦心地将大众注意力引到炮兵防御上，以转移任何空战的想法。而他们明修栈道，暗度陈仓，秘密进行真正的防备。华盛顿储备了大量海军火炮，于是他们迅速部署，大张旗鼓，在东部几个城市的报纸上弄得沸沸扬扬。这些火炮部署在受到威胁的中部人口密集地区周围，多在丘陵地带和主要制高点上。炮被装在草草改装的多恩转轴上，最大仰角可达90度。当德军机群到达纽约时，还有些炮没装上，而几乎所有的炮都没有实施保护。而就在那时，在纽约拥挤的街道上，人们正在兴高采烈地读着如下振奋人心的描述：

雷电战之谜。

老科学家电子枪精妙绝伦，飞行员中弹将一命呜呼，华盛顿一次定购五百支！

战时内阁喜形于色：德军必被消灭。

总统公开赞此妙语。

三

在美国海军惨败的消息到达之前，德国飞行编队已经到了纽约。它在傍晚飞抵纽约，首先被欧申格罗夫和朗布兰奇的哨兵发现，他们当时正快速驶出南部海区向西北巡察。旗舰几乎是垂直飞过桑迪·霍克观测站，然后迅速拔高，几分钟后，整个纽约都在斯塔腾岛的炮声中震颤。

布置的火炮中有几门，尤其是在吉孚德的一门和马塔弯的比肯山上的一门，打得很出色。前一门架在六千英尺高度上，在距离"弗特兰号"五英里处射出一炮，几乎命中，一块弹片把阿尔伯特亲王前面窗子上的一块玻璃打得粉碎。这一突然震响吓得伯特像乌龟一样十分机灵地缩回了脑袋。于是整个编队扶摇直上到近一万二千英尺的高度，下面的大炮力不能及了，编队可在上方安然无恙地飞行。编队水平展成 V 形，旗舰在前端，直指纽约进发。V 字的两翼分别掠过布拉姆费尔德和牙买加海峡上空。此时阿尔伯特亲王在马罗斯稍东处指挥飞行，在阿勃湾上空呼啸而过，然后停在泽西市上空，稍南于纽约市。一大群怪物悬在空中，在静谧的暮色中显得格外庞大，气势逼人。静寂中偶尔有烟火爆响，低空中炮弹在闪光。

这时天上地下同时陷入沉寂，相互观望。好长一段时间人心深处的天真好奇占了上风，而用兵打仗则暂时抛在了脑后：下面上百万的市民在兴致勃勃地仰望天空，而上面数千官兵也饶有兴趣地俯视着下面。夜晚天气好得出奇——只在七八千英尺高空才有几缕浮云，此外天空一片澄清。风已停了，夜幽深，静谧之极。远处隆隆的炮声和偶尔喷射到云际的烟火好像同杀戮与暴力、恐怖与屈服都毫无关系，就像一个舰队的检阅仪式一样，只是热闹一些而已。下面每个便利的地方都挤满了看热闹的市民。高楼大厦的顶上，广场上，穿梭的渡轮上，所有能看热闹的街上都是人：河堤上黑压压的全是人，巴特利公园里人山人海；中央公园地势优越，河边公路边上视角独特，因此这两个地方与附近的大街相比，更是摩肩接踵，别有一番景色。东河上的几架大桥上也停满了车辆。所有开店的都关门谢户。男人放下手中的工作，女人孩子跑出家门，来看天上这一奇观。

"这可比报纸上说的精彩多了。"他们众口一词。

而此时上面，许多人也在以同样的好奇注视着下面这个奇妙的地方。世界上没有哪个城市像纽约规划得这样整齐细致。高楼大厦鳞次栉比，桥梁纵横交错，索道四通八达；地面河海交通，时有悬崖耸立，气象万千。布局散乱的伦敦、巴黎、柏林和她一比，不能不自惭形秽。纽约港一直绵延到市中心，就像威尼斯一样，但更引人注目、更别致、更气势不凡。从上面看，下面的火车、汽车在忙忙碌碌，如甲虫蚯蚓爬行蠕动。夜幕降临，万家灯火一片辉煌，有如天上群星闪亮。那一晚纽约真是璀璨夺目，美到极致了。

"天哪！这地方真棒！"伯特叫道。

真是太棒了。两眼所向，是那么平静安详，那么庄重雄浑。而要在这里打仗真是选错了地方，简直像重兵包围国家展览馆或身穿铠甲、手持战斧去砍杀正在餐厅里端坐的绅士一样滑稽可笑。纽约机构庞大复杂，设施精细完备，在这里弄得战火纷飞，硝烟弥漫，简直同往摩托车上硬装坦克发动机一样不可思议。而像鱼儿浮游在天空中的庞大编队映着灯火，铺天盖地，也好像与战争的暴力和丑陋遥无干系。科特、伯特还有艇上不知多少人都完全明白在这儿打仗太不应该了。可在阿尔伯特亲王脑海中却浮现出一团浪漫的迷雾：他现在是征服者，而下面就是敌城。敌城越大，战绩越辉煌。毫无疑问，那天晚上他兴高采烈了好一阵，体味到作为一个统帅从未体味到的欢乐。

最后沉寂终于被打破了。双方通过无线电联络，但没有达到满意结果。最后编队和市民都想起来对方是敌人。"看！"大家都在叫喊，"看！"

"他们在干什么？"

"干什么？"……正说着，在暮色之中五架攻击飞艇从编队出发，下降，绕过远处有炮的危险区，迅速而利落地靠到市中心上空一安全地带。其中一架直奔东河上的海军调动场，一架去市政厅，两架去华尔街和南百老汇的办公大楼，还有一架去布鲁克林大桥。一见飞艇袭来，街上所有的汽车都突然停了下来，所有的街道、住宅的灯都熄了。市政府意识到大难临头了，正通过电话向联邦指挥部汇报，请求采取防卫措施和拨派飞机，并遵照华盛顿的意思拒绝向德军投降。人们又恐又怒，忙成一团。警察开始驱散四处的人群。"快回家吧！"他们喊道，"要打仗了。"这话迅速传开，一阵忧虑和凄冷袭遍全城。在异常的黑暗中匆匆穿过市政厅公园和联合广场的人们被持枪的士兵拦住，盘问一番后又被赶了回去。半小时之间，纽约的夜晚不再暮色苍茫、安详静谧，而变得一片混乱，杀气腾腾了。

当飞艇冲入布鲁克林大桥上空时，行人顿时陷入恐慌和骚乱，先有一人在此毙命。交通中断，纽约陷入一片死静。设在小山附近的几门炮徒劳无功，隆隆声越来越刺耳，震得人心烦意乱，最后这炮声也停了。双方进一步谈判，于是又一阵寂静。人们待在黑暗之中，抓着无声的电话寻求帮助。然后在一片沉静和期冀中，布鲁克林大桥被炸断了，轰然入水；海军调动场里步枪喷射着火舌，毕剥作响，华尔街和市政厅炸弹呼啸、震声隆隆。纽约人一时间手足无措，茫然地在黑暗中张望着，倾听着远处这些来去匆匆、猝不及防的声音。"可能会发生什么事？"他们徒然地问道。

不知过了多久，人们通过顶楼上的窗子看见了德国飞艇慢慢悠悠、悄无声息地在天空滑翔，好像就近在眼前，伸手可得。这时灯又亮了，晚间卖报的人拥进大街小巷。

形形色色的人都买报纸看，知道刚才发生了什么：刚打了一仗，而纽约市政府已举了白旗……

四

回忆起来，纽约投降之后涌现的那些可歌可泣的"壮举"无非是出于两方面的原因：一是科技时代产生的现代化工具与社会状况之间的矛盾冲突；二是由既原始又天真的爱国热情所驱使。人们刚听到这一消息时只以为事不关己，漠然处之。就像听说乘坐的火车减速了或是所在城市刚立起个纪念碑一样。

"我们投降了！天哪！我们已投降了？"他们刚听到实情时就是这样，就像刚见到天空中的德军编队一样，他们惊诧不已。慢慢地，人们才开始意识到投降带来的亡国丧家的羞辱，沉思后他们才明白自己同国家休戚与共。"我们竟然投降了！"人们接着说道，"美国就败在我们手里了！"他们开始感到羞愧、痛心了。

凌晨一点印的报纸没登纽约投降条件的具体内容，也没说明在投降之前有怎样的斗争和矛盾。之后几期弥补了这些不足。上面登出了美国的明确声明，同意给德军方面提供后勤保障，提供弹药以补充德军在此次战斗和歼灭北大西洋舰队中的耗费，赔偿四千万美元，允许德后勤舰队在东河航行，等等。接着又登出长篇累牍的关于炸毁市政厅和海军调度场的描述。这时人们才明白那些微弱的呼啸声是怎么回事。他们读到战场上的悲壮情形：人被炸得血肉横飞；将士们在一片废墟中拼死挣扎；他们前仆后继，拔旗攻战，沫血饮泣……这些奇特的晚报还登载了从欧洲发来的北大西洋舰队惨败的电文。可怜啊！这个纽约人常常为之荣，也为之忧的舰队！慢慢地，随着时间一点点地流逝，大家的意识苏醒了，随之而来的就是出自爱国心的震惊和羞辱的狂潮。美国已大难临头了。突然之间，纽约人又找回了自己。震惊之后是怒不可遏，难以言状的愤怒：纽约竟沦为亡国之土！

在大家都清楚了这一事实之后，愤怒的反抗像火焰一样升腾起来。"不！"苏醒的纽约在黎明中怒吼，"不！我们没有被打倒，这不过是场噩梦！"

天亮之前，美国人的愤怒很快席卷全城，传遍相互感染的上百万人的心。在这愤怒爆发前的沉默中，德机上的人也能感到下面涌动如潮的激愤，就像地震之前动物们感到的不祥之兆一样。一家报纸首先应合事态编了一些口号。"我们不同意！"他们的态度十分明确，"我们被出卖了！"于是这话四处传开，竞相传颂。在每个街角，在黯淡的晨曦中都可看见有人在慷慨陈词，号召要振奋美国民族精神，每个听众都要铭记自己与美国荣辱与共，休戚与共。伯特在五百英尺的高空，起初听到这城市好像只是一片混乱的嘈杂声，而现在则像一巢蜜蜂——愤怒的蜜蜂嗡嗡嗡地要蜇人了。

市政厅和邮局遭炸之后，白旗就在公园街大楼的一座塔楼上竖起来了。随即在吓得魂飞魄散的纽约南部的企业主的一再敦促下，市长奥·海根前去同冯·温特菲德就投降问题进行谈判。"弗特兰号"将秘书从软梯上放下之后，继续慢慢地盘旋在市政公园附近的或新或旧的大楼上空。此时在这儿执行完战斗任务的"赫尔姆兹号"拔高到大约二千英尺高空。伯特离市中心这一地带较近，下面的一切看得更清楚。市政厅、法院和邮局已被炸成一片焦土，而百老汇西边的一群楼也被炸得破破烂烂。市政府和法院被炸的人员伤亡不是很重，但好多邮局的职员包括许多少女和妇人都惨遭横祸。一小群戴着白臂章的志愿者紧随着消防人员，摸进邮局，抬出幸存者，其中大多数都烧得面目全非了，伤员被抬到最近的摩天大楼。到处都可见忙碌的消防队员在向冒着黑烟的建筑物上喷水，水管像长蛇一样布满广场，警察划了一道长长的警戒线，阻止越聚越多的黑压压的人群入内。他们大多是从城东来的。

与这里的残垣断壁死伤如积相对应，与之比邻的公园街新闻大楼却灯火通明，繁忙异常。这里甚至在炮弹飞喷时也没停止工作，而现在工作人员、记者们更是斗志昂扬，赶出稿件，描述夜里的一幕幕惨剧，撰写评论。几乎只有一个目的，就是在敌人的鼻子底下向人们宣传抵抗救国的思想。伯特很长时间想不出下面这些明亮而忙碌的机构是干什么的，后来他才从印刷机的噪声中恍然大悟，叫了一声："天哪！"

还是在新闻大楼旁边，透过纽约高架铁路（早就被改成单轨铁路了）的拱形结构，隐约可见另一条警戒线和营房之类的设施。里面救护车在闪亮尖叫，医护人员忙忙碌碌，处理救护傍晚时布鲁克林大桥倒塌时的死伤者。伯特在上面看着发生在高大建筑群深处的一切。向北的百老汇街道不时可以看到人群聚集，正在聆听振奋人心的演讲；而那些矗立的烟囱上，成堆的电缆上，宽敞的楼顶上，这时都挤满了人，在观看，在议论。只有火舌蔓延、水柱喷射的地方没人。四处的旗杆上光秃秃的；一面白旗颓然落下，像断线的风筝飘在公园街的大楼上空。在一片火光之中，在愤怒的涌动中，在这奇异的场面的巨大阴影中，黎明正踏着凄冷而漠然的步子，缓缓来到了。

伯特是通过艇侧小窗的有限视角看到下面这一切的，在这个小窗明晰的界限之外是一个苍白无力、幽暗凄惨的世界。整整一晚上，他就守在这个窗边上，看着下面如鬼如蜮的场面，被爆炸声弄得心惊肉跳，抖个不停。他一会儿高一会儿低，一会儿几乎什么也听不见，一会儿又满耳全是爆炸声、叫喊声。他看见了德机俯冲掠过黑漆漆的、呻吟着的街道，目睹了高楼大厦在炮弹爆炸的火光中倏地一亮，然后就成了一片瓦砾。他有生以来第一次见识了大火肆意蔓延，快得难以置信。呆看着，他都麻木了。"弗特兰号"没有投弹，只是监视、指挥。接着他们降下来，盘旋在市政府公园上空。这时他才意识到下面那些发光的黑乎乎的东西是被火舌吞噬的办公大楼，而那些被提灯照得或灰或白幽灵般的黯黑小东西，正在来往穿梭着伤亡人员。看到这些，他不禁不寒而栗。随着下面火光越来越大，他开始明白了这些倒塌的黑乎乎的东西意味着什么……

从纽约隐约在天水之间进入视野时，他就一直在观看。天亮时，他看得都精疲力竭了。

于是他倒在那里就睡着了。几个小时之后，科特找到了他。一个温文尔雅的绅士，可现在却碰上了复杂难解的头疼事。他面色苍白，毫无表情，张大着嘴，打着呼噜，声音很是难听。

科特看了他一阵，感到有点恶心，于是踢了他脚踝一下。

"醒醒！"伯特被惊醒了，愤愤地瞪着他。科特又接着说："好好躺着。"

伯特坐了起来，揉揉眼睛。

"又打了吗？"他问。

"没有。"科特说着，坐了下来，也已筋疲力尽了。

"我的天哪！"他接着又叫了一声，用手揩着脸。"在气室找了一晚上流弹打的弹孔，现在我想洗个冷水澡！"他打着哈欠，"我要睡觉，你最好出去，斯莫尔韦兹。今早我可受不了你在这儿，难看得要死，又没一点儿用。你领早饭了吗？没呢？好，快去领吧，待在外面别回来，就待在平台上。"

五

喝了点咖啡，睡了一觉后，伯特稍有了些精神，又加入这场空中战争。他既不能逃避，又于事无补。按中尉所吩咐的，他走到那个小平台上，紧握着栏杆的一头，缩在哨兵边上，尽量使自己看上去不那么别扭和讨人嫌。

东南刮起一阵强风，因此飞艇得迎风而行，在曼哈顿岛上盘旋时振动很大。西北边上云层聚集起来，螺旋桨在微风中转动时的突突声比全速前进时要大；气流在气室底部摩擦留下了一层细浪一样的条纹，发出微弱的拍打声，像波浪拍打船体一样轻柔。

"弗特兰号"停浮在公园街的临时市政厅上空，不时地下降，同市长和华盛顿联络。但不安分的亲王不会让飞艇在哪个地方待长。一会儿盘旋在哈德逊河和东河上空；一会儿又腾空直上，好像要去窥视遥远的天际；一会儿飞速拔高，高山反应使他恶心，机组人员要求降低飞行，伯特也感到一阵眩晕，恶心想吐。

摇摇晃晃的景象在眼中随高度而不断变化。低飞靠近地面时，视角陡直，能看清门窗、大街、行人、高空广告牌和许多细微之处，能看见聚集在屋顶和街上的人群的秘密行动。当呼啸而上时，细节模糊了，街道粘连在一起，视野变宽，人形变小。在最高处看下面就像一个凹面浮雕地图。伯特看到漆黑拥挤的地面上到处贯穿着闪亮的河流湖泊，哈德逊河像一根银矛，而尚普兰湖像一块盾牌。伯特虽然没有哲学家的头脑，却也感到下面的城市和天上的飞艇相映成趣：一面是美国人的自由传统和个性，而另一面则是德国人刻板的纪律和命令。下面是高楼林立，气势磅礴，像森林中的参天大树，生机盎然。现在浓烟滚滚，火势仍在变猛，混乱中伤亡还在增多。而在天空中德军编队却秩序井然，正以同一角度倾斜掠过。飞艇外观造型整齐划一，正像一群狼扑向猎物一样目的明确，行动准确，配合十分默契。

伯特忽然发觉编队只有不到三分之一的飞艇在附近，其余的不知飞到哪儿去了。他想知道，但无人可问。随着时间流逝，大约十二只飞艇从分遣舰上补充物资之后又在东边出现了，后面还跟着几架战斗机。下午的时候，天气变了，西南部出现流云，聚成一团。风也向西南刮起来，越来越猛。傍晚时已是狂风大作，飞艇在颠簸而行。

亲王一天都在同华盛顿谈判，与此同时他派出巡逻队到东部各州上空搜索所有航空设施。派出的二十架飞机分队转眼之间就飞抵尼亚加拉，控制了城市和发电厂。

纽约激昂的反抗越发不可控制。尽管已有五处大火，蔓延数英里，而且还在扩大，可纽约还不屈服，不承认被打败了。

起初这种反抗的怒火只是在零星的叫喊声中、在街头讲演或新闻提示中略泄一二。第二天一早在曙光中，在林立的高楼上飘满了美国国旗，反抗之意就十分清晰明了了。在已投降的城上插上这些旗子，很可能是一些人出于美国式思维的天真或随便，但也不能否认许多人有意表明美国人"不是好惹的"。

这一举动使德国人一本正经的头脑大为惊恐。冯·温特菲德马上同市长联络，指出市民的"不轨行为"，并命令火力观察站进入警备。纽约警方迅速出动，一场愚蠢可笑的角逐展开了。群情激愤的市民们坚持要让旗帜飘扬，但恼怒而忧虑的官员们则下令将其拔去。

最后冲突在哥伦比亚大学前的街上激化了。在艇上监视这一区域的中尉像是弯下腰把摩根大厅上的一面旗拔了下来。这下可好，步枪、左轮手枪从坐落在大学和河边路之间的大楼顶层的窗户里同时开了火。

大部分子弹都打空了，但有两三发打穿了气室，打中了前面平台上一个人的手和胳膊。下层平台上的哨兵马上还击，透过有飞鹰标志的装甲板的机关枪一阵扫射马上就压住了下面的火力。飞艇升高，同时发信号给旗艇和市政厅。警察和临时防务人员马上被派往现场，小小骚动很快就被平息了。

美国人忍不下这口气。一伙从纽约来的年轻的俱乐部成员，出于爱国的激情和冒险的想象，决定铤而走险，奋力一搏。他们乘六辆摩托车溜到比肯山，以少有的干劲儿在架设在那儿的多恩转轴火炮周围临时修起一道工事。他们到了那儿，却发现炮在可恶的炮手中没有了动静！原来炮手已接到命令，投降之后停止射击。但他们很快就被小伙子们的热情感动了。炮手说他们的炮根本就没有机会扬威，而现在正好试试火力。在这些小伙子们的指导下，他们挖了一道战壕，在炮周围筑起一道坝，还用旧铁修了一些浅层的防护洞。

被"普鲁森号"飞艇发现时，他们正在装弹。在"宾根号"的炸弹把他们和粗糙的工事炸成碎片之前，他们先打了飞艇一炮，炮弹在气室中部爆炸。飞艇被打落在斯塔腾岛上，嚣张的气焰一下就打没了，掉入树丛里，中间的气囊挂在树尖，还缠着好多彩带，但没什么东西起火，艇上人员马上开始修复工作。他们不慌不忙，信心十足，可有些太大意了。大多数人在修补飞艇时，有六个人跑到附近的公路找煤气管道。可在那儿却成了一群"凶恶"的敌人的俘虏。飞艇附近有一些别墅，房主人一见这些陌生人，先是好奇不友善，继而就充满敌意了。这时警察对斯塔腾岛上的居民的控制已放松了，这下家家户户都拿出了自己家的家伙，或是来复枪或是手枪。德国人失踪了两三个，一个人正在修飞艇时脚被打中了。于是他们放下活计，隐蔽在树丛里，开始还击。

毕剥作响的枪声很快引来了"普鲁森号"和"凯尔号"两架飞艇。他们用了几颗手榴弹就干掉了方圆一英里内所有的别墅。许多无辜的大人和孩子被炸死，可实际放枪的人却逃之夭夭了。在飞艇的临时掩护下，下面的修补顺利进行了一会儿。可当飞艇飞回编队时，在搁浅的"宾根号"周围又传来枪声和爆裂声，响了整整一下午，最后和晚上的战斗声交汇在一起……

大约八点时，"宾根号"被一群"手持武装"的人打得稀烂。艇上所有抵抗的人都在激烈的混战中丧了命。

这两次德国人遇到的困难是因为他们在飞艇上根本不能进行任何有效的打击。飞艇同地面上运动的装备有很大不同：飞艇的人员和补给只能在空中运作和战斗。他们可以使敌人受到巨大损失，可以在最短时间内逼迫一个有序的政府屈服就范，但无法解除敌人的武装，也不能占领多少下面的地盘。他们只能用不停地轰炸逼迫下面的政府，并相信这个傀儡会为自己卖命。他们只有此一招，当然，这招只适合一个组织有方而且未受扰乱的政府，适合一个毫无个性、循规蹈矩的民族，可美国不属此例。这不仅因为市政府管理不利，警备不足，还由于市政厅、邮局以及其他中枢机构被毁之后，各区域相互协调、组织已成为不可能了。公路阻塞，铁路中断；电话服务几乎无法正常运转，只是偶尔可以联络。纽约现在成了一个无头怪兽，无法再进行整体行动，屈服投降都不可能了。德国人打了它头一下，头被打昏了，服帖了，可身子还是不服管。纽约到处都掀着抵抗的热浪，官员们也行动起来，加入那天下午的武装斗争和摇旗呐喊之中，激动不已。

六

随着停战协定一点点的瓦解，美国大众的反抗越来越明显，终于发展到"暗害"了"温特赫恩号"飞艇的地步。用这个词形容美国人的行为最合适不过。暗害——发生在联合广场上空，离市政厅这个打烂的"样板"不到一英里，时间在下午五六点。那时天气变得更糟了，飞艇很难控制，因为得逆风而行。接着狂风夹着冰雹、雷电又一阵阵袭来，为了尽可能避免受损，编队被迫低空飞行，离建筑物很近，已暴露在步枪射程之内了。

在前一天晚上联合广场本来部署了一门炮，可根本没架起来，更不用说打了。在投降之后的黑夜里，炮和弹药一并被搬到得克斯特大楼的拱形结构下面。当天接近中午时，一群好事的"爱国人士"发现了它。他们用大楼的遮光帘作掩护，遮住了大炮，然后就在那儿像兴奋的小孩儿一样等着敌人上钩。最后倒霉蛋"温特赫恩号"终于露头了，轰轰隆隆地在刚重修起的蒂法尼珠宝店楼顶上慢腾腾地飞过。光杆炮的"伪装"迅速解除，艇上的观察哨兵不知有多少次眼见着下面这些楼被炸得粉碎，塌成一堆。可这回却突然发现一个黑乎乎的炮管从阴影里对着自己，但他可能被炮弹炸死了，没来得及报信。

他们在倒塌的得克斯特大楼前打了两炮，每一下都把飞艇打得透心凉。他们用上了所有的气力，所有的恨和怒。飞艇像被一只大脚踩瘪的罐头盒一下就扁了，前身掉到了广场上，其他部分伴着断裂和扭曲声，坠了下去，斜掠着塔莫尼大厅摔倒在第二大街附近。煤气泄了出来，和空气一混合，一声巨响，飞艇爆炸了。

这时"弗特兰号"正从布鲁克林大桥的废墟上空飞往市政厅南面，得克斯特大楼倒塌的声音之后又传来两声炮响。科特和伯特赶忙到舷窗边上，正好看到炮弹爆炸的闪光。接着先是被冲碎的窗子撞了一下，然后被气浪冲得在地板上连滚带爬，整个飞艇像被踢的足球一样跌来撞去。等再看联合广场时，已变小变远，炸得稀烂了，好像被什么外星巨人捣碎了一样。广场东面的大楼上六七处起了火。在冒着烈焰的破碎扭曲的飞艇残骸下面，所有的房屋都七扭八歪。"天哪！"伯特叫道，"这是怎么了？看那些人啊！"

科特还没来得及解释，艇内传来尖锐的号声。他得去集合。伯特踌躇片刻，若有所思地进了走廊，边走还边回头看那舷窗。这时亲王正从这儿走过，直奔中间的弹药室，一下就把伯特撞翻了。

刹那间，他感到亲王人高马大，而亲王气得面色苍白，挥舞着巨大的拳头。"铁和血！"亲王用德语叫喊着，就像村妇骂街一样，"喊！铁和血！"

有人绊倒在伯特身上——从倒下的架势上可以猜出是冯·温特菲德——这时另有一个人在旁边站住，十分狠毒地踢了他几脚。他慢慢地直起身来，一边揉着刚被踢青的脸，一面正一正头上还缠着的绷带。"该死的卡尔！"伯特屈辱万分，"他连只狗都不如，没教养的东西！"

他站起身来，动了一会儿脑筋，慢慢地往小平台的入口走。这时他听到一阵骚乱，知道亲王又回来了。他像兔子进窝一样窜进自己的舱里，刚好逃过那个大叫大嚷的恶煞。

他关上门，直到等走廊里没动静了，才走到窗边向外张望。飘来的一团云彩弄得街道广场看上去模模糊糊，有几个人跑来跑去，但市区基本上全成了废墟。飞艇下降，街道宽了，更清晰了，小点变成了活人。飞艇现在正在百老汇南端上空摇摆。这时只见下面的小人们不跑了，却站在那儿仰望，一会儿突然又跑起来。

不知什么东西从飞艇上落了下去，看上去又小又轻，正落在伯特下面一个高楼旁边的人行道上。一个男的正在六码开外沿着人行道飞奔，还有两三个男的和一个女的正快速冲出公路。他们看上去小得奇怪，脑袋很小，可胳膊腿却极灵活，看着小腿儿飞奔真是好玩。这样小的人根本没什么美感和尊严。当炸弹落在那人旁边时，他在人行道上很滑稽地跳了一下——无疑是给吓的。

随着爆炸，烈焰四处蔓延，刚才惊跳的人一会儿就成了一个火球，接着就消失了——完全消失了。冲进公路的人迈着笨重而可笑的步子，最后没了气力，颓然摔倒，躺在那里一动不动，眼看着刮破的衣服被火舌吞噬。高楼开始坍塌，地基部分"喀喀"地陷下去。伯特隐约听见尖叫声，接着看见一群人奔进大街，一个人一瘸一拐笨拙地比画着。那个人停下来，又回头往楼里走。一堆砖头塌下来，将他砸倒，躺在那里一动不动了。街道弥漫着灰尘和黑烟，还喷吐着红红的火舌。

就这样纽约大屠杀开始了。纽约是科技时代大城市中第一个因空战的巨大威力和特殊局限性而惨遭屠戮的城市。就像19世纪无数个蛮夷城市被炸成平地一样，纽约也被夷为废墟。就因为这城市太大，太难占领，同时又太涣散、太倔强，不肯投降以免受毁灭。这种情况下，只会有这个结果。亲王不可能停战认输，如果不大面积摧毁这个城市，又无法征服它。纽约的灾难就是科技战争带来的必然后果。大城市应当被毁灭，这是无法避免的事实。尽管亲王在进退两难中怒火中烧，可他还是在屠杀中尽量"温和"一点。他想用最少的弹药、最少的伤亡给美国人一次难忘的教训，因此当天夜里他"建议"只炸百老汇。他指挥编队整齐地沿着这条大街飞行，不断投弹。伯特也参与了这场人类历史上最血腥的屠杀。参与者既不为之激动，也没有什么危险，极偶然才可能被子弹打中，他们只管给下面送去死亡和毁灭。

飞艇在颠簸摇摆。伯特紧靠着窗的边缘，透过斜风细雨，直勾勾地盯着暮色中的街道，看着人冲出房子，看着大楼倾倒，看着大火升腾。飞艇飘摇而过时，像小孩拆积木一样就把这城市炸烂了。所过之处留下的都是残垣断壁，火海冲天，死尸成山。所有人无一幸免，生命是那么不值钱。纽约南部片刻就成了喷着火焰的火炉。汽车、火车、渡轮全部停运。黄昏时，唯一可以给在一片混乱中四处逃难的人照明的就是熊熊的大火。伯特只看了几眼，不知下面究竟怎样的凄惨。他只看了几眼，突然脑海里涌出一个自己都不敢相信的念头，这样的灾难不仅会发生在这个陌生、庞大的纽约，也会在伦敦，在班希尔啊！那在泛着银光的大海里的小岛也要大难临头了！那这个世界上就没有什么地方供伯特昂首挺胸、行使公民权利了，也无处投票决定战争和外交政策，躲过这样可怕的战争了。

第七章
"弗特兰号"的覆灭

一

在曼哈顿岛升腾的火焰上空开始了一场战斗，在空中的第一次战斗。美国人意识到他们要为这场游戏付出高昂的代价，但他们还是倾尽全力地战斗。

他们分成两组，从华盛顿和费城机场起飞，在暮色中顶着风雨雷电全速飞行，直奔德军编队。要不是被"特伦顿号"附近一只侦察飞艇发现了，这次突袭会完全达到目的。

德国人已被连续作战弄得头晕目眩，疲惫不堪，有一半飞艇弹药已尽。在得知美国人到来的消息时，他们正好遇到恶劣的天气。纽约已被抛在东南方，从远处看是一个黑暗的城市，带着一大团鲜红还在灼烧着的伤疤，让人感到恶心。所有的飞艇被暴风和冰雹压到低空，又被掀到高空，不停地颠簸振动。空气冰冷刺骨。亲王命令全体编队升高，飞离又黑又湿的低空，进入冰冷而清亮的高空。

伯特过了半天才明白形势极为严峻。当时他正站在食堂里，等着领晚饭。他又穿上了布特里奇的大衣，戴上了布特里奇的手套，还裹上了自己的毯子。他在汤里蘸着面包，大口大口地咬着，两腿分得很开，斜倚在板壁上，使自己在飞艇的颠簸摆动中站稳。周围的人看上去十分疲惫，十分沮丧。只有几个人在讲话，大多都愠怒不语，若有所思，还有一两个晕机。好像所有人都在为傍晚进行的杀戮感到莫名的沮丧。想到身后是一片焦土，血流成河，他们的内心就像下面的大海一样翻滚起伏，难以平静。

这时消息传来，大家为之一振。一个脸上有块疤的红脸壮汉出现在门口，用德语喊了几声，每个在场的人听了，都惊诧不已。伯特虽然一句话也听不懂，但能感受到其中的惊骇。听到消息，大家沉寂了一会儿，接着是一阵大喊大叫，有怀疑的，有出主意的，甚至几个晕机的人也面色红润地讲话了。几分钟时间，食堂乱成一团，接着好像为了进一步证实消息的准确，刺耳的号声又响起来，通知所有人各就各位。

转瞬之间，伯特成了孤家寡人。

"怎么了？"尽管已差不多猜到了，他还是问了一句。

他在那儿一直把最后一口汤喝完，才紧握着扶手，沿着晃动的走廊跑到下面的小平台上，冷空气像从橡皮管里喷射出的冷水一样让他打了个寒战。飞艇现在又加入新一轮的空中战斗中。他用一只冻得僵硬的手拽紧毯子。他只觉得自己在湿漉漉的暮色里颠簸着，什么也看不见，只有浓雾扑面而来。在他头顶，灯火通明，艇上人员匆忙地赶到自己的岗位上。突然灯灭了，"弗特兰号"跌跌撞撞、痛苦地扭动翻滚着挣到高空。

当"弗特兰号"翻滚而过时，伯特瞥见一些大楼就在下面飞驰而过，还有正在蔓延的抖动的火苗。接着穿过团团乌云他依稀看到边上还有一只飞艇在颠簸，像一只跳跃的海豚，正在加速前进，它很快被乌云吞没了。不一会儿像鲸鱼一样的一个黑黑的怪物又出现在视野里，附近还有缭绕的云雾。空中充满了拍击声，还有呜呜得风声，人的叫喊声，各种嘈杂声。把伯特给弄蒙了，吓得魂飞魄散。他一下没了知觉——只知拼命地抓牢，平衡身体。

"啊呀！"

不知从广袤的夜空跌落了什么下来擦过他身边，消失在下面的混乱中。原来是一只德国战斗机，它落得太快了，伯特几乎没时间想象出飞行员那黢黑的身形当时是怎么缩成一团，手握舵把的。这可能是一次演习，但更像是一场横祸。

"天哪！"伯特叫道。

"啪！啪！啪！"昏黑夜空传来一阵枪声，突然"弗特兰号"令人恐怖地倾斜了一下。伯特和哨兵紧抓着护栏才保住了小命。

"轰"的一声，从天空传来一声巨响。他只觉得远处不知哪儿在闪光，近处流动的云雾被映得通红，犹如奇山怪石，沟壑纵横。

一时间他脑子里想的全是拼命抓紧护栏。"我得回舱里去。"他说着。飞艇恢复了平衡，脚又着了地，于是他小心翼翼地摸到梯子旁边。这时平台突然整个竖起，接着像脱缰的野马，猛跌下去。伯特"哇呀"大叫了一声。

啪！啪！轰！轰！轰！在这一阵枪声之后，耀眼的闪电和震耳的霹雳声又将他包围起来。整个世界都像在爆炸。

在爆炸前的一刹那，整个宇宙好像僵住不动了，一片闪光，十分耀眼。

正在这时，他看见了美国飞机。在闪光中飞机好像一动不动，甚至螺旋桨也不转，飞行员看起来像僵硬的木偶（因为离得很近，机上的人他看得很清楚）。机头在向下倾斜，整个飞机翘了起来，飞机的双层机翼统统翘起，螺旋桨在前面。飞行员像坐在小船里，罩在机中。就在这个轻巧细长的飞机上，连发枪从两侧不停地喷射。这时他发现了一件很奇怪的事，那架飞机左侧的上层机翼冒着浓烟，腾起红红的火苗，被烧得耷拉了下来。但这还不足为奇，最奇怪的是五架德国飞机就在它下面，只有五百码之遥。六架飞机在闪电下面穿梭，而电光像要伸出利爪将它们捉住。

在巨大机翼的每一处凸出和凹进的部位，闪电像荆棘的枝丫一样在闪烁着。

伯特看着这些就像一幅图画，只是由于风吹散了云雾，模糊了视线，才有些看不太清楚。

霹雳声和闪光连得很紧，几乎同时发生，因此很难说伯特在那一瞬间是要被震聋了还是要被刺瞎了。

接着就是一片黑暗，伸手不见五指。一声沉重的闷响之后，只听见几声细微的哀号声，继而逐渐消失在无底的深渊之中。

二

飞艇慢慢地摇荡，伯特费了好大力气才挣扎回艇舱。他已浑身湿透，冻得发抖，惊恐无比，晕机也更厉害了。他感觉自己手脚瘫软，没了气力；脚都冻僵了，在金属地板上不停地打滑，原来平台的地板上已结了一层薄薄的冰。

他永远不会知道他从梯子上回到飞艇用了多长时间，但他记得在后来做的梦里，他的这段险遇，好像花了他好几个小时。在他的周围全是激流旋涡，可怕的旋涡，狂风咆哮，雪花飞旋，他的生命就全部拴系在一个小小的金属栅栏和一个护栏上，而栅栏和护栏也像愤怒的野兽，极力想从他手中挣脱，把他抛向无底的深渊。

他曾乱想一气，怀疑是否一颗子弹打穿了耳朵。这时云雾和雪花被一阵闪光照亮了，但他甚至没心思回头看看那边空中又会有什么东西飞旋而来要了自己的命。他只想着回到走廊上！他想回去！他想回去！他伸出的手臂会不会挺不住了？护栏会不会喀的一声断了？一阵冰雹打在他脸上，打得他喘不过气，几乎晕了过去。"抓紧啊！伯特！"他给自己鼓劲。

一回到走廊，他紧悬着的心落了地，感到由衷的温暖。走廊摇来晃去就像骰子盒，很明显他在里面要被抛来掷去，走不安稳。出于本能他一阵乱抓，总算站稳了些。这时走廊前端向下栽，这下他可以冲向不远处的舱室了，可走廊前端又翘了起来，他又不得不四处乱抓。

他终于回到了舱里！

一到门口，他就支持不住了。好长时间他又呕又吐，狼狈不堪。他想找一个能定牢他的地方，这样他就可以不用乱抓了。他打开箱子，跳到杂乱物件中间，四仰着躺下，全身没了一点儿气力。头在箱里磕来碰去，一会儿这边，一会儿那边。箱盖啪的一声盖上了。他再不用管外面发生什么了，也不用管谁打谁，打来了什么子弹或是哪儿又爆炸了。即使现在自己被打死或炸成碎片，他也毫不在乎。他只是有满腹难言的愤怒和绝望。"真蠢！"他说道，发出了他的一句评判，所有人类的事业、冒险、战争和刚刚让他惊魂不定欲罢不能的经历，都包括在内了。"唉！真蠢！"整个宇宙间的文治武功也都包括在这一句中了。他现在真希望自己死了。

这时"弗特兰号"从低空涌动的气流中掠过，天上群星在闪烁。"弗特兰号"在同两架盘旋的美国飞机角斗，艇尾的几间舱室被打穿了，它发射了炸弹，将敌机打退，然后掉头就跑。可这一切伯特都没看见。

美国这些骁勇的夜鹰不断向"弗特兰号"冲击，可他们英勇的冲击和自我牺牲精神伯特永远也见不到了。"弗特兰号"被撞得迅速下坠，美国飞机绞在被打烂的螺旋桨中，飞艇几乎就要完蛋了，美国人想爬上飞艇。可这一切伯特全无知觉。他只感到在剧烈地摇摆。真蠢！外面的美国飞机最终坠毁了，大多数人员被击毙了，这时伯特在箱子里唯一感受到的就是"弗特兰号"忽地上升了。

一切都结束了，颠簸没了，摇摆没了，战斗停止了，一下子全都停止了。"弗特兰号"不再同狂风搏击了，打碎、炸掉的发动机不再嘟嘟作响了。它已被打残，正像一个气球，平稳地随风飘动。空中随风展开的，是一个巨大云团状的破碎残骸。

伯特不再感到不舒服了。他想知道飞艇究竟怎么样了，战斗进行得如何了。他躺在那里苦苦等着摇摆颠簸的感觉再来一次，就这样躺着，不知不觉地一会儿就睡着了。

三

他醒来时外面很安静，很闷，也很冷。一时他想不起来自己躺在哪里。头像炸开一样痛，喘不过气来。梦里东拉西扯，他梦见了爱德娜、"荒漠苦行僧"，还梦见自己骑着自行车十分惊险地飞过高空中爆开的鞭炮和孟加拉烟火，惹得一个又像亲王又像布特里奇的怪人暴跳如雷。后来不知为什么他和爱德娜十分凄惨地呼唤着对方，后来就醒了，睫毛还湿漉漉的。箱子里漆黑一片，闷得要死。他再也见不到爱德娜了，再也见不到了。

他想梦里他肯定回到了班希尔山下自行车店的卧室里。而且他相信他刚刚看到的这么一个巨大壮观的城市毁于枪炮之下，也不过是一场记忆犹新的梦罢了。

"格拉布！"他叫道，十分急切地想告诉他这一切。

只有寂静。箱里沉闷的回音和窒息的空气使他忽然想起了什么。他扬起手，跷起脚，可前面冷冰冰、硬邦邦，推不动，也踢不开。他在棺材里！他一下子意识到他被人活埋了！于是陷入了极度的恐慌。"救命啊！"他尖叫着，"救命啊！"他边喊脚边踢着，拼命挣扎着，"让我出去！让我出去！"

在难以忍受的恐惧中他挣扎了一会儿。忽然棺材的一面没了，他飞了出来，重见了天日，接着在碰撞与谩骂声中他和科特滚到像是有垫子的地板上。

他坐了起来。头上的绷带已经松开，遮住了一只眼睛，他索性把绷带全扯了下来。科特也坐了起来，离他有一码远，面色依旧红润，裹着毯子，膝上放着铝制的潜水头盔。他正表情严厉地瞪着伯特，手还摸着胡子拉碴的下巴。他们俩都坐在一个倾斜的有红色垫子的地板上。上面有个开口像是长长的地窖盖，伯特费了好大劲儿才辨认出这是横过来的舱门，实际上整个舱室已翻了个个。

"你是什么意思，斯莫尔韦兹？"科特道，"我以为你一定和其他人一样掉下去了，结果又突然从这儿蹦出来了。你哪儿去了？"

"发生了什么事？"伯特问道。

"飞艇的末日到了。大多数东西和人都掉下去了。"

"打仗了？"

"是啊！"

"谁赢了？"

"我还没见报纸呢，斯莫尔韦兹。仗没打完我们就跑了。飞艇被打残废了，修不好了。而我们的战友们，他们也是自顾不暇，根本顾不上我们。对，还有那风——天知道我们碰上了多大的风！这风以每小时八十英里左右的速度把我们刮出了战场。天哪！那么大的风！打了一场什么仗啊！现在却跑到这儿来了！"

"哪儿啊？"

"空中，斯莫尔韦兹——在空中！等到我们着陆时，肯定腿脚都不听使唤了。"

"但下面是哪儿？"

"据我所知，是加拿大，看起来是一个荒芜、空旷、不太友善的国家。"

"我们怎么不回到预定航线上？"

科特沉默了半天，没有回答。

"我记得最后看见的是一道闪光之中的飞行器之类的东西。天哪，太可怕了！枪在开火，东西在爆炸！而且又是冰雹，又是震又是颠。我吓坏了，绝望了，还恶心……你不知道仗怎么打起来的吗？"

"一点儿也不知道。当时我正和全班人员穿着潜水服，正拿着纱布在煤气室里堵弹孔呢。外面除了闪电什么也看不见。美国的飞机我一架也没见到，只看见子弹飕飕地打穿气室，我就派人去堵。我们身上起了火——但不大，你知道，身上太湿了，在冲出气室之前，火苗就熄了。后来一个凶恶的家伙凌空直下撞在我们艇上，你没感觉到吗？"

"什么我都感觉到了，"伯特说，"但我并没感觉到特别大的冲撞。"

"如果他们真这么干，肯定是想玩命了。他们好像利剑一样直刺过来，把煤气室撞得像掏出内脏的鲱鱼。发动机和螺旋桨全被撞坏了，绝大多数被撞飞了，要不是还有几个悬吊在空中，我们早就得着陆了。我们拔高之后就停在高空。艇上有十一个人向四处滚离，可怜的冯·温特菲德从亲王的舱室跌到海图室，摔断了脚踝。我们的电力设备也被打坏了——谁也不知是怎么被击中的。情况就是这样，斯莫尔韦兹。我们就像乘着一个普通的气球在空中飘浮，任听外界因素的摆布，一直向北飘。可能要飘到北极吧。我们对美国人有什么飞机一无所知。一架纠缠过我们，一架被雷击了，有人看见又有一架被打翻了，看起来很好玩。很可能我们把他们搞掉了，但我们也损失了大部分的'飞龙'，就这些。我们不知道是赢了还是输了，也不知道现在和英国人是战还是和。因此我们不敢着陆。何去何从现在一无所知。我们的拿破仑成了光杆司令，但我想他正在重修计划呢。纽约能否成为第二个莫斯科还未可知。我们经历了一段惊险的时光，又杀了多少人！战争！神圣的战争！今天一早我就对它感到厌恶。我想待在正常的屋子里，再也不想窝在滑溜的笼子里了！我是一个文明人。我总想起阿尔布莱希特和'巴巴罗萨号'……现在真想好好洗一洗，听几声柔声细语，待在自己安静的小家里。一看见你，我就知道得洗一洗了，唉！"他打了个长长的哈欠，"你看你，一个肮脏的英国人！"

"我们能弄到什么吃的吗？"伯特问。

"鬼才晓得！"科特答道。

他琢磨了伯特一阵。"依我看啊，斯莫尔韦兹，"他语重心长地说，"下次亲王想起你，很可能要把你扔出去。如果他见到你，肯定会这么做……毕竟你是个累赘，你也明白。我们马上就得尽力减轻飞艇负重了。如果我没猜错的话，亲王马上就醒了，会大刀阔斧地开始行动。我开始对你有些好感，毕竟我有英国血统。你是一个古怪的小家伙，我可不愿见你呼地飞到空中……你得干点事，斯莫尔韦兹。我想可以征你入伍，你得干活，学着乖巧点儿，这样才行，这是你最好的机会了。我想从现在开始我们不会再让无关人员待在飞艇上了。如果不想过早着陆，不想被俘虏，就得把压舱物全抛下去。亲王当然不想着陆被俘，他要将游戏进行到底。"

四

他们踩着一把之前立在门后的折叠椅，来到窗边，轮流向外张望。只见下面这个地方树林稀疏，没有铁路和公路，只偶尔见到一些人家。这时号响了，科特知道该吃饭了。于是两人钻过舱门，十分费劲地爬上几乎是垂直的走廊，手脚紧趴在地板呼呼透风的孔洞上。食堂管理员发现无烟炊具还完好无损，因此军官们还能喝上热可可，士兵们能喝着热汤。

伯特感到这次经历太奇异了，弄得本可能有的恐惧现在也没了。事实上，他现在不再恐惧了，而是饶有兴致了。他好像转眼之间变得无所畏惧，放浪形骸了。自己时刻都可能丧命，他开始习惯了，这奇特的空中航行也许就要送他去见上帝。但没有谁会恐惧一辈子：恐惧最终被抛在脑后，接受了，储存了，也永远消失了。他蹲在那儿一边喝着汤，蘸着面包，一边琢磨起他的同伴们。所有的人都很脏，胡子四天没刮了。他们三三两两成群结队，疲惫不堪，俨然是被人偷袭后守着一片狼藉的败将，没有人出声。他们困惑不已，什么主意都没了。三个人在飞艇震起时受了伤，一个中了弹，缠了绷带。就这一小撮人竟大肆屠戮，范围之大，空前绝后，真是不可思议！他们蹲在那儿，手里端着汤盒，似乎谁也不像犯下如此罪孽的人，甚至不会随意伤害一只狗。一个个仪表堂堂，应该是在家守着田地，伴着妻儿，享受天伦之乐才是。那个红脸膛，先把空战消息带到食堂的精壮汉子已喝完了汤，正慈父般地给一个刚扭伤了胳膊的小伙子重新系好绷带。

伯特在掰最后一个面包，泡在汤里，等着泡得更透。这时突然注意到人人都在看着一双脚，正跨过敞着的门的门槛。科特进来了。他不知什么时候刮了脸，淡黄色的头发也梳得很整齐，看上去干净利落。"亲王驾到。"他宣布道。

接着只见一双皮靴有力地迈着大步走了过来，每一走好像都要试试地板是否牢固。他脸刮得干净利落，皮鞋光彩照人，高大魁梧，气势逼人。所有士兵，包括伯特都站起来敬礼。

亲王像是骑在骏马上，居高临下地打量着众人。艇长的脑袋出现在他旁边。

伯特又恐慌了一阵。亲王的目光像射出的蓝色火苗一样灼得他难受，硕大的手指向他比画着，他问了一个问题，科特插上来解释。

"就这么办吧。"亲王说，于是伯特算是被处置完毕。

接着亲王对手下人做了一次简短而有力的讲话，一只手扶着门的铰链，另一只手不停地做着各种手势。伯特听不懂他在说什么，但可以觉察到众人开始表情严峻，身体挺直，渐渐地以赞许之声应和着亲王的讲话。最后亲王放声歌唱，大家也跟着唱起来。"团结就是上帝。"他们深沉有力地唱着，士气大振。在这样一个受到重创又正在坠落的飞艇里，在刚刚遭受有史以来最惨重的轰炸之后，竟能唱出这样的战歌，真是奇迹，伯特被深深地打动了。路德的伟大之作他一个字也不会唱，但他还是张开嘴，唱出嘹亮、深情的音符，尽管有时走了调……

远在飞艇的下面，几个基督徒正在蹒跚前行，这时正好听到这深沉的歌声，他们以为是基督复临，马上欢喜雀跃地等候着。他们盯着正在随风飘浮、破碎扭曲的飞艇，惊讶无比。这个东西有好多地方像复临的基督，但好多地方又不像。他们呆看着飞艇飞过，充满了敬畏和困惑，无以言表。歌声停了。过了好久，天际传来一句话："这地方叫什么？叫什么？"

　　他们没有回答。实际上他们没有听懂，尽管问题重复了几遍。

　　最后怪物向北飘去，掠过一片松林之后就再也看不见了。随之他们陷入一阵激烈而持久的争论之中……

　　歌声停了。亲王的脚又迈上了走廊，每个人都摩拳擦掌，跃跃欲试。"斯莫尔韦兹！"科特喊道，"过来！"

五

　　在科特的指挥下，伯特第一次当了一回飞行员。

　　艇长要完成的任务非常简单：他要保证飞艇继续飘浮着。尽管风不像以前那么猛了，但还刮得起劲，足以把这么大一团笨拙而极其危险的东西刮到地面。那样的话，亲王想在居住区着陆的愿望就无法实现，而极有可能被敌人俘获。必须让飞艇一直飘浮着，等风停了，再降到一个偏僻之处，或许会碰上一个巡逻的护卫艇，这样就可以维修或得救了。为此艇上的重物得抛下去。科特奉命带着几个人爬到下面打烂的气室。在飞艇下降时，逐一将没用的东西清理掉。因此伯特手执一把锋利的短刀，艰难地在位于四千英尺高空的网板上爬来爬去。

这活让人眩晕，但这种感受，是坐在暖融融的客厅里的读者所体会不到的。伯特几乎不敢看一眼下面这个荒无人烟的地区是什么样子。好像根本没人住，到处是悬崖山石，飞瀑急流，林木丛生，山顶上积雪皑皑。他就在这上空干活，把又韧又滑的丝布砍下去，身子紧贴在网上。他们从飞艇框架上清掉了一团扭曲的钢丝，又扔了一大堆丝布。活很累人。这些累赘一清掉，飞艇轻快了好多，马上浮了起来。那些废物在空中展开，飘落下去，扭得乱七八糟之后摔到一个峡谷旁。伯特像一个冻僵的猴子一样紧攀在网上，整整五分钟，一动没动。

在这玩命的活计里，伯特发现有些东西很振奋人心，尤其是团结合作的劲头儿。在这些人当中他不再被孤立、不再被怀疑了。现在他同他们有了共同的奋斗目标，正在各尽所能、齐心协力地完成自己的那份任务。伯特从心底涌起了对科特强烈的敬爱之情，只是一直压在心底，未曾表露。作为一个指挥官，科特干得十分让人仰慕：他点子多，很细心，乐于助人，雷厉风行。到处都能看到他忙碌的身影。谁有了麻烦，他马上前来帮助，口传身授。对手下人，他就像个兄长。

他们一下清掉了三大堆废物，这时第二班人上来替换，伯特很高兴地爬上去，回到舱里。有人送上来热咖啡。尽管戴着手套，他们还是冻得发麻。他们一边坐着喝咖啡，一边心满意足地相互看着。一个人友善地用德语和他聊天，他笑着点点头。他的脚踝几乎冻僵了，科特从一个伤残士兵那儿弄来一双高帮靴给了他。

下午风小了好多，偶尔飘来细小的雪花。下面的雪积得更厚了，唯一见到的树是一些松树和红针枞，丛生在山谷里。科特和三个人爬进完好无损的气室，放了一些气，准备好一些挡板以备着陆时用。弹药舱里的弹药也扔了下去，在荒野中轰轰炸响。大约下午四点，"弗特兰号"跌跌撞撞地着陆了，落在一个宽阔而多石的空地上，远处还可以看到积雪覆盖的悬崖。

着陆注定是不顺利的。撞击很猛烈，因为"弗特兰号"没有准备气球着陆的必需物品。飞艇重重地摔了下去，笨拙地弹了一下，把悬挂平台撞到飞艇前面去了。冯·温特菲德摔了个半死。飞艇在地面向前跌撞了一阵后，塌成一堆。前面的装甲和机关枪被撞瘪了。有两个人受了重伤：一条腿摔断了；另一条受了内伤，是被乱飞的钢丝和铁棍打的。伯特被压在下面，半天才爬出来。这只六天前从法兰克尼亚耀武扬威地起飞的"黑鹰"现在瘫成一团，堆在雪霜覆盖的岩石上，就像一只不幸的鸟，被人逮住后扭断了脖子，然后抛在了一边。几个驾驶人员默然无语，只呆望着这一堆残骸，体味着荒野的空旷。其他人在临时搭成的帐篷下忙忙碌碌。亲王走到不远处，正在用望远镜观察远处的高地。它们看上去很像古老的海蚀崖，上面布满矮小的松柏目植物，有两处还有长长的瀑布。近处山石散布，冰川覆盖，只生着一些矮小的阿尔卑斯植物，茎紧密簇拥着，花没有梗。看不到河流，但能听到近处有水在急流的声音。凄冷的风在呜呜地吹着，时而飘过一缕雪花。伯特感觉脚下的冻土没有一丝生气，沉重而静寂。

六

伟大而英勇的卡尔·阿尔伯特亲王是这次大规模冲突的主要推动者，现在他被甩出了这场冲突，一时没了用武之地。作战时机、气候竟都不利于德军，现在他被"流放"到这拉布拉多半岛上，一待就是漫长的六天，他气得要疯了。别的地方又打了多少漂亮仗，又产生多少奇迹啊！世界混战，飞艇追逐，城市火光冲天，尸体堆积如山。可这儿！除了一丝锤击声外，世界一片寂静。

他们就在这里安营扎寨。被气球丝布覆盖的艇舱，从远处看去就像吉卜赛人的帐篷，只是个头儿大了些。在场的人都在忙着用摔坏的钢质艇架做一个天线杆，电工们好安装上复杂的发报器件和设备，这样亲王就又可以和外界联络了，但这些人好像什么也干不下去了。一落到这儿，苦难就开始了。补给不足，配给减少。荒郊野外，身上单薄的军装根本抵不住刺骨的寒风。第一个晚上是在黑暗中熬过的，因为没法生火。发电机被打烂了，早摔在远远的南面了。艇上没有一根火柴，当初带火柴是要掉脑袋的，炸药也扔了。直到第二天早晨，与伯特在刚上艇时同住一舱的那个一脸稚气的人才"供出"还有两支手枪和两匣子弹，这才生了火。后来又在机枪弹舱里找到一些没有用掉的子弹。

长夜漫漫，凄冷难耐，谁也睡不着。艇上七个人负了伤。冯·温特菲德的头被震坏了，在昏迷中不停地抖着，同看护人员扭着打着，嘴里还叫嚷着"纽约着火了"之类莫名其妙的话语。士兵们挤在黑漆漆的食堂里把能找到的东西都裹在身上了。他们一边喝着可可，一边听着冯·温特菲德在那边大叫大嚷。上午亲王做了一次演讲，讲了命运之神、万能的上帝，讲了为报效国家而牺牲的幸福与光荣，还讲了好多好多，都是在荒郊野外难以想到的话题。众人士气稍振，但已没有什么大的热情了。远处一只饿狼在凄厉地哀号。

接着大家着手工作，足足一个星期才把天线杆竖了起来。从上面垂下一张二百英尺长、十二英尺宽的铜线网。一个星期，每天都在干活，不停地干，忙得喘不过气来，疲惫不堪。而工作之余呢，还是苦，风餐露宿，满目萧然，只是偶尔才能领略一下这荒野处的风起云涌和独有的日出日落的壮丽景象。他们生起一圈火，烧着不停。出去找柴的人不时碰到饿狼。伤员和铺盖被一并从舱里抬出来，安置在火边的小棚里。老冯·温特菲德叫嚷一阵后没了动静，已气息奄奄了，另外三个伤员由于营养不良，病情加剧，但其他伤员已开始恢复了。对于这些事，伯特像个局外人，全无兴趣。他心里一直悬着两件事：一是怎样升拉提吊把这堆笨重的东西竖起来，怎样又锉又旋把这些铜丝编成网；二就是那个凶神恶煞般的亲王，他不让人安生一会儿。他总是站在一边，在人头上指手画脚，向着南面空旷的天空叫嚷："那边，还等着我们去征服！"他用德语讲，"他们苦等了五千年，终于可以功德圆满了！"伯特听不懂他讲什么，但能明白他的手势。好几次亲王发了怒。一次是因为一个人手脚太慢；一次是因为一个人偷别人的配给餐。前一个被他狠批了一顿，命去干更繁重的活；后一个被他扇了一顿耳光，青肿而去。亲王自己什么活也不干，在火堆中间清理出的空地上踱来踱去，有时一走就是几个小时，交叉着臂，对自己默默低语："要忍耐！天不会绝我！"有时低语脱口而出，激昂豪壮；有时又大叫大嚷，比比画画，引得旁边干活的人停下来看。见他蓝蓝的眸子又喷射出怒火，挥动的手一直指向南面的小山时，大家才又忙起了活。星期天停工半小时，亲王又宣扬了一番信念和上帝对大卫的青睐，之后大家齐声歌唱："团结就是上帝。"

冯·温特菲德被安置在一个临时搭起的小屋里。整整一个早上他高喊着德国的伟大。"铁和血！"他喊着，接着又似乎以嘲笑的口气叫道，"世界政治——哈哈！"然后又滔滔不绝地给假想中的听众讲解复杂的政策问题，语调低沉而狡猾。周围的伤员一言不发，静静地听他胡言乱语。伯特听走了神，科特就喊他："斯莫尔韦兹，接着那头儿！接着！"

天线杆终于一点一点竖起来，固定住了。电工们齐力修起蓄水池，装上一个水轮——正好发报机用的模罗兹涡轮发电机很容易就改成水力的了。于是第六天晚上发报系统开始工作了。亲王开始呼叫。实际上声音很弱，但他还是向遨游于空旷天空中的编队呼叫，可呼叫了好久都没有声音。

那一晚的情形伯特一直记忆犹新。电工们在一旁忙碌着，身边的一堆火熊熊燃烧着，毕剥作响，被火光照着的垂直的钢质天线杆和缕缕铜线，像无数光针直刺苍天。亲王手托着下颏，坐在近处的一块石头上，等待着回音。东北那边，静立着冯·温特菲德的墓碑，上面竖着一个钢十字架。在远处的怪石中，可以看见饿狼的眼睛在闪着绿光；另一面是飞艇巨大的残骸，士兵们围在火边露营，众人都一动不动，寂寞无声，好像在等着什么好消息。远处，在这数百里荒芜之外，也许会有好多同样的天线杆在风中摇动颤响，给这面一些回音。也可能并不是这样。有人讲话了，但是语调深沉。时而听见有鸟在远处悲鸣，还有狼在哀号。在凄冷广袤的荒野之中听到这些，更是令人毛骨悚然。

七

伯特最后一个得到消息，是一个通晓数国语言的"外语通"用结结巴巴的英语告诉他的。直到深夜，发报员的呼叫才收到回音，信号十分清晰，可是没有想到竟是这样的消息！

"喂，给我们讲讲吧！"伯特在早饭时对那个人说，周围已是一片喧闹。

"全世界都打起来了！""外语通"答道，一面还晃着手中的可可，"全世界都打起来了！"

伯特盯着南面微露的晨曦：如此安详宁静，全然没有战争的迹象。

"全世界都打起来了！柏林被烧了，伦敦被烧了，汉堡、巴黎也被烧了。日本把旧金山烧了。据说我们在尼加拉瓜有个大本营。全世界都打起来了！"

"天哪！"伯特心底纳罕着。

"是啊！""外语通"也叹道，喝了一口可可。

"伦敦烧毁了没有？也像纽约一样吗？"

"给炸得一塌糊涂。"

"他们有没有提到克拉珀姆或班希尔？"

"我没听过。"

伯特只能打听到这些了。周围的人都兴奋不已，很快他发现科特独自站在一边，背着手，目不转睛地看着远处的瀑布。伯特走上前去，像战士一样敬了个军礼，说："打扰了，中尉。"

科特转过头来，表情格外严肃。"我正想过去看看那边的瀑布，"他说，"它使我想起——你有什么事？"

"我真弄不清他们在说什么，中尉。你能告诉我那消息是怎么回事吗？"

"该死的消息！"科特说，"天黑前你就全知道了。世界末日到了。他们派'格拉夫·齐普林号'来接我们。上午就到，我们会去尼亚加拉——去接着炸——就在八到四十个小时之内……我想去看看那瀑布。你最好和我一块去。你吃过饭了吗？"

"吃过了，中尉。"

"那好，走吧。"

科特一面思索着，一面越过山石，向远处那瀑布走去。伯特一直跟在他后面，像个警卫。走出营地后，科特放慢了脚步，让伯特走在身边。

　　"两天后我们就要参加战斗了。"他说，"该死的战争！世界都疯了。现在清楚了，我们被击落的当晚，我们的编队打败了美国人。我们损失了十一架——整整十一架飞艇，而他们的飞机全部被歼。但这只是开始，就像刚点着一个火药库。各个国家都在秘密制造飞行器。我们炸了伦敦和巴黎，于是英国人和法国人也炸平了柏林。现在亚洲人也奔我们来了。世界末日前的最后混乱到了。他们在炸首都，炸船坞，炸工厂，炸矿山，炸船队。"

　　"伦敦也被炸了吗？中尉！"伯特问。

　　"天知道……"

　　好久他沉默不语。

　　"这倒是一个安静的去处，"他终于开口了，"我真想一直待在这儿。可是不行啊！不行！我早就看透了。早就看透了！你也得想开点。每个人都……可为什么？……我说——这世界已分崩离析了。谁也逃不脱，谁也没后路了。现在我们困在这儿了！就像失火的房子里的耗子，就像被山洪淹没的牲畜一样，无一能幸免！我们马上就被接走去打仗。也不知道你到时会怎么样，可我自己——我很清楚：我必死无疑。"

　　"你会没事的。"停了好一会儿，伯特才吐出一句话。

　　"会的！"科特说。"我会被打死。以前我还不知道会有这一天，可今天早上，一大早我就知道了，好像有人告诉我的。"

"怎么告诉的？"

"我自己知道。"

"可你怎么知道自己知道？"

"我就是知道。"

"我一清二楚。"他重复着。好一阵两人一言不发，向瀑布走去。

科特若有所思，茫茫然地向前走着。过了好久，又爆发了。"以前我总觉得自己很年轻，斯莫尔韦兹，可今早，我感觉心力交瘁，一下子老了。老得比一般老年人更接近死亡。我一直以为生活不过是一场游戏罢了。可其实不……我以为像战争、地震这类人祸天灾亘古就有，可我却像是刚刚明白这个道理。从到纽约那一天起，每晚我都想这个问题……亘古如此，生活就是这样：骨肉分离，家破人亡，生灵涂炭！什么伦敦！什么柏林！什么旧金山！想想我们在纽约毁掉的人类文明吧！其他人也摩拳擦掌，跃跃欲试。我们也干了！"

他沉默了好久，突然他叫了出来。

"亲王是个疯子！"

他们爬上一处高地，来到一条小河边上的一个土丘。上面丛生的十分精巧的粉色小花吸引了伯特。"天哪！"他叫着，弯下腰去摘一朵。"这地方竟有花！"

科特也停住了，微微转过身，脸抽搐了一下。

"我从没见过这样的花儿，真是精巧。"伯特叹道。

"想摘就摘吧。"科特说。

伯特真的摘起来了。科特立在一边看着。"不知为什么，人见了花总是情不自禁地要摘几朵。"伯特说。

科特听了，什么也没说。

他们继续前进，好长时间谁都不说话。

最后两人来到一个岩石小岗上，整幅瀑布尽收眼底。科特停下来坐在一块大石头上。"这就是我一直想看的，"他说，"不是很像，但也够了。"

"像什么？"

"像我从前看到的另一条瀑布。"

突然科特问了一个问题，"有女朋友吗，斯莫尔韦兹？"

"可真巧，"伯特说，"看着花，我正想她呢。"

"我也是。"

"什么？想爱德娜？"

"不，我在想我的爱德娜，我们都有自己的爱德娜。可一切美好都成为过去。一会儿见不到她我都难以忍受。但愿她知道我在惦记着她。"

"肯定会的。"伯特说，"她会很好的。"

"不，我知道。"科特回答得很干脆。

"我是在阿尔卑斯山的英格斯特朗峰遇到她的。那儿很像这地方，有一个像这样的瀑布，飞流直下。所以今早我要到这儿来。

我们在瀑布边上玩了半天，还采了不少花。就像你采的，一模一样，龙胆花。"

"我知道，我和爱德娜也采过花。好多年以前的事喽！"

"她很漂亮，有点害羞。天哪！……在死之前我真想再见她一面，再听听她甜美的声音！她在哪儿呢？……瞧，斯莫尔韦兹，我会给她写封遗书之类的——我还有她的相片呢。"他摸了摸胸前的口袋。

"你会再见到她的。"伯特说。

"不可能！我再也见不到她了……我真不明白为什么人们相逢是为了永久的分离。但我知道我们再也相逢不了了。这就像我死之后还会有日出日落、瀑布飞流一样。唉！人所做的一切——人将要做的一切——全是自私自利、愚蠢、凶残、仇恨、野心，没好东西！天哪！斯莫尔韦兹！生活是什么啊！一团稀泥！硝烟、屠杀、灾难、仇恨、暴虐、阴谋……今早我厌倦了，好像才感到——由衷的厌倦。我算全看透了。一个人一旦厌倦了生活，离死也不远了。我的心死了，人也快死了。我知道我快完了。想想刚才我还满怀着希望，还以为有了新的开始！……都是骗局。根本就没有开始……我们不过是蚁穴中的蚂蚁，居住在一个无足轻重的地方，忙忙碌碌，结果一事无成。甚至纽约也不足以让我动心了。纽约不过是被一个傻瓜捣毁的蚁穴而已！

"斯莫尔韦兹，想想吧！哪儿都在打仗！在创造出文明以前，他们就在毁灭了。就像英国人在亚历山大，就像日本人在阿瑟港，就像法国人在卡萨布兰卡所做的一样，到处都是毁灭。到处都是！美国南部甚至在自相残杀！没有安全的地方——没有太平之地。没有一处可供妇幼躲避安身。战争从天而降，炮弹在夜晚突至。安分良民早晨张望着，却发现头上掠过黑压压的飞艇——死亡正在降临——正在降临！"

第八章
世界大战

一

　　伯特慢慢地才明白，整个世界陷入了一场大战。当那些新式战斗机呼啸着掠过北极荒漠以南各国的上空，搅得人心惶惶之际，他才如梦方醒。伯特一直不习惯把世界看成一个整体：那不过就是广袤的内地罢了，一眼望不到头，还有纷扰的时局。按他的想法，战争会滋生出轶闻和激情，只是会发生在一块叫作"战场"的有限区域而已。可是现在，整个天空都成了战场，遍地都是弹坑。交战各国争先恐后地研制和发明各项秘密武器，你争我夺，难分高低。第一批机群刚从弗兰克尼起飞后几个小时，来自东方的战机也已飞临恒河平原的上空，迎面拦击，引得观战的当地人惊讶不已。然而总体而言，东亚联盟的战备规模远胜过德国。"因此，"

196

谭廷相说道，"我们将超过西方，并战而胜之。我们将恢复被那些野蛮人所破坏的世界和平。"

东方人隐蔽而快速的军事行动和新式的武器装备使德国人相形见绌，而且在人力资源上，东方人也有以百抵一的优势。"德国人偷袭全世界"的消息只是使他们更加努力地工作。当德军空袭纽约的时候，他们在全球的飞艇总数恐怕只有约三百架，而东方人的机群四面出击时，数以千计。此外，东方人还拥有一种真正的作战用飞行器，这是一种被称作"鸟"的轻型而高效的武器，性能优于德军的"飞龙"。"鸟"同样也是由单人操纵，但材料选用轻质的钢、毛竹和化纤丝绸，并安装了一台横轴发动机，两侧有扑翼。飞行员还配发一门炮，可以发射充氧爆破弹，而且飞行员还按照日本的传统携带一把佩刀。这些空中骑士都是日本人，从入伍的第一天就被灌输标准的武士道精神。"鸟"的两翼前端设计有蝙蝠状的拦阻钩，可以钩住敌机的气囊，迫其降落。机群出动时，便载有这种轻型飞行器，有时它还随着战机，跨越千山万水，与前线的将士并肩作战。这种飞行器借助风力航程可达二百到五百英里。

于是，在挫败了德国飞机的第一轮攻击之后，这些亚洲国家便倾尽全力发展空中力量。没多久，世界上所有政府都极其疯狂地投入飞艇生产，采用发明家可能发明的一切方法制造飞行器。外交斡旋已不可能，警告和最后通牒满天飞，短短几个小时之后，整个世界陷入一片恐慌，并全面开战。这是一场空前复杂的世界大战：英、法、意三国已向德国宣战，而铁蹄之下的瑞士宣布中立；在印度，由于目睹了东亚战机的胜果，印度教徒在孟加拉国揭竿而起，伊斯兰教徒也在西北诸省发起反抗。这场风暴如同野火一般从戈壁沙漠席卷了黄金海岸，而东亚联盟已夺取了缅甸的油井，正毫不留情地向美国和德国发动攻击。一周之后，他们将在大马士革、开罗和约翰内斯堡建造飞艇；澳大利亚和新西兰也正在加紧扩军备战。战争机器的疯狂运转实在令人瞠目结舌。制造一艘铁甲舰需要二到四年，而组装一艘飞艇只要几周时间，而且与造一艘鱼雷艇相比，造飞艇真是太简单了。只要提供制作气囊的材料、发动机、加油站和设计图纸，那就毫不费事，而且要比一百年前造一条普通的木船简单得多。现在，从合恩角到诺瓦桑布拉，到处都是工厂、作坊和工业资源。

信贷和金融机构曾一度使世界经济稳定发展了一百年，如今不堪重负，轰然崩溃，于是德国飞艇在大西洋水域频繁露面，远东的战机也屡屡在缅甸北方现身。世界各地的股票交易所股价暴跌；银行停止兑款，贸易不是萎缩就是中止，有些工厂还能勉强维持，完成订货，可是没几天，货主不是破产就是杳无踪影，工厂也只得关闭。伯特·斯莫尔韦兹所见的纽约已经陷入史无前例的经济与金融大崩溃。食品供给已经开始严格定量。世界大战爆发不到两周，世界各地的大小城镇，无论距离这场浩劫的中心有多远，都受到了食品短缺和大量失业的困扰，当地警方和政府都采取紧急措施应付燃眉之急。

空战一旦爆发，必将把整个社会推下深渊。它具有几个特点，第一个特点使那些轰炸纽约后回到国内的德军飞行员感触至深：飞艇虽然拥有居高临下的巨大杀伤力，却无法对投降了的空袭目标实施占领、警戒、守备或是驻军。当然，由于经济崩溃，饥馑肆虐，造成了社会混乱以及毁灭性的破坏，甚至在空中执行巡逻任务的编队机群都能引起地面上极大的恐慌。类似场面恐怕只有发生在19世纪对原始部落的狂轰滥炸，或是18世纪末期出现在不列颠帝国的那次海战中极不光彩的一幕，这种场面在人类战争史上是没有先例的，然而其残酷性和破坏力也隐约地预示出空战的恐怖。毕竟在20世纪来临之前，整个世界只有一次类似的经历，即1871年的巴黎公社起义，使人们初识了战争给现代社会带来的影响，不过较之目前的战局，真可谓"小巫见大巫"！

飞艇问世的目的在于给予敌方社会以毁灭性打击，而空战的第二个特点是，早期的空战双方无法进行单机对抗。他们能以狂风暴雨之势向军事要塞、军舰和城镇等地面目标发起致命的攻击，倾泻无数的弹药，可是除非杀红了眼，欲与对方以命相搏，否则通常双方的飞艇都会相安无事。尽管德国飞艇看似庞大，但其实只装备一门机关炮，两头骡子就能驮载得动。另外，随着掌握制空权的重要性日益突出，机组人员也配发了带充氧爆破弹的步枪或燃烧弹，可是目前，飞艇上携载的武器和弹药数量即使与海军装备清单上最轻型的炮艇相比，也是微不足道的。因此，当这些空中怪物狭路相逢时，都须抢占高度优势，然后互掷手榴弹，完全是中世纪徒手格斗的方式。这就意味着，每次空中格斗的结果不是获胜，就是与敌机相撞或坠机。所以，在经历了第一次较量之后，空军将领们都尽量避免卷入战事，转而大谈予敌以毁灭性反击轰炸的道义优势。

这些飞艇的作战效能的确让人不敢恭维：德机太不牢固，而日机又过于轻飘，都无法对战争发挥立竿见影的决定性作用。据说，后来巴西人发明了一种飞行器，其性能和大小都比飞艇略胜一筹，可是巴西人只造了三四架，在南美服过役。随着全球性破产风潮的袭来，所有可能深入开发的机械制造业都被迫中断，这几架飞机也如昙花一般，从历史舞台上消失了。

空战的第三个特点在于其强大的破坏性与对战局的非决定性作用形成鲜明对比。空战的独特之处是双方针对彼此的惩罚性攻击难以设防。在以往的战争模式中，无论陆战或海战，战败方很快便丧失向敌方的疆域和通信系统发动攻击的能力。双方都在"前线"作战，而战胜方位于前线之后的供给线、城镇、工厂和首都，甚至整个国家的安全，都能确保无虞。如果是海战的话，首先必须摧毁敌军的舰队，接着封锁其港口，夺取装煤站，然后，为了确保自己商用港口的安全，全力搜寻并歼灭逃逸的敌方巡洋舰。然而，封锁和守卫海岸线是一回事，封锁和守卫整个国家则另当别论。巡洋舰和武装民船的建造颇费时日，而且难以运输和隐蔽，无法实施战术机动。而在空战中，实力占优的一方即使消灭了敌方的主力机群，仍须加紧巡逻和警戒，并及时摧毁任何可疑目标，以防敌方生产出其他的甚至更具杀伤力的新型飞机。敌方极有可能暗中建造飞艇，并生产出数以千计的战机，训练出成千上万名飞行员。一架小型飞艇在不充气状态下，可以隐蔽在火车机库内，或是藏在乡间小道或树林中，而飞行器则更加不为人注意。

天空中没有街道、航道或据点可用以标识敌我，所以就无法断言："如果敌人来犯我国首都，这儿是必经之路。"整个天空真可谓杀机四伏。

因此，用常规方法结束一场战争是不可能的。甲方以数千架战机的绝对兵力优势在乙方首都上空炫耀武力，企图以轰炸相要挟，迫使乙方投降。而乙方则在无线电报中声称，将立即派出三架攻击型飞艇轰炸甲方的主要工业城市。甲方当即谴责乙方攻击机的海盗行径云云，并轰炸了乙方首都，还设法寻歼歼灭乙方飞艇，然而乙方则以激昂的斗志和不可征服的英雄气概，在一片废墟上制造出新的飞艇和炸弹来打击甲方。这场战争必然演变成全民的游击战，无数平民、家庭，以及全部的社会组织都无一例外地卷入了战争的漩涡。

空战的种种特征震惊了全世界。然而，人们对其产生的后果并无先见之明。早知如此，1900年本该召开一次全球和平会议。可是科技发明的步伐超过了理性和社会组织发展的进程，这个飘舞着各色破烂旗帜的世界，带着满脑子毫无意义的民族传统，还有廉价的小报，更有一文不值的激情和帝国精神，及其卑劣的商业动机、习以为常的虚伪和庸俗以及种族的纽带和隔阂，都在残酷的现实面前惊骇不已。战争一发不可收，没有人预见到信贷机构的兴衰，也没人明白它是如何使千百万人在经济上形成千丝万缕的相互依赖。这一切在大恐慌之中土崩瓦解。飞艇正在四处投弹，毁灭着一切希望，天空下到处是经济困难、饥饿、失业的人群、骚乱和动荡的社会。交战各国中所有能够指点迷津的宏图大略都在艰难时世的煎熬中变得无所作为。战争期间侥幸保存下来的那些报纸、文件和历史记录通篇都是同样的记载：城镇的食品供应中断，街头挤满忍饥挨饿的失业人群；政府危机和敌军围城，临时政府和国防委员会成立；印度和埃及事变中的起义者掌权，民众中分发武器，建造炮台和炮兵掩体，以及疯狂地制造飞艇和飞行器。

如今，人们对这些故事只需匆匆一瞥，便已尽览无遗。而当时，世界正深陷一场浩劫，乞灵于机器的文明时代竟毁在机器之手。试想，灿烂的古罗马文明并非毁于一旦，而是经历了数百年的沧桑，由盛而衰才逐步走向灭亡，然而人类的现代文明竟如此脆弱，仿佛就在一场突发事件中猝然而亡。

二

毫无疑问，最初的空中战役是与海军协同进行的，旨在确定敌军舰队的位置，并消灭它。第一次空战发生在伯尔尼郊外的奥伯兰，当意大利和法国海军正从侧翼炮击弗兰克尼机场时，突遭瑞士的试飞中队空袭，不久，瑞士人还得到了德军飞艇的支援；随后，英国的战机也赶来参战，并击落三架德机。

接着便是印北之战，英印联军的航空基地惨遭偷袭，在寡不敌众的情形下苦撑了三日，被彻底摧毁。

与此同时，美国也成了攻击对象。亚洲人和德国人在尼亚加拉展开了激烈的战斗。战火又逐渐蔓延至大半个北美大陆。入侵的亚洲人在太平洋沿岸安营扎寨，大批部队在军舰利炮的支援下蜂拥而至。美国人被激怒了。德国飞艇刚逃脱了坠机厄运，一着陆即向美国人投降，很快就有美国飞行员重新登机，升空作战，于是演出了一系列惨烈而悲壮的误击事件。美国人同仇敌忾，奋不顾身，要将来犯之敌彻底歼灭，他们造出了一架又一架的飞艇，并投入战斗，与亚洲人展开争夺。战争以外的一切都显得无足轻重，美国已是全民皆兵。不久，布特里奇搞出了一种新式武器，完全可以与亚洲人的飞行器相抗衡。

亚洲人对美国的入侵完全淡化了美德之间的冲突，甚至都没有留下历史记录。最初，美国似乎注定要历经劫难，战争初期的屠杀便令人悚然。纽约陷落之后，全体美国人紧密地团结起来，决心宁可付出百倍牺牲，也绝不向德国投降。而冷酷的德国人也发誓要征服美国。他们按照亲王拟定的作战计划，攻占了尼亚加拉，以夺取那儿庞大的发电厂，并驱逐当地居民，使尼亚加拉至布法罗一带荒无人烟。德国人还在美国和加拿大两国边境烧杀劫掠，侵入了加拿大境内近十英里，直接导致英法对德宣战。他们又利用舰队从东海岸调集了源源不断的部队和作战物资，气焰甚嚣。就在这时，东亚联军出现了。正是亚洲人对尼亚加拉的德军基地展开进攻之时，东西方的战机才第一次交手，于是一个更为严峻的问题摆在了人们面前。

早期的空战之所以备受瞩目，是因为研制飞艇时一直保持高度的秘密状态。军事强国对敌方的设计方案一无所知，甚至出于保密目的，连本国的飞艇试验也严格限制。飞艇和飞机的设计师甚至不清楚其发明是否可以上天，许多人从未想过有空中战斗，只管设计如何投弹。德国人脑子里想的就是扔炸弹。弗兰克尼航空队用于空战的唯一武器就是机头的一挺机关炮。纽约空战之后，该航空队的飞行员便配发了装有爆破弹的短式步枪。从理论上说，德国人的飞行器本身就是作战兵器，它的绰号是"空中鱼雷艇"，飞行员常在空中盘旋之际，猝然靠近敌机，然后投掷炸弹。不过，令人沮丧的是，这项设计太冒风险，在执行任务中，只有不到三分之一的飞行器才能顺利飞回母机，其余的不是撞毁就是迫降地面。

德制飞艇机头粗短，机身呈鱼形；亚洲人的飞艇也如鱼形，只是外观稍扁些，艇底又扁又宽，艇身基本封闭，只在中部开有机窗。导向轴装在机舱内，舱顶还设计了上承桥，再加上一个气囊，使整个飞艇简直就像压扁了的吉卜赛篷顶帐篷。德制飞艇其实就是可操纵航向的气球，重量也比空气轻得多。而亚洲人的飞艇比空气略轻，相比而言它的稳定性能比较差，而飞行速度却相当出色。两种飞艇前后都携有机炮，而亚洲飞艇的机炮更重些，可以发射猛烈的炮火，而且在舱顶和舱底都设计了射击平台。尽管亚洲飞艇的武器装备与最轻型的炮艇相比也略显逊色，可是其作战能力和飞行性能都比德艇出色。它们在空战中或是尾随敌机或是居高临下。它们甚至俯冲而下，在几乎擦着敌机的近距离以尾炮猛烈开火，并向敌方的气囊投掷燃烧瓶或氧气弹。

亚洲人的实力与其说是体现在飞艇的性能上，倒不如说是仰仗其飞行器的威力。除了"布特里奇飞机"之外，这些飞行器的效能是当时自重超过空气的飞行物中最优越的。这是一位日本艺术家的杰作，其式样与德国飞艇的箱形风筝迥然不同。它们设计有精巧而灵活的曲形侧翼，翼形和弯曲的蝶翼极其相似，并由赛璐璐等材料和漂亮的彩绸做成，尾翼又细又长。侧翼的前面有挂钩，形如蝙蝠的脚爪，因此亚洲飞艇就能牢牢钩住德国飞机并撕裂其气囊壁。乘员仅一人，坐在两翼中间的一台横轴爆发内燃机上，这种发动机在使用上与当时的轻型汽车发动机无甚差别。机身下是巨大的单轮。和"布特里奇飞机"的设计一样，飞行员两脚分开跨坐在鞍座上，除了携带装有爆破弹的步枪之外，随身还有一把双刃的双柄佩刀。

三

有人曾就美德两国的飞机式样和适航性进行了一番分析和比

较，可惜的是，正在美国五大湖上空展开空前恶战的双方对此都一无所知。

双方交战时，都不清楚在陌生的环境和使用常规武器的情况下，如何才能对敌实施战术奇袭。一旦战斗打响，那些作战计划、大规模机动的战术意图都变得毫无意义，即使数百年前的铁甲舰时代也同样如此。于是机长们都得操纵起自己的座机，与敌人"单打独斗"。胜则凯旋，败则机毁人亡。无论是尼亚加拉之战还是利萨之战，都验证了空战绝非简单的战役，而是由一系列"单机格斗"组成。

这场大战向伯特展示了一连串或大或小的事件，可是总体而言又互不相关。他对这场战争感到困惑不已，到底是为何而战？究竟赢得了什么，又失去了什么呢？他目击了无数事件，最后连他自己的世界也是一片黑暗，摇摇欲坠。

他看到了陆地上的拼杀、"希望"机场的空战还有哥特岛的殊死搏斗，无论逃向何方，都是一片火海。

至于他是如何返回地面的，仍需做一番解释。

亲王早就开始通过无线电报重新对他的航空队发号施令，于是，齐柏林飞艇就飞临拉布雷多的大本营。照亲王的指示，德军的航空队已在尼亚加拉集结待命，等候亲王的到来。当时德军已在落基山脉上空与日本人发生了遭遇战。阿尔伯特亲王于十二日凌晨重掌兵权，而那天日出的时候，伯特已经一边在中舱的气室外检修网罩，一边眺望着尼亚加拉大峡谷的景色。当时，齐柏林飞艇飞得极高，下面就是浪涛翻滚的大峡谷。放眼西眺，加拿大瀑布宛如一弯银练，在阳光的照射下熠熠闪亮，岩石上水珠迸溅，不断地拍击出雷鸣般的轰响。而阳光下，整个航空队庞大的战机正保持着新月形编队，新月的两个钩指向西南，尾翼缓缓旋转着，机舱上悬挂着德国军旗，迎着晨风猎猎作响。

　　尽管街头空无一人，可尼亚加拉市依然屹立着。市内的桥梁安然无损，饭店和旅馆上空仍飘扬着旗帜，向天空标示出方位。发电厂照常运转。然而，就在尼亚加拉四周以及大峡谷的两侧，已被扫荡一空。市内所有可能掩蔽德军的地面目标都被无情的炮火夷为平地，民宅坍塌焚毁，树林被烧毁，庄稼颗粒无收。单轨铁道已被拆除，公路上光秃秃的，没有任何屏障。从空中俯瞰，劫后的大地显得光怪陆离。青嫩的树林简直惨不忍睹，那些树苗不是炸飞了，就是被连根拔起，仿佛刚割过的玉米地一般，成片地倒伏在地头。残垣断壁的城市里还有多处冒着火光，到处是浓烟，到处遗散着难民们来不及撤离的家当和马车，还有横七竖八的尸体。由于供水系统尚未中断，所以有些房屋早就成了一片泽国，不时可见水流从破裂的水管中喷射出来。在远离灾区的市郊，人们都已逃难去了，只能看到马群和牛羊在悠闲地啃着青草。布法罗市也在熊熊大火之中越烧越旺。

　　尼亚加拉市正在被迅速地改造成一个兵站。航空队运来了大批熟练的工程技术人员，他们立即着手改装当地现有的工业设施，以适应机场建设的需要，并且在位于缆索铁道上方的亚美尼亚瀑布旁兴建了一处油料补给站，还出于相同目的，往南开辟出了更大的一块空地。另外，在电厂、旅馆等重要位置的楼层上，都高高地飞扬起德国军旗。

当齐柏林飞艇在尼亚加拉上空缓缓盘旋的时候，亲王一直站在摇晃不定的瞭望台上环视地面，然后飞艇拔高，升至机群新月形编队的中央，准备将亲王及其随行人员（包括科特）转移到"天鹰号"上，"天鹰号"另已被指定为未来战斗中的长机。于是，齐柏林飞艇上的机务人员操纵起艇外的网罩，亲王一行人则坐在前部瞭望台里，由缆索吊运至"天鹰号"上。接着，齐柏林飞艇就调头飞了回来，并在"希望"机场着陆，因为艇上还载有伤员，而且需要补充弹药。这是由于飞艇在前往拉布雷多的时候，担心返程时超重，事先将弹仓清空了。另外，飞艇前端的一个气囊漏气，要重新充气。

伯特现在又成了担架兵，他被派去帮助其他担架兵把伤员们一个个地送往最近的一家大饭店。这家饭店面对着加拿大边境线，饭店内除了两名训练有素的美国护士和一名黑人搬运工外，显得空荡荡的，有三四个德国人正等着他们。往回走时，伯特和艇上的军医破门闯入了路旁的一家杂货店，顺手拿了几样日常物品。可是待再次返回时，他俩发现，一名军官正带着两个士兵逐户清点路旁店内剩余的货物。除了他们几个之外，镇上这条宽阔的大街上空空如也，居民们早就被通知须在三小时之内撤离，而且看来的确没人违命。街角，墙边倚着一名男子，已中弹身亡。只见两三条野狗在空旷的街头窜来窜去。不过，在河的另一头，正好有一长列的单轨机车隆隆驶过，打破了小镇死一般的沉寂。车厢内载着救火用的喷水软管，还有大批的技术工人，他们将把"希望"机场改建成一个飞艇仓库。

回到饭店后，伯特实在闲得无聊，他就去给齐柏林飞艇的弹仓填装炸弹，这可是一项细致的活儿。正干着的时候，艇长又命令他立即给负责接管英美电力公司的官员送个口信，因为战地的电话线路仍有待疏通。艇长说的全是德语，伯特只得连蒙带猜地答应着，然后敬礼，拿起便条，转身就跑。刚跑过两三个路口，他才蓦然想起，自己连那个公司的地址都不知道。就在这时，他听到空中传来"天鹰号"上的机关炮的爆鸣声，还有振天的欢呼。

伯特仰头看去，视线却被街两旁的房屋遮住了。他迟疑了片刻，终于，强烈的好奇心驱使他返身跑回河岸边。透过树林的枝杈，他吃力地望着天空。天哪！竟然是齐柏林飞艇，而且，伯特知道飞艇上还有四分之一的弹仓是空的，可是现在，它已升至哥特岛的上空。飞艇竟来不及填满弹药！伯特的第一个念头就是，自己被抛下了。于是他迅速地在树丛中趴下，可转念一想，飞艇肯定是遇上什么麻烦了，心里倒也平静了下来。他想弄个究竟，便溜上了通向哥特岛的桥梁。在桥的中间，天空一览无遗，只见河面上跳动着刺目的阳光，几架亚洲人的飞机正贴着急流险滩缓缓而来。

这些飞机和德机相比，丝毫不引人注目。伯特难以判断距离，但见它们侧着机身（可能是为了隐蔽硕大的机身），迎面飞来。

伯特径自站在桥的中央，这个位置是最受旅游观光的客人们欢迎的，而此刻只有他一人独享奇观。头顶上，双方的机群正在半空中斗得难解难分；脚底下，河水正激流澎湃地涌向亚美尼亚瀑布。再看看自己，一身稀奇古怪的装束：那条难看的蓝色哔叽呢军裤插在德军航空队的橡皮靴子里，头上还耷拉着一项白色的航空帽，显然太大了。伯特猛地把帽檐朝后一推，竭力露出那张惹人注目的英国人的脸，尽管眉毛上方仍留着疤。"嗨——"他压低了嗓门。

他目不转睛地盯着天空，打着手势，有几次甚至还大声呼喊，拍起手来。

突然，一种恐惧感袭上心头，他拔腿朝哥特岛跑去。

四

双方最初相遇时，都无意交战。德军的大型飞艇有六十七架，它们保持着新月队形，飞行高度几乎达到四千英尺。飞艇间彼此保持一个半机身的距离，因此，这个新月阵形的两翼钩尖相距约三十英里，飞艇编队的两侧机翼都牢牢牵引着三十架载人飞行器，只是它们太小了，相距又远，伯特难以仔细辨认。

一开始伯特仅仅认出了亚洲人的南方航空队。它由四十架飞艇组成，在其两翼携有约四百架单人飞行器。南方航空队由西向东越过前线后缓缓飞来，与德机最接近时仅相距十二英里。起先，

210

伯特只能辨识较大的飞艇，之后他就能看清那些毫不起眼的小型单人飞行器。

除此以外，伯特再没看到第二支亚洲人的航空队。不过，也许德国人发现的敌机是由西北方向侵入的。

此时万籁俱寂，天空如洗，一望无云。德国机群已升至高空，庞大的飞艇这时也显得渺小了。新月队形的两个尖端非常明显。当机群朝南袭来时，整个编队遮断了光线。飞艇在伯特眼前勾勒出黑色轮廓，而两翼上的飞行器仿佛就是黑色的斑点。

双方似乎并不急于交战。亚洲人继续向东，一面加快速度，一面提升高度，接着首尾相连，排成一路纵队，往回飞行，飞行至德军航空队西侧时即提升高度。德机面对这种倾斜式的前进阵形，立即改变方向，可是突然间，隐约见到火舌闪现，还有噼啪的枪声，双方交火了。一时间，桥上的观者看不清战况。紧接着，仿佛撒出了一把雪花，德机上的飞行器猝然投入战斗，同时日机上又如同旋风似的飞出了无数红色斑点，拦截住德军的飞行器，展开格斗。此情此景，令伯特深感现实的残酷。3个多小时之前，他还是这些飞艇中的一员，然而如今，这些飞艇对他而言，不再是载人的气球，而是满天扑腾、各怀鬼胎的怪物。只见东方人和德国人的飞行器绞作了一团，就像从高高的窗口掷下的一束红白相间的玫瑰花瓣，朝大地坠去，越变越大，直到伯特亲眼看着它们在空中旋转、翻滚，最后，消失在冲天的黑烟之中，浓烟直向布法罗方向飘去。起先，它们都藏而不露，接着又有两三架或白色或红色的飞行器相继升高，仿佛一群大蝴蝶，在半空中飞旋着，搏斗着，最后又都消失在东方的天际中。

一声沉闷的爆炸将伯特的视线引向天顶，只见德军新月形的航空编队已被冲得七零八落，溃不成军！其中的一架飞艇正从半空中坠落。它浑身冒火，急速地旋转、翻腾着，直到一头栽进布法罗的浓烟里。

伯特惊呆了，双手紧紧抓住桥栏杆。这两支航空队对峙了片刻——时间显得如此漫长，半空中不时传来隆隆的轰响。猛然间，仿佛是被无形的飞弹击中似的，双方都有飞艇脱离了队形。亚洲人将连成一线的飞艇编队调转方向，然后分头冲入已被打散了的德国机群，德机被迫应战。此时，空中混战的情景令人眼花缭乱。最初是两军对垒，然后便捉对厮杀，战成一团。不断有德机从半空中降落下来，退出战斗。其中的一架，突然闪出火光，摇摇晃晃地直朝北方栽下去；又有两架呈螺旋形坠落下来；接着，又有几架飞机从高空俯冲直下，每两机一组，死死咬住一架刚刚败退的德国飞艇。只见一架亚洲飞艇笔直地撞向更为庞大的德机，然后在爆炸声中同归于尽。天空中的飞艇似乎越聚越多，伯特这才发现，亚洲人的北方航空联队也投入了战斗。战场上混乱不堪，战斗也已演变成一场群殴式的厮杀。这边有架巨大的德制飞艇着火了，它一边摇摆着朝地面降落，一边拼命抵抗着十来架小飞行器的不停围攻。那边又有架亚洲飞艇头尾起火，跌跌撞撞地退出战斗圈。头顶上的恶战一览无遗地呈现在伯特眼前，一幕幕血腥的场面使他渐渐悟到了什么。

然而，仍盘旋在高空中的那些飞艇并未展开残杀。它们只是一边全速升空抢占有利位置，一边徒劳地向对方发射子弹。自从那起撞机事件之后，再也没人效仿，而且强行逼近敌机的场面也见不到了。显然，双方不停地穿插、迂回，都在竭力设法孤立，并分割消灭对方。亚洲飞艇的数量占优势，而且战术更为灵活机动，因此得以连续不断地向德国人发动攻击。情急之下，德机只得依托尼亚加拉市地面工事的火力支援，才重新集结起一个方阵。而亚洲人则更为凶猛地轮番进攻，企图打乱德机队形。这就使伯特想到了池塘里的鱼儿抢食面包屑的情景。只见高空中冒烟突火，流弹四溅，而桥上的他却听不到一丝声响……

阳光下，一个阴影正扑闪着双翼朝他飞来，接着又有一个阴影出现。发动机呼呼作响，震得伯特双耳欲聋。刹那间，他顾不得头顶的空战了。

往南，大约距水面一百码的半空中，飞来了长长一队的亚洲空中战士，他们仿佛天神一般，跨着西方的机械技术与东方的奇思妙想结合而成的神奇骏马，凌空而至。双翼急速地拍打着，啪啪直响，"骏马"便在这一升一降的起伏中翱翔着。当飞临头顶的时候，伯特可以听清他们彼此交谈的声音。他们排着长长的纵队，径直飞往尼亚加拉市，并陆续降落在那家大饭店前的一块开阔地上。不过，伯特并未一直待在桥上看他们着陆。因为，刚才机上恰巧有一张黄色的脸向下俯瞰，正与他打了个照面……

伯特这才意识到，站在桥的中央实在太显眼了，便赶紧向哥特岛跑去。然后，他隐身在树丛中，小心翼翼地注视着余下战斗的进展。

<h1 style="text-align:center">五</h1>

伯特定了定神，才注意到亚洲飞行员和德国工程师正在对尼亚加拉市进行小规模的争夺战。伯特在整个战争过程中第一次感觉到这次战争才和他少年时在图画书上所了解的战斗一模一样。他看到人们端着步枪，顶着掩体，以散开的攻击队形，敏捷地规避着，向前推进。第一拨到来的飞行员很可能以为这是一座空城，放心大胆地在"希望"机场附近的空地上着陆了。不料正当他们靠近发电厂时，突然弹雨横飞。他们只得向四面散开，退守到河岸边——此地离飞行器又太远了，于是他们匍匐在地，朝着发电厂四周的饭店和房屋开火还击。

接着，第二拨增援的红色飞行器由东面而来。它们从屋顶的烟雾中冒了出来，又绕着长长的曲线飞行一周，仿佛是在勘测地形。德国人中顿时枪声大作，有一架飞行器突然朝后一震，便栽落下来。其他的飞行器则像大鸟一般，准确地在电站屋顶上降落。随后，从里面跳出一个敏捷、短小的身影，迅速向护墙冲去。

伯特来不及细看，又有其他鸟形飞行器展翅而来。他的头顶不时有流弹飞过，这令伯特想起了军中的演习、报刊上对战事的描述以及以往对战争的所有理解。他看到许多德国人从四周的房屋里跑出来，直奔发电站。有两家电厂已经失守，剩下的这一家也在苦苦支撑着。那家大饭店，就是当天凌晨，他还帮着把齐柏林飞艇上的伤员送入其中的那家权且充当医院的大饭店，突然间升起了红十字旗。小镇上曾是那么安静，但其实一直埋伏着大批德国兵。此刻他们正集中力量，坚守着中央的发电站。伯特不明白，他们哪来这么多弹药。只见，越来越多的亚洲飞行器投入了战斗。他们在消灭了倒霉的德军飞机后，立即盯上刚兴建的停机坪、发电站以及德军基地内的维修站。有些飞行器刚落地，飞行员便就地隐蔽，相机而动，成为出色的步兵。另一些则在半空中盘旋，随时打击地面上暴露的敌方目标。战斗进入白热化阶段。一会儿战场上陷入死一般沉寂，一会儿又突然间枪声大作。有几次，当飞机飞过伯特头顶时，他感到自己的身体和灵魂都在瑟瑟发抖。

半空中不时传来隆隆的枪炮声和引擎的轰鸣声，看来远方的空战仍在继续，然而，近在身旁的激战还是使他欲罢不能。

突然天上掉下个什么东西，有点像酒桶，又像只巨大的足球。轰隆一声，那玩意儿正好落在河边草坪上停泊着的亚洲飞机群中间，顿时炸开了花。只见机体四分五裂，碎片飞溅，那些趴在河岸边的飞行员都像麻袋一样被气浪掀了起来，重重地跌入河里。大饭店的玻璃窗刚才还闪闪发光地映衬着蓝天和飞艇，此时就只剩下无数巨大的黑窟窿。砰！又是一声巨响。伯特仰起头，只觉得一群黑压压的怪物正铺天盖地地俯冲下来。看来，这场战斗又由天上打到地面上来了。当这些庞然大物越靠越近，变得越来越大，更加不可一世之时，跑道上的高楼、亚美尼亚的急流险滩、桥梁，还有那些英勇的战士们，顿时显得渺小可怜，此时的伯特又对飞艇有了新的认识。怪物们终于清晰可辨了，它们号叫着，摇晃着，颤动着，哼唧着，叫嚣着，疯狂地扫射着。这些机头粗短的德国黑色战机真是地地道道的战鹰。

有些战斗飞艇已经进入距地面五百英尺的高度。伯特能够看清坐在德机舱底部射击平台上的狙击手，还能看清亚洲人手里紧紧攥着的绳索，甚至看到一人身着铝制的潜水服，从哥特岛上空纵身跃入湖中。伯特第一次如此近距离地观察到亚洲人的飞艇。从外表上看，它们颇像雪鞋，式样怪异，颜色黑白相间，形状又与机械表壳面相仿。只是没有悬舱，但是舱体中部有窥视窗和射击孔。瞧，这些空中怪物忽上忽下地划出长长的曲线，全力展开对攻。霎时间，仿佛黑云压城一般，直杀得哥特岛和尼亚加拉市日光黯淡，狼烟四起。这些飞艇时而展翼高飞，时而加速疾追，时而扭打格斗，时而又盘旋在急流之上；忽而深入加拿大境内两三英里，忽而又凌驾大瀑布之巅。一旦有德机中弹，整个编队就及时调整高度，任其坠机自爆，很快又有新的战机重新聚拢，继续战斗。这一切引来了尼亚加拉市观战者的齐声喝彩。另有架飞艇着火了，还有一架的气囊被敌机机头刺破，只得脱离战斗，跌跌撞撞地朝南败退下去。

形势愈加明朗了，这场战斗的力量对比悬殊，德国人显然处于下风，并遭受重创，他们与其说是为胜利而战，不如说是为了逃命而拼死抵抗。亚洲人则穷追不舍，他们击穿敌机的气囊，迫其着陆，并准确地射杀德机上身穿潜水服，专司灭火和修补网罩的乘员。德国人只有徒劳地还击几枪。于是，战斗又逐渐集中至尼亚加拉上空。突然，德机仿佛接收到了预定的指令，一下子朝东西南北四个方向分散突围。亚洲人当即升空，紧紧尾随。只剩下四架德机还拼死守卫在"天鹰号"四周，与十多架日机周旋，亲王为了试图拯救尼亚加拉，做着最后的努力。

他们飞越了加拿大瀑布，又向东穿过河谷，直至飞得极远极小，然后又掉头飞回，俯冲直下，将观战者惊得目瞪口呆。

双方的机群迅速接近，目标越来越大。当时，正值午后，阳光灼热，峡谷内浪涛翻滚，黑压压的战机仿佛山雨欲来时的乌云，一时间遮得天昏地暗。扁平的亚洲飞艇升至德机上空，并尾随不放，向德机的气囊和两侧猛烈开火，同时，单人飞行器也盘旋上升，像一群蜜蜂，死死咬住德机。德机越飞越近，厄运已在向他们招手。有两架德机再次俯冲，然后拔高，可是"天鹰号"再也经受不住折腾了。它勉强拉起机头，猛地一侧身，仿佛要退出战斗，接着头尾相继冒出火光，急剧地向水面栽去，哗啦一声巨响，便倾斜着溅入急流之中。"天鹰号"不停地翻滚着，顺流而下，就像溺水者一样，苦苦地挣扎着，可是无济于事，而艇上早已扭曲变形的螺旋桨仍无奈地空转着，不时有火苗从艇里冒出来，毕剥直响。就这样，"天鹰号"挟着烟和火，没头没脑地直朝伯特冲过来。

一抬头伯特看到一架亚洲飞艇在坠机现场上空大约三百码的高度盘旋了两三次，还有五六架深红色的飞行器在阳光里摇摇摆摆，仿佛在庆祝着胜利，而航空队里其他的飞机早已呼啸而过。伯特此时隐身在哥特岛的树丛中，只顾着看眼前这架被击落的德国飞艇的下场，没注意身后的半空中又有重物坠落、折断树枝的声响。

"天鹰号"在河谷分流处的岩石上被撞得稀烂，而螺旋桨仍在扑腾，溅起很高的浪花，竟把这一堆扭曲变形了的残骸慢慢推向靠美国这一边的河岸。不料，迎面亚美利加瀑布源头的激流席卷而下，巨大的飞艇残骸一下子就撞上了那座联结哥特岛和尼亚加拉市的桥梁，正好被中间的两个桥墩卡住，当时艇上又有三处地方扑哧地冒火。于是，中舱轰然爆炸，没多久，桥也坍塌了，残缺的飞艇机壳，仿佛一个巨大的火团，跌跌撞撞地漂到大瀑布的峰巅，然后就在湍急的涡流中打了几个圈，便被无情地抛入深渊。

只有机头漂到了一座小岛上，小岛叫作绿岛，处于大陆和哥特岛树林之间的浅河上。

伯特目睹了这场悲剧的全过程。他不顾一切地从树丛中站起，也顾不得头顶悬桥上方盘旋着的巨型亚洲飞艇，全速向北疾跑，有一块叫作"路娜"的岩石，从那儿可以俯瞰亚美尼亚大瀑布。耳畔回响着大瀑布永无止息的轰鸣，伯特竭力屏住呼吸，向下望去。

悬崖下，激流冲击着峡谷，一个巨大的黑影正旋转直下。对于伯特而言，那不正是德军的航空联队吗？不正是科特和亲王他们吗？不正是欧洲以及所有固定不变、习以为常的一切吗？不正是那支挟他而来、看似不可战胜的雄师劲旅吗？然而这一切都被眼前的激流裹挟而下，直击得粉身碎骨，这也就意味着将世界拱手让给了那些远离基督的亚洲黄种人，也就是将世界引向了恐怖和荒谬。

伯特北望加拿大的天空，早已是硝烟散尽……

第九章
哥特岛上

一

一发子弹重重地击在伯特身旁的岩石上，他猛然意识到有人发现了他，而且他身上还穿着德军的制服。伯特赶紧又跑入树林，找到一处隐蔽的草丛躲了起来。"完了，"他轻声自语道，"全完蛋了。黄种人追来了！"

最后，伯特在靠近美国的边境上发现了一间小棚屋，那儿以前是家店铺，如今大门紧闭，杳无人影。于是他就在屋旁的灌木丛中歇息下来，灌木丛非常茂盛，仿佛天造地设的掩蔽所，头顶恰好遮得严严实实。他向河对岸望去，枪炮声渐渐平息，四周又归于平静。悬桥上方的亚洲战机不见了，它现在正飞临尼亚加拉市上空，巨大的阴影投射在发电厂的四周，那儿的地面战斗刚结束。往东望去，另有一架飞艇在高空中逡巡。伯特壮着胆子，从灌木丛中探出头，朝南望去，在落日的余晖中，他又发现了一架飞机。

"天哪！"他喊道，"真不妙！"

乍一看，尼亚加拉市的争夺战似乎已告结束，然而，在一座只剩下残垣断壁的屋顶上还留着德国军旗。尽管发电厂的守军早就扯起了白旗，可它还是始终在风中飘舞。突然，一声枪响，冲出一些德国兵，旋即又消失在房屋中。跑在后面的是两名身着蓝色制服、技师模样的人，正被三个日本航空兵穷追不舍。前头那人身形矫健，大步流星，而后面的则又矮又胖，跑得气喘吁吁，还不时回头张望。那几个日本兵也穿着军装，还戴着灰色的护盔。突然间，矮胖子被绊倒了，伯特的心也悬了起来。跑在最前面的日本兵两三步便撵上去，拔出佩刀刺去，却扑了个空。

后面的人还差着十几码远，于是那日本兵又狠狠地补刺了一刀，伯特隔着河都能听清矮胖子扑倒在地时发出的呻吟声。日本兵又连刺两刀，只见矮胖子双手无力地晃了一下，便不动弹了。"噢，天哪！"伯特两眼喷火，几乎要喊出声来。

另外两人渐渐赶了上来，而那个日本兵仍一刀接一刀疯狂地刺杀着。跑在最后的那人也停下来，回头看了看，他似乎感到周围有什么动静。尽管如此，他手中的刺刀仍不停地扎向脚下的俘房。

日本兵每扎上一刀，伯特便不由地呻吟一声，他往灌木丛深处挪了挪，一动也不敢动。城里又传来一声枪响，随后便一片死寂，甚至医院里也悄无声息。

他看到许多矮个子日本兵收起了刺刀，从房屋里跑出来，走向那些被炸毁了的飞行器残骸。还有些像推自行车一般，推起被毁坏的战机，然后跳入鞍座，振翼升空。朝东望去，三架战机首尾相连，向着天穹飞去。而那架在尼亚加拉市低空盘回的飞艇正越飞越低，向发电厂内的人们投下一架绳梯。

伯特像一只惊魂未定的兔子，看着尼亚加拉市发生的一切。日本人正在逐户放火焚烧，发电厂内不时传出爆炸声。加拿大境内的工事也同样被焚之一炬。飞艇以及飞行器越聚越多，以致伯特猜测有三分之一的亚洲航空队的战机参加了这次会战。他在灌木丛中张望着，肌肉酸麻，却一动不动，眼看着这些飞艇集结、编队、发出信号，然后载上士兵们，向着如血的残阳飞去。整个航空联队按计划将在克利弗兰的油井上空集结。战斗机群渐行渐远，整个世界仿佛只留下了伯特一个人，陪伴他的只有遍地的废墟，以及难以言状的孤独。

"天哪！"他仿佛刚从噩梦中醒来。

此刻，激荡着伯特灵魂的，绝不仅仅是落寞和大难临头的感觉，对他而言，这似乎意味着西方人的末日即将到来。

二

伯特简直无法描述自己所处的窘境。事情发生得如此突然，使他无能为力，只有毫无主张地疲于应付。他原先还打算带上那帮伙计，环游英格兰的海滨，美美地消受一番。命运搅了他的好梦，却为他另有安排，使他四处奔波。最后，又将他抛到了大河中央的这一方岩石上。他慢慢地才意识到，现在正是表现自己的时候。他自忖，噩梦既已过去，一切都该结束；他以为很快就能重见格拉布、爱德娜和班希尔；还有既然节日的灯会结束时，大幕就会合拢，那么面前闪亮刺目的瀑布和震耳欲聋的轰鸣，也该从此消失。旧有的、习以为常的世界将恢复本来的面目。如果能向别人讲述所见的尼亚加拉市，那一定会很有意思。伯特突然想起科特说过的话："人们抛妻弃子，家破人亡，终日忍饥挨饿，美好的回忆不复存在，所有的生机惨遭践踏……"

他不敢相信这是真的，否则，太残酷了。难道远离尼亚加拉市的汤姆和杰西卡也正身处绝境吗？难道他俩那家诚恳待客、按时送货的夫妻杂货店也不再营业了吗？

他竭力回想这是星期几，但无论如何记不清了，可能是星期日吧？那么，也许他俩去了教堂——或许正躲在灌木丛中？房东家、卖肉的，还有布特里奇以及迪姆彻奇沙滩所有的人，都还好吗？他知道伦敦出事了——遭到了轰炸，但那是谁干的？难道汤姆和杰西卡也正被端着刺刀、凶神恶煞般的人苦苦追赶吗？他将可能发生的情况细细想了一遍，很快，满脑子里只剩下一个问题：

他们不会挨饿吧？

如果人们饿极了，会吃老鼠吗？

伯特隐隐觉得，忧国的悲愤正逐渐消退，而饥饿感却阵阵袭来。他太饿了！

伯特想了片刻，便朝断桥尽头处的那间小棚屋走去，"也许那儿有吃的……"

他将棚屋审视了一番，然后掏出随身携带的小折刀，又就近拾起一根小木棍，终于撬松窗板，探身爬了进去。

"总该有些吃的东西吧！"他说道。

伯特先将窗板重新关紧，然后就在屋里鼓捣开了。他发现了一些密封的消毒牛奶、许多瓶矿泉水、两盒饼干和一盒走了味的蛋糕。还有好多香烟、干瘪的橘子和花生、几听肉和水果罐头，以及足够几十人就餐用的盘子、刀叉和酒杯。另外，还有一把对他毫无用处的镀锌的挂锁。

"总算可以填饱肚子了！"伯特心满意足地坐在店主的座椅上，拿起饼干和牛奶，大口地吃喝起来。

"真累坏了，"他咕哝着，一边狼吞虎咽，一边不安地四处张望，"哎呀！今天真倒霉！"

想起白天发生的事，伯特仍然心惊肉跳。"唉，"他自语道，"多么可怕的战斗啊！还有那个可怜的矮胖子！直挺挺的——还有那些飞艇……真不知齐柏林飞艇怎样了？还有科特那家伙还活着吗？他这人可挺够哥们儿的！"

他不禁为帝国的命运担忧起来……

可是没多久，他又冒出一个新念头。

"这些腌牛肉罐头该怎么打开呢？"

三

伯特吃饱喝足以后，点上一支香烟，静静地坐着，沉思起来。"奇怪呀，"他说道，"格拉布在哪儿呢？难道他们也在找我吗？"

转念又想到自身的处境："我还得在这岛上避一阵子。"

他竭力使自己放松下来，可是，人作为一个社会动物，当离群独居的时候，总会有些心神不宁。伯特也开始坐立不安了，于是起身去岛上别处转悠。

他逐渐意识到了自己的处境：绿岛和大陆之间的桥已经被炸断了，也就彻底隔绝了他和世界的联系。这是在他来到"天鹰号"飞艇头部的残骸旁、打量那座断桥时，才无比真切地感受到的。即使那时，他仍不愿接受这样的现实。伯特凝视着"天鹰号"千疮百孔的机舱，残破的绸布仍在风中吹拂，那是它的丧服，而舱内没有一丝生机，飞艇被撞得粉碎，彻底倾覆了。他又抬头凝望夜空，暮色茫茫，连飞机的影子都没有。只有海燕在飞舞着，冷不丁啄起了不知什么猎物。"简直和做梦一样。"他嘟囔着。

激流又吸引了他的注意："它总是不断地咆哮，不断地溅起浪花，没休没止……"

最后，伯特又想到了自己："我现在该怎么办呢？"

他思索片刻："还是没有办法。"

他很清楚，两周前当他还在班希尔的时候，根本就没想过去旅游，可是现在竟困在了尼亚加拉大瀑布中间，目击了世界上最大的一次空战造成的毁灭性破坏，而且，在这期间，他还横跨了法国、比利时、德国、英国、爱尔兰和其他国家，可以说是阅历丰富、颇可一聊，却又没什么实际价值。"我该怎样摆脱困境呢？"他说道，"有出路吗？如果没有，怎么会呢！"

伯特想道："我可以从河上蹚过去嘛！"

"不过，我又该怎样摆脱那帮日本兵呢？他们会拧断我的脖子！"

他决定先回到卢纳岛上。有很长一段时间，他只是静静地站着，仔细观察加拿大一方的海岸、残破的饭店和民宅，还有维多利亚公园里倾倒的树木。在落日的暮色里，它们都带上点儿粉红色。满眼望去，看不到一个人。他便又回到岛上属于美国的这一方，从"天鹰号"残损的铝制机骸旁蹚水来到绿岛，观察起引桥上巨大的豁口，还有桥下湍急的水流。布法罗市方向，依旧浓烟滚滚，尼亚加拉市火车站附近的房屋仍在烈焰中燃烧。四周静寂无声，仿佛所有的一切都被人抛弃了。路旁偶尔还能见到炸死者残缺的肢骸……

"过去看一看。"伯特一边说着，一边沿着岛中央的小路跑去。他发现两架参与围攻"天鹰号"飞艇的亚洲战机残骸也坠落在岛上。

他一眼便看到了一个飞行员的尸体。

这架战机显然是笔直地栽落下来，穿破了林中茂密的枝杈，撞得粉身碎骨。机翼弯曲断裂，机身四分五裂地散落在残枝断木中。这个飞行员脑袋朝下，样子很古怪地悬挂在几码之外的树枝上。伯特刚从机骸旁转身，便看到了他。在这昏暗的暮色和沉寂中——太阳已渐西沉，晚风渐渐平息——突然间见到这张颠倒的黄脸，怎不叫人心惊肉跳！一根断木扎透了他的胸部，他像被钉住了一样，无力地悬在树枝上摇晃。临死前，他的手里还紧紧握着一把短式的轻型步枪。

伯特默默地站立片刻，端详着这具尸体。

然后，他便走开了，还不时地回头看几眼。

一直走到林中的空地处，他才站住脚。

"天哪！"他低声道，"我再也不想看到死尸了！我倒宁愿那家伙还活着。"

他朝着悬挂有飞行员尸体处的相反方向走去。他再也不想靠近有树的地方，只是觉得沿着河边能听到喧闹的浪花声和瀑布的轰响，心情会好受些。

在河边开阔的草地上，伯特找到了第二架飞机，它看上去毫发未损，仿佛刚滑翔降落。只是机身倾斜，一只机翼伸向空中。周围没有飞行员，活不见人，死不见尸。它就这么被弃在一边，任由河水拍打着长长的尾翼。

伯特站在离飞机稍远的地方，查看着阴影渐浓的树林，希望能看到个人，不论他是死是活。然后，他小心翼翼地走近这架飞机，察看它宽阔的机舱、巨大的舵轮，还有空荡荡的鞍座。他不敢去触摸。

"他不会就在那边吧？"伯特惊道。

几码开外，在岩石突起的部位，有什么东西正随着涡流而上下起浮着。伯特情不自禁地走了过去……

它会是什么呢？

"没错儿，"他喊道，"有人！"

伯特屏住了呼吸。他自言自语道，这一定就是在空战中被击中的另一个飞行员，当他强行着陆时被甩出了机舱。伯特掉头欲走时，突然想到他该拿根树干或别的什么，将这个在水中打转的玩意儿推进河里去。那么，他只需对付林中的那具尸体就行了。也许，还得陪他过夜呢。伯特迟疑着，但一阵冲动驱使他这样去做。他朝灌木丛走去，削了一根木棒，然后又回到岩石前，爬上岩石一角。当时，太阳整个儿落下去了，蝙蝠四处乱飞，而他已是大汗淋漓。

伯特用木棒戳了一下这具裹着蓝色外衣的浮尸，居然没动弹，于是又试一次，才推动了。当推入河里时，尸体翻了个身。借着夜色中的微光，他看清了一头金发，还有——这不是科特吗？

正是科特。他死了，面色苍白，而神态非常安详。没错儿，正是科特，借着微光，可以看得清清楚楚。他就这么漂浮在水面

228

上，四肢展开着，仿佛安然地休憩着。现在，他被浸泡得面容惨白，早已魂归天外。

当这具尸体朝着瀑布漂去、从眼中消失的时候，无尽的哀伤涌上伯特的心头。"科特！"他哭出声来，"科特！我不是故意的！科特！别把我留在这儿！别离开我！"

孤独和凄凉的感觉阵阵袭来，伯特承受不住了。夜色中他站立在岩石上，像个孩子似的痛哭流涕，仿佛他与这一切的联系都已不复存在。他就像一个被独自关在小屋里的孩子，惊恐万状。

暮色中的余光正在渐渐隐退。树林中此时已是漆黑一片。伯特身边的一切都变得诡秘而怪异，这种令人眩晕的感觉只能经常出现在梦中。"天哪！我实在受不了！"他说着，从岩石上爬回草坪，蹲下身子。突然，科特之死的巨大悲痛涌上心头。勇敢的科特，善良的科特，他多么乐于助人啊！伯特禁不住号啕大哭起来。他不再蹲着而是整个身体扑在了草地上，紧紧握着无力的双拳。

"这场战争，"他咬牙切齿地骂道，"愚蠢的战争！

"噢，科特！科特中尉！

"好吧，"他说道，"好吧！我什么都有了，得到的比我想要的还多。这个世界完蛋了，没有一点理智。夜晚来临了……如果他能跟我一起来——他办不到了——他来不了……

"如果他跟我一起来，那么现在该是我泡在水里啊！"

伯特自言自语，压低了声音。

"没什么可怕的！不过是想象而已。科特，我可怜的老伙计
——他想过这会发生的。他预见到了。他再也不会和我谈他的女
人了。就像他所说的，人们抛妻弃子，一无所有，到处都是这样……
我现在就被抛在几千英里之外，远离爱德娜和格拉布他们，就像
小草一样，被连根拔起……每次战争都这样，只是我知道得太晚
了。战争总是这样。小伙子们葬身在随便什么样的山洞和角落里，
人们却一无所知，根本就没想过要制止它，还以为战争很美好！
天哪……

"亲爱的爱德娜，她从前真是个美人儿——绝对是的。那次，
我们在金斯顿上了船……

"我发誓，我还会再见到她，一定会的……"

四

伯特刚立下这个雄心壮志，自己却突然被吓着了。草丛里有
什么东西正向他爬来。那玩意儿正在漆黑的草丛里，爬一会儿停
一会儿，向他靠近着。夜色中充满了恐怖，有一阵子似乎什么声
响都没了。伯特停止了呼吸。不可能，这玩意儿太小了！

"喵"的一声，小玩意儿猛地冲伯特跃上去，尾巴高高翘着。
它拿脑袋蹭着伯特，喵喵地叫唤起来。原来，是一只瘦骨伶仃的
小猫。

"天哪，小猫咪！你可把我吓死了！"伯特说着，冷汗也淌

了下来。

五

伯特整夜就背靠着一棵树桩，怀里抱着那只小猫。他的脑袋昏沉沉的，无论说话还是思考都没有条理了。直到黎明时分，他才打了个盹儿。

醒来的时候，他的身体有些发僵，可是心情好多了。那只小猫还在他温暖的夹克衫里酣睡。伯特发现，树林并不可怕。

他拍了拍小猫，那小玩意儿刚醒过来就"喵喵"撒起娇来。"你该喝些牛奶，"伯特说，"我可以给你弄些早点来。"

他打了个呵欠，站起身，将小猫放在肩上，又环顾了四周，回想起昨天发生的那么多事儿。

"我该做点什么了。"他说道。

他朝树林走过去的时候，又想起了那位惨死的飞行员。小猫正乖巧地贴着他的脖子。那具尸体真可怕，但是已不如昨晚那么恐怖了，现在他的四肢耷拉了下来，连手中的枪也滑落了，在草丛里半隐半现。

"小猫咪，我想，我们该把他埋了。"伯特说道，可是又失望地看到四周满是岩石，"看来，在岛上咱们得和他待在一起。"

过了一会儿，伯特才转身向那间小棚屋走过去。"不管怎么样，先吃早点吧。"他一边说着，一边抚摸着肩头上的小猫。小猫用毛茸茸的脸蛋柔柔地蹭着他的脸颊，还轻轻地咬着他的耳朵。"想喝牛奶了？"伯特说着，又转身向那位死去的飞行员看了一眼，似乎怕他会生气。

他惊奇地发现棚屋门竟然敞开着，而前一天晚上他明明很仔细地关上门，又上了门闩，而且，他还发现了前一晚没注意到的台阶前的一些脏盘子。他发现那把锁的铰链松着，显然是可以打开的，而他前一晚居然未注意到这一点。

"瞧我有多傻！"伯特说道，"还没看清楚，就把挂锁砸开了。"他顺手打开了屋里的冰箱，里面只剩下五六只冻鸡和一堆黄油样的东西，气味很难闻。他小心翼翼地又把冰箱门关上。

伯特将牛奶倒在盘子里，看着小猫急火火地将盘子舔个干净。然后他回身仔细清点了一下屋里的食品：七瓶牛奶，打开了一瓶，还有六瓶未动；六十瓶矿泉水；大量的果酱；两千支香烟；一百多根雪茄；九只橘子；腌牛肉罐头，开了一听，还有两听未动；另有两盒饼干，十一块硬蛋糕，外加一袋花生和五个大罐装的加利福尼亚桃子。伯特把它们全记在一张纸片上。"东西不算多，"他说道，"不过——够吃半个月的。"

"半个月内什么事都可能发生。"

他摸了一下小猫，又撕给它一片牛肉，然后出去看"天鹰号"的残骸。小家伙便竖起尾巴，颠颠地跟着伯特跑了出来。"天鹰号"在晚上稍稍移动了位置，现在仿佛扎了根一样，躺在绿岛上纹丝不动。伯特把目光移向炸断了的大桥，跨过桥又看了眼废墟中的尼亚加拉市。那儿除了一群乌鸦正围着街头处被刺的技师的尸体，再没有别的活物。伯特没见到狗，却听到了一声狗叫。

"咱们无论如何都要离开这儿，小猫咪！"他说道，"照你的吃法，那点儿牛奶是不够的。"

他凝视着眼前奔流不息的大河，说道："难道就这样被困住了？"

伯特决定先将小岛好好地查看一番。没多久，他来到一处紧闭的大门口，上面写着"比德之梯"，他爬了上去。只见沿着陡峭的悬崖而下，在绵延不绝的浪涛轰响中，立着一段年代久远的木质阶梯。他将小猫留在上面，自己则逐级而下，竟发现在岩石当中有一条小径通向中央瀑布的谷底。伯特惊喜得浑身哆嗦：或许这就是一条出路。

伯特在悬崖和瀑布的夹缝中折腾了一刻钟。当时的情形只能使他回想起在风洞里令人窒息、震耳欲聋的经历，可他还是无奈地判定，这条小道并不通向加拿大。当重新爬上"比德之梯"的时候，伯特听到有人在上面的砾石路上来回走动的声响，可他最后认为，那不过是回音而已。待他爬到顶端，上面仍是空无一人。

小猫紧跟在他的身旁，在草丛里一蹦一跳地玩耍着，而伯特则沿着石阶向一块前凸的岩石走去，那儿正面对着气势磅礴的马蹄形大瀑布。他默默地站立着。

"多大的瀑布啊！"他最后开口道，"轰鸣声、溅水声，简直使人神经紧张，听着像人的说话声，又像走路的声响，真叫人疑神疑鬼。"

他又从原路走回。"我想，我还得在这个该死的岛上转悠转

233

悠，"他疲惫地说道，"没完没了地转圈。"

不知不觉中，他又走到那架没怎么摔坏的亚洲飞机旁，仔细端详起来，而小猫则使劲地嗅着什么。

突然伯特惊惧万状地抬起了头。

树林中出现了两个高大而瘦削的身影，正慢慢地向他走近。俩人浑身油污，衣衫褴褛，身上缠着绷带。走在后面的那个人步履蹒跚，头上裹着白纱布；前面那个人虽然左臂吊着绷带，脸的一侧也被烧成灰红色，仍然很有风度地站得笔直——他就是卡尔·阿尔伯特亲王，战争的魁首，号称"德国的亚历山大"。而他身后那个长着鸟形脸的人，以前还曾和伯特换开过飞机。

六

随着这两个身影的出现，伯特在哥特岛上的经历又进入了新的阶段。他不再是这片广袤、野蛮而又无法捉摸的宇宙间唯一的人类代表，而是重新成为一个社会的产物，一个与世界上其他人相处的普通人。与这两个人不期而遇，他先是非常担心，然后就觉得像遇着亲兄弟般美妙和亲切。他俩也和自己一样，身陷困境，为了求生而大伤脑筋。伯特极其渴望听听他俩的奇遇，即使其中一人贵为亲王，两个人都是外国军人，而且，也许他们不太会讲英语，可那又有何妨？伯特身上伦敦人天生的自由意识使他不由自主地闪出这些念头，更何况，亚洲人的空袭早已消除了那些微不足道的分歧。"喂！"他打着招呼，"你们怎么来这儿的？"

"英国人！就是他，给我们带来了那架布特里奇飞机。"鸟形脸军官用德语说道。接着，正如伯特猜想的那样，他用一种骇人的声调命令道："敬礼！"然后又用德语大声重复着，"敬礼！"

"该死的！"伯特暗暗骂道，便两眼平视，笨拙地行了一个军礼。他立刻明白了：与这两个家伙合作是不可能的事，他只能多加防备。

这两个纯正的现代贵族也站在那儿，考虑该如何对付眼前的盎格鲁-撒克逊人：他总是令人捉摸不透，脑子里天生带点奇怪的念头，不配称作军人，又不是民主主义分子。伯特绝不是一个理想的猎物，可是神情中带着某种不可言状的倔强。他那套难看的哔叽呢军装早已千疮百孔。虽然松松垮垮的，倒也使他看上去壮实了一些。桀骜不驯的脸部上方，戴着顶白色的德国军帽，对他来说，显然太大了。腿上套着皱巴巴的裤子，裤管胡乱地插在橡皮长筒靴里，那双靴子还是从战死的德军飞行员脚上脱下来的。他看上去像一个弱者，但是绝不是一个容易对付的弱者，然而这俩人都本能地对他充满了敌意。

亲王指着那架飞机说了几句蹩脚的英语，而伯特误以为他说的是德语，所以没听懂。亲王指手画脚地讲了一大通。

"真是个笨蛋！"鸟形脸军官用德语骂道。

亲王用那只未受伤的手又指了一下："你会修这架飞机吗？"

伯特开始明白现在的处境了。他看着这架亚洲人的飞机，在班希尔养成的旧习又回到他身上。"它可是外国造的。"他含糊地答应道。

亲王和鸟形脸军官交换了下意见。"你是——专家吗？"亲王问道。

"估计修得好。"伯特说道，语气和格拉布一模一样。

亲王努力搜寻着合适的字眼："它，能飞得动？"

伯特想了想，慢慢地挠着下颌。"我得去看一下，"他答道，"它破损得很厉害。"

伯特口里打了呼哨——也是从格拉布那儿学来的，两手插在裤袋里，晃晃悠悠地走回飞机前。格拉布的嘴里经常嚼着什么，而伯特只有凭想象空嚼几下。"要花上三天才修得好！"他说道。伯特这才发现，这架飞机修复的可能性很大。虽然，掉在地面上的那支机翼报废了，机上的三根撑条在岩脊上撞断了，而且发动机也破损严重，但仍可以修复。另一侧的机翼虽然也歪斜了，但可能并不影响飞行，其余的更不在话下。伯特又挠起面颊，一边沉思起瀑布上游的那一大块空地。"我该动手了……你们就把它交给我吧！"

他又将飞机仔细地检查了一遍，而亲王和鸟形脸军官则注视着他。在班希尔的租车行干活时，伯特和格拉布练就了一手绝活儿，用别的零件替换到待修的机器上。一台机器即使老掉了牙，仍然可以大派用场：它有着取之不尽的螺帽、螺钉、转轮以及铁条、轮辐和链条等部件，只要安装到待修的机器上，那才真叫"变废为宝"。而且，在树林中，不是有另一架亚洲飞机吗？

小猫正在一旁抓挠着飞机上未被人注意的救生艇。

"你要修飞机吗？"亲王问。

"如果我真的修好了，"伯特说着，脑中突地闪过一个念头，"我们当中让谁去飞都不放心。"

"我来驾驶飞机。"亲王答道。

"那就得当心摔断你的脖子。"伯特顿了一顿，说道。

亲王没听懂，对伯特说的话毫无反应。他用戴手套的手比画着飞机，转身用德语和鸟形脸军官说着话。军官答应着，而亲王还做着手势，指指天空。然后亲王又开口了，似乎说得很有道理，当然，伯特只是看着他，猜测他的意思。"你摔断脖子的可能性更大！"亲王说道，"不过我们还是先修起来。"

伯特先将鞍座和发动机撬松，这样就可以找到一些工具。他还想找块沾满黑色油污的纱布，将双手和脸涂黑。这可是格拉布 - 斯莫尔韦兹车行修理绝招中的第一要诀。另外，伯特又脱下了外衣和背心，将帽子小心翼翼地朝后推了推，以免影响干活。

亲王和鸟形脸军官似乎有意要看着他，可是伯特仍设法让他俩明白，这样只会干扰他干活儿，而且他在工作之前得先"动动脑筋"。他俩将信将疑，可是伯特以往的车行修理经验使得他带有对外行人不屑一顾的权威架势，最后，他俩只得走开了。伯特径直走向林中那架飞机，收拾起飞行员的枪和弹药，并将它们藏在附近的荨麻丛中。"这就好办了。"伯特说着，又仔细察看林中的那些机翼碎片。随后，他又回到第一架飞机处，进行一番比较。只要发动机没有被彻底损坏，在班希尔练就的绝活就能派上大用场。

待亲王和鸟形脸军官过来察看时，伯特已是满身油污，正手脚麻利地摆弄着旋钮和螺丝，调试起控制杆。鸟形脸军官想说些什么，却被亲王示意走开："闭嘴！别说话！"

于是，伯特灵机一动。"林子里那个飞行员的尸体也该埋了吧！"他一边说着，一边用大拇指往后指了指。

七

随着亲王和鸟形脸军官的出现，伯特的整个世界又发生了改变。原先萦绕心头的巨大而痛苦的失落早已荡然无存。现在这是一个三人世界。虽然只是一个极小的社会，可他满脑子充斥着各种猜测和计划，还有脱身的妙计。他们在想些什么？又是如何看待他的？他们到底打算干什么？伯特磨磨蹭蹭地修理着那架飞机，心里却缠绕着千头万绪。一个个念头就像苏打水里的气泡一样，不断冒出来。

"哎。"他突然叹息道。命运竟是如此的无情和不公，竟然让这两个家伙活着，而科特却死了。"天鹰号"上的机组人员有的被击毙，有的被烧死；剩下的不是摔死就是淹死了，而他俩却躲在机头的缓冲舱里，侥幸活了下来。

"老天不长眼啊！"他咕哝着，只觉胸中的怒火难以按捺。

他站起身，面向那两个人。他俩也正站在一起注视着他。"盯着我看，有啥用！"他骂道，"只会让我心烦！"见德国人并未听明白，伯特便向他俩走去，手里还拿把扳手。这时他才看清，亲王身材魁梧，体格强壮，而且神情很安详。伯特可顾不了许多，他往林中一指，"那儿有个死人！"

鸟形脸军官用德语答了句什么。

"有一个死人在那儿！"他重复着。

伯特费了很大劲儿才说服他们去看看那个战死的飞行员，最后还带着他俩走入林中。可是狡猾的亲王和鸟形脸军官却一口咬定，伯特是平民百姓，而他们则是军官，所以他应该责无旁贷地负责处理这具尸体，甚至建议由他一人将尸体拖进河里。两个德国人连说带比画着，最后还是那个鸟形脸军官屈尊帮了伯特一把，才将僵硬浮肿的死尸从树林里拖了出来，又歇息了一下——实在太沉了——把死尸扔进了向西流去的河中。伯特这才回到飞机旁，开始检查飞机，可是双手酸痛，心中愤愤不平。"真不要脸！"他暗暗自语，"别人还当我是德国人的奴隶呢！"

"真丢人！"

然后，他又陷入沉思：如果飞机修好了，又会怎样呢？

两个德国人又走开了，伯特想了片刻，就换下几颗螺母，穿上外衣和背心，又把那些螺母和工具揣入口袋，并将从第二架飞机里卸下的那套工具藏在树杈上。"好了！"伯特最后又检查了一遍，便从树上跳下来。他刚回到河边的飞机前，亲王和鸟形脸军官又出现了。亲王审视了一下飞机的修复情况后，就朝着大河的分流处走去。他双手抱臂，凝视着上游处，陷入深思。鸟形脸军官向伯特走来，结结巴巴地用英语说了句话。

"走——"他一边说，一边打着手势，"去吃东西。"

待伯特回到小棚屋时，发现所有的食品都不见了，只剩下一份腌牛肉和三块饼干。他目瞪口呆地盯着这份食物。小猫从店主的座椅下冒出脑袋，讨好似的喵喵叫唤着。"怎么搞的！"伯特故意问道，"你的牛奶呢？"

他强忍着怒火，然后一手抓着那个牛肉盘，一手拿起饼干，跑去找亲王，简直要破口大骂。他没有敬礼，便径直走过去。

"喂！"他气愤地指责，"这是人吃的吗？"

接下来就是一段令人不快的争吵。伯特用稔熟的英语，把班希尔的那一套哥们义气陈述得激昂慷慨，而鸟形脸军官则抬出了民族和军纪等大道理，以德语予以还击。亲王站在一边，上下打量了伯特一眼，突然雷霆大怒。他紧紧地抓住伯特的肩膀，拼命地摇晃，弄得伯特的口袋哗哗直响；还大声叫喊着什么，然后狠狠地朝后推去，把伯特摔了个趔趄。亲王简直是把他当作德国列兵一样教训了一番。伯特后退着，脸色惨白，吓坏了，可是伦敦人的天性又使他镇定下来。他决心要向亲王"讨回公道"。他喘着粗气，扣上了衣扣。

"好了，"亲王叫嚷着，"你可以走了。"可是，他一眼就

240

碰到了伯特眼里迸出的火花，于是抽出了佩刀。

鸟形脸军官赶忙上前劝阻，用德语说着，还朝天上指指。

西南方向，远远地飞来一架日本战机。他们之间的冲突立即停止。亲王见势不妙，第一个拔腿就跑。三人像受了惊吓的野兔，急急忙忙地向树林奔去，胡乱找了一处野草茂盛的洞穴藏了起来。他们蜷缩着身子，在六码宽的空间里挤成一团，还不时地透过野草和树枝，伸长脖子，搜索空中的敌机。伯特手里的几片牛肉早不见了，还剩下三块饼干，便狼吞虎咽起来。空中怪物从头顶呼啸而过，直飞尼亚加拉市，然后在远离发电厂的地方降落。当敌机临空时，三人鸦雀无声，可是险情一过，他们又争执起来。

伯特首先发难，滔滔不绝地说着，全然不顾那两个德国人是否听懂。不过，只需听他的声音，就觉得火药味儿十足。

"如果想要我把飞机修好，"他说道，"最好松开你们的爪子！"

他俩表情漠然，伯特只好又重复一遍。

伯特的话匣子一打开，便欲罢不能。"你们以为抓住了我，就可以像对付德国兵一样又踢又打，那就大错特错了。不是吗？我早就识破了这些鬼把戏。我早就看透了你们、你们的战争，还有你们的欧洲，都见鬼去吧！就是你们德国人先在欧洲挑起了战争，没完没了地打仗，真不知道是为了什么？真是愚蠢透顶！只是为了你们的军装和国旗？而我根本不想和你们有任何瓜葛。我才不管你们的死活呢。是你们抓住了我——实际是欺骗了我——

才把我弄到这步田地，离家几千英里，一无所有了，还有你们那些撞得粉碎的破飞机！而现在，你们还想卷土重来！做梦！"

"看看你们干的坏事！看看你们把纽约炸得——遍地死人，遍地废墟。难道就不担心你们的下场吗？"

"你这个蠢货，"那个鸟形脸军官猛地打断他，用德语恶骂道，"给我闭嘴！"他的眼中闪出了凶光。

"别说德语，蠢货！可到底谁是蠢货。是他，还是我？我小的时候经常看那些历险记和指挥打仗的廉价小说。我早看腻了，可是脑袋里面留下点什么呢？拿破仑和亚历山大不是都没得善终吗？连自己的家都不能保全！只要你不像衣冠楚楚的亲王那样愚蠢，谁都能预见战争会带来什么。"

鸟形脸军官大声叫嚷着要伯特安静，然后与亲王交谈起来。

"我是英国公民，"伯特反唇相讥，"你没有义务听我说的话，可我也没义务要闭嘴。"接着，他继续着自己的长篇宏论，全是有关帝国主义、军国主义和国际政治的。可是德国人之间的谈话又使他深感困惑，有一阵子伯特只不过是在重复着像"蠢货"一样的诅咒，以及别的陈词滥调。

突然间，他想起了最令人生气的事。"话又说回来，我一开始想问的就是小棚屋里原先的那些食品都到哪儿去了？你们把它放哪儿了！"

伯特停顿下来。亲王和鸟形脸军官仍继续用德语交谈着。他又问了一遍，可是他们置若罔闻。伯特便怒不可遏地问了第三遍。

接着，便陷入一片沉寂。三人相互对峙了一会儿，气氛非常紧张。亲王死死地盯着伯特，而伯特在他的眼神下畏缩了。慢慢地，亲王站起身来，那个鸟形脸军官也在他身边一跃而起。伯特仍然蹲着。

"请安静点。"亲王说道。

伯特意识到，现在可不是说大道理的时候。

伯特蹲在那儿，而他俩则注视着他。死亡似乎近在身旁。

然后，亲王转身而去。他俩径直奔向那架飞机。

"该死的！"伯特低声骂道。他蹲坐了有两三分钟，然后跳起来，跑入树林取出了藏在野草丛里的那把步枪。

八

自从落入亲王手中受命修理飞机以来，伯特从没装腔作势，而现在，亲王和鸟形脸军官夺下飞机，自己摆弄了起来。伯特则带着新武器，跑到附近的龟形岩上，坐着检查起那把步枪。这是一把带着大号弹药筒的短式步枪，弹仓几乎是满的。他小心翼翼地卸下弹药筒，又试了试枪机和其他配件，直到确信掌握了用法，才重新装上子弹。伯特这时才记起腹内空空，便提着枪跑回小棚屋，翻箱倒柜地找起来。他觉得，自己无论如何都不能让亲王和鸟形脸军官看到这把枪。只要他们认为伯特手无寸铁，就不会来招惹他。可是天知道，如果这位拿破仑似的战争狂人看到伯特手里的枪，会干出什么事来！而且伯特深知自己内心对德国人又恨又怕，简直想杀死他们，于是就避免靠近那两个人。他很想开枪打死他们，可想一想，这样杀人又实在太可怕了。伯特犹豫不决。

棚屋旁，小猫又跳了出来，正盼着喝牛奶呢。伯特更感到饥肠辘辘。他一边翻找着，一边大声地骂着那俩德国人，什么"战争""傲慢""帝国主义"都被他骂得狗血喷头。"该死的亲王，早就应该和他的士兵和飞艇一块儿去见上帝了！"他又喊又叫。

亲王和鸟形脸军官正在喧腾的河边修着飞机，还能不断听到伯特的叫骂声，他俩相视一笑。

伯特起先打算在棚屋里坐等那两个人，可转念一想，他应该离他俩近些，便溜上了卢纳岛，仔细考虑起自己的处境。

乍一想，似乎只有一个疑问，可是越想越觉得不踏实：那两个人都带着刺刀——身上还有左轮手枪吗？

即使开枪打死那两个德国人，他恐怕也找不到食物！

伯特手里有了枪，胆量陡增。可是如果他们发现自己提着枪在岛上转悠，会不会暗算自己？哥特岛几乎到处是掩体：树林、岩石、灌林，还有起伏不平的地形。

何不趁现在就把他俩干掉呢？

"不行，"伯特很快打消了这个念头，"那样太冒险了。"

远离他们显然是失策。伯特猛地省悟到：他应该时刻注意观察他们，应该"监视"他们。那么，他就可能看清他们到底在干什么，是否带着手枪，究竟把食物藏在哪里，也就可以更好地判断两人对他的企图。如果他不去"监视"那两人，那两人很快也会"监视"他的。一想明白了这些，伯特便立即行动起来。他审视了一下自己的装束，把护肩和显示身份的白色航空帽扔下河里，又将外衣的硬领竖起，这样可以挡住里面脏得发亮的衬衫。口袋里的工具和螺帽哗哗直响，他便重新整理一番，并用信纸和手帕包起来。于是，他蹑手蹑脚、悄无声息地出发了。当靠近他俩时，沉重的喘息声和吱嘎的机械声准确无误地暴露了他们的位置。伯特发现，那两个人似乎正在和飞机较劲儿。他俩敞着怀，刺刀扔在了一边，非常卖力地干着。他们显然想转动飞机，可是那只长长的尾翼却出了麻烦。伯特悄悄地在一处岩洞里卧倒，幸灾乐祸地看着他们。为了打发时间，他举起枪轮流瞄准这两人。

看着他俩笨拙的样子真可笑。有几次，伯特几乎要喊出来指点他们。伯特明白，待会儿等他们检查完飞机后就会发现少了一些螺钉和工具，那时就能想起他来。他俩一定会断定是伯特拿了或藏了这些东西。那么，他要不要把枪先藏起来，然后用这些工具和他俩交换食物呢？伯特现在已感到枪是他最可靠的伙伴，再也不愿与它分开。小猫也跟了过来，舔着他的脸，又咬他的耳朵，异常亲热。

这时已接近中午，伯特发现在南面有一架亚洲飞机正向东飞去，而他俩却没有觉察到。

最后，那架飞机平稳地立在单轮上，挂钩直指瀑布。亲王和鸟形脸军官擦了把脸，穿上外衣，又带上刺刀，像是庆幸忙完了一上午的苦力，疲惫地说着什么，然后飞快地向棚屋走去。亲王走在前头。伯特敏捷地跟着，可是他发现，要想神不知鬼不觉地找到他们藏食物的地方，简直不可能。等追上他俩的时候，他们已在棚屋那儿坐着，膝上搁着盘子，两个人中间还放着一听腌牛肉罐头和满满一盘饼干。他们看上去兴致极高，亲王甚至在哈哈大笑。看到他们有吃有喝，伯特的主意立刻就变了。强烈的饥饿感正咬噬着他。他突然出现在距离亲王和鸟形脸军官二十码的地方，手里端着那把枪。"举起手来！"他的声音硬邦邦的，透着杀气。

亲王迟疑着，高举起双手。那把枪完全使他们惊呆了。

"站起来！"伯特说道，"把刀叉扔掉！"

亲王和鸟形脸军官一一照办。

"下一步该怎么办？"伯特暗问自己。"走下来，往那边走，"他说道，"走啊！"

亲王乖乖地走了过去。可是等走近林中空地的尽头，他飞快地朝鸟形脸军官说了句什么，然后那两人顾不得什么尊严了，掉头就跑！

伯特几乎气晕过去。

"天哪！"他气急败坏地喊道，"我怎么忘了缴下他的刺刀！"

可是亲王和鸟形脸军官已逃得无影无踪，而且显然是躲在树林里了。伯特悔之不迭。他向棚屋冲去，手里提着枪，胡乱地把盘子里的腌牛肉塞进嘴里，每吃一口之前都要仔细听听周围的动静，唯恐他们由两侧偷袭。他将牛肉一扫而光，又把剩下的一点肉末递给小猫。正当他俯身去拿第二个盘子时，它竟在手里炸得粉碎！耳中只听一声枪响，他便明白了一切。于是伯特一跃而起，一手抓枪，一手拿起那听牛肉罐头，绕着棚屋向空地的另一侧逃去。这时草丛中又是第二声枪响，一颗子弹嗖地从他耳边飞过。

伯特一刻不停地飞跑着，一直跑到卢纳岛旁一处适合藏身的地方，才气喘吁吁地蹲伏下来观察动静。

"幸好他们只有一把手枪，"他有些喘不过气来……"如果他们有两把枪，天哪，我就完蛋了。"

"咦，小猫咪去哪儿了？大概吃完牛肉了吧？可怜的小家伙！"

九

于是，哥特岛上的一场"战争"爆发了。它持续了一天一夜，这也是伯特生命中最漫长的白昼和黑夜。他必须卧倒，一边眼观六路、耳听八方，一边在心里盘算着下一步对策。现在的情况再清楚不过了：只要有可能，他必须干掉亲王和鸟形脸军官，否则他们绝不会手软。获胜方得到的奖赏首先是食物，然后就是那架飞机，还有令人提心吊胆地驾机逃亡的特权。如果失败了，那么他必死无疑；如果获胜了，他将远走高飞。伯特竭力设想着逃脱后遇到的种种可能：沙漠，怒气冲天的美国人、日本人——甚至印第安人！（现在还会有印第安人吗？）

"听天由命吧！"伯特说道，"反正我也看不清出路！"

那儿有动静？他猛然停止了自己的胡思乱想。此刻，他的神经绷得紧紧的。瀑布的轰鸣声不绝于耳，还混杂着各种声响，听起来就像有人在行走，有人在说话，还有人又喊又叫。

"讨厌的瀑布，"伯特抱怨道，"整天吵个没完。"

不管它！可是亲王和鸟形脸军官在干什么呢？

他们会不会潜回飞机那边去了？他们肯定拿那架飞机没办法，因为伯特拿走了机上的螺母、螺钉和扳手等工具。可是，他们会不会找到伯特藏在林中的另一套工具呢？当然，伯特把它们藏得非常隐蔽，可是万一被他们发现了呢？万——他竭力回忆着隐藏那些工具的每个细节。他设法安慰自己，那些工具安然无恙，可是仍然越想越担心。藏那把扳手的时候，会不会把手柄露了出来，任它在树杈上闪着亮光呢？

亲王和鸟形脸军官碰了钉子后一定会四处寻找那些藏在他口袋里的工具、螺母和螺钉。于是，他们就会认定是他拿走了，便想方设法来抓他。因此，他只能继续隐蔽在这里，静候敌人的到来。不会出现别的纰漏吧？他们会不会也拆下飞机上的其他活动部件，守株待兔地等着他？不会，他们不会那么做，因为他们是以二对一，他们不用担心伯特会驾机逃走，他甚至难以靠近这架飞机，因此他们也就不会破坏飞机。一想到这些，伯特稍稍放心了些。可是他们会不会以食物来要挟他呢？不可能，因为他们知道,伯特拿着这听牛肉罐头,只要省着吃,足够对付几天了。当然,他们也许不用进攻,就能设法拖垮他。

只觉得头一沉,伯特清醒过来。他突然意识到自己的危险处境:需要睡眠!

他刚动了睡觉的念头,便猛然发现自己不知不觉中竟迷糊了十分钟。

伯特擦擦眼睛,又拿起了枪。他以前从未想到过美洲的太阳会催人酣眠,尼亚加拉的瀑布声会令人慵懒乏力、恹恹欲睡。然而,这种诱惑又实在太强烈……

如果不是心急火燎地吃下这么多牛肉,他就不会如此犯困。难道吃素就能时刻保持头脑清醒?

头又是一沉,伯特再次惊醒过来。

如果他不干点什么,就会熟睡过去;如果他睡着了,亲王和鸟形脸军官肯定就能循着鼾声找到他,然后立即干掉他。如果他悄无声息地待在这儿,肯定要睡死过去。伯特告诫自己,与其坐以待毙,不如冒险出击。欲睡不能的痛苦煎熬着他,伯特感到快坚持不住了。而亲王和鸟形脸军官则好多了:一个人睡觉,另一个人望风。他俩的确如此,一个人可以随意休整,而另一人则就近卧在掩体下,随时准备出击。他们甚至能以一人做诱饵,设下圈套,引诱他上钩。

这使伯特想到了假目标。而他却早早地扔掉了航空帽,真是太傻了!要是把它扣在树干上,尤其是夜晚时分,那就有好戏看了。

他感到口干舌燥，便把一块鹅卵石含在嘴里。不久，浓浓的睡意又悄悄袭来。

为了驱赶睡意，看来他非得采取行动不可了。

像伟大的将领们一样，伯特发现自己的"辎重"——那听腌牛肉罐头——严重影响了机动作战能力。最后，他决定将牛肉分开装在口袋里，并扔掉了空罐头盒。也许这样的安排并不理想，可是临近战斗，必须有所放弃。他匍匐前进了大约十码远，然后纹丝不动地趴着，观察周围的动静。

正值午后时分，静悄悄的。只有瀑布落下时发出的巨大轰响声毫无顾忌地扯破四周的沉寂。伯特正千方百计地要消灭亲王和鸟形脸军官，而他们也正处心积虑地要暗害他。在这阵沉寂之后，他们究竟在干什么？

十

伯特爬行一阵子，便停下来听听动静，又继续向前，一直挨到天黑。毫无疑问，"德国的亚历山大"和鸟形脸军官同样狼狈不堪。如果在一张大比例的哥特岛地形图上将双方的行动路线用红色和蓝色线条标示出来，那么一定呈现犬牙交错之状。可是实际上，在高度紧张的漫长一天里，双方始终未曾碰面。伯特始终不知道距离亲王和鸟形脸军官有多远。等到晚上，他毫无睡意，只是口渴，便爬近了大瀑布。他突然冒出一个念头，也许那两人钻进了撞在绿岛上的那截"天鹰号"机舱里。伯特立刻精神倍增，也顾不得隐蔽自己了，两步并作一步地跨过那座小桥。那儿却空无一人。他第一次走近这堆巨大的飞艇残骸，便借着暗淡的亮光，匆匆地察看了一番。他发现，前舱除了舱门往后歪斜、赫然洞开，还有一处舱角浸水外，基本上完好无损。他爬了进去，痛快地喝水，然后有了一个好主意：关上舱门，睡上一觉。

可是现在，他已无法安然入睡。

直到清晨，伯特才昏沉沉地打上瞌睡，待到醒来时，天已大亮。他就着河水和腌牛肉权作早点，然后坐了许久，静静地感受机舱内的安宁。最后，他又恢复了精神，勇气倍增。他决心设法摆脱困境。他已厌倦了在草丛里爬行，便索性提着枪，大摇大摆地在阳光里走了起来。棚屋附近未见任何人。于是他穿过树林，朝那架飞机走去。他一眼就看到了鸟形脸军官，他正背倚树干，席地而坐，脸伏在臂弯里睡着，而头上的绷带却很醒目。

伯特戛然止步，站在大约十五码远的地方，举起了枪。亲王在哪里？那棵树旁露出了一个肩膀。伯特蹑手蹑脚地向左移了五步。这位战争狂人斜靠着树桩，一手握枪，一手执刀，打着呵欠——他居然还在打呵欠！不能向打呵欠的人开枪，伯特想到。他平端着枪，向亲王发起进攻，脑子里还想象着喊出"举起手来"。亲王也看到了他，打着呵欠的嘴像陷阱一样猛地合上，然后直挺挺地站了起来。伯特无声地止住脚步。两人就这么对视着。

如果亲王还算聪明的话，他该迅速地躲到树后。可是他竟然号叫着，举起了手中的枪和刺刀。情急之下，伯特如同条件反射般地扣动了扳机。

　　伯特初次使用充氧弹。只见从亲王身上喷射出一团剧烈的火焰，闪着耀眼的光亮，接着便是如同炮击般"砰"的一声巨响。不知是什么滚烫、沾湿的东西溅在了伯特的脸上。在缭绕的硝烟和蒸腾的水汽中，亲王早已被炸得血肉横飞。

　　伯特目瞪口呆，站在那儿不知所措，如果鸟形脸军官这时趁机下手，可以毫不费劲地一刀将他毙命。可是鸟形脸军官却一头钻进林丛中，左躲右闪着逃命去了。伯特缓过神来，机械地追了几步，可他实在不愿再杀人了。他转身回到那摊血肉模糊的尸体面前，刚才还神气活现的阿尔伯特亲王，现在已灰飞烟灭。他环视了一下周围或被烧焦或被溅污的草丛，重新检查了现场，便战战兢兢地向前走去，捡起了那支还发烫的左轮手枪，却发现枪的弹膛已弯曲断裂。眼前露出了一张快乐而友好的脸蛋儿，伯特颇感震惊，这个小精灵居然出现在了眼前的恐怖现场。

　　"小猫咪，你怎么在这儿？"他说道，"你可不该来这儿！"

　　伯特两三步就跨过了血肉狼藉的草丛，抱起小猫，向棚屋走去。小猫趴在他的肩头，喵喵地高声叫着。

　　"看来，你并不介意嘛！"他说。

　　伯特在棚屋里手忙脚乱地折腾半天，终于在屋顶找到了藏着的那些食品。"你没看见当时有多危险，"他说着，倒出了一碟子牛奶，"三个人挤在那么个洞里，他们又不肯合作。幸亏亲王他们都是大笨蛋！"

"天哪！"他一边坐在柜台上吃着东西，一边回忆起来，"人生啊，到底是怎么一回事！我现在居然坐在这儿。从我懂事开始，就看见了他的相片，听说了他的名字。阿尔伯特亲王！如果当时有人告诉我，我会把他炸成碎片，我怎肯相信呢！小猫咪。"

"玛吉特的那家伙早就该告诉我，可是他只说我的棋下得很臭。"

"还剩另外一个家伙，他也跑不远了。我该怎样对付他呢？"

伯特迅速地向林中扫了一眼，手指摆弄着膝上的步枪。"我可不愿杀人，小猫咪。"他说道，"我不愿像科特说的那样沾满血污。可却让你小小年纪看到这血……如果亲王走过来跟我说，'握一下手！'我肯定照办……现在还剩下那个家伙，正四处逃命！他头上已中弹，腿也受了伤，又被火烧了。真惨！我认识他不过三个星期，那时的他又帅气又强壮——手臂上跟板刷一样，毛茸茸的，还对我骂骂咧咧呢。真是个十足的绅士！可现在，他都快成野人了。我该拿他怎么办呢？真该死，我不能让他搞到那架飞机，没那么容易！可如果不干掉他，他就只能在岛上转悠，饿肚子了……"

"当然了，他还有一把刀……"

伯特点燃一根香烟，继续他的推理。

"战争真是一场愚蠢的游戏，小猫咪。愚蠢透顶！我们普通老百姓——我们全是傻瓜。我们本以为那些大人物会为我们做主，根本不是这么回事。就说那个家伙吧，他，还有背后的所有德国人，亲王到底为他们做了些什么？烧杀掳掠，连他自己也栽在那儿！血肉横飞！哼，阿尔伯特亲王！他领着那帮士兵、军舰、飞艇，还有'飞龙'，从德国跑到这儿来送死，都变成了炮灰。战争、杀人、放火，都由他一手挑起，弄得这个世界不得安宁！"

"我想，我得干掉那个家伙。我想，我非这样做不可，可是我又不愿意这样做，小猫咪！"

伯特在瀑布的轰鸣声中，搜寻起那个受伤的军官。最后，他把那家伙从"比德之梯"旁的灌木丛中赶了出来。可是，当他看到那个弯着腰、缠满绷带的身影一瘸一拐地在前面亡命奔逃时，又油然生出伦敦人的恻隐之心。他便不再放枪，停止了追赶。"我不能这样做，"他说道，"我没有勇气这样做！由他逃命去吧！"

伯特朝着那架飞机走去……

从此，伯特再没有见到那个鸟形脸军官，也没有找到任何有关他存在的痕迹。黄昏时分，他担心受到伏击，便细细地搜索了几个小时，却一无所获。他爬上伸向尼亚加拉瀑布的悬崖峭壁，在一块不易受到攻击的岩石下躺了下来。夜里，他在极度惊恐中醒来，漫无目的地放枪，其实，只是一场虚惊。他再也睡不着了。天刚亮，他就担心起那个失踪了的鸟形脸军官，像寻找自己误入歧途的兄弟一般，满山地找开了。"如果我会德语，"他说道，"我就会大声呼喊。只是我不会，就无法向他解释了。"

后来他发现，有人曾试图越过断桥上的缺口。粗绳的一头已打了环，被抛过缺口，正好绕在对面桥栏断裂处的凸出部位。而粗绳的另一头却已飘垂在流向大瀑布的滔滔河水中。

看来鸟形脸军官早已卷入两三英里之外的河流漩涡，追赶着科特中尉、飞行员，以及那些冤死的野魂而去了。从未见到过如此怪异而凄楚的坟场：河里拥塞着断肢和废墟，每天又不断地从大湖区上游河岸边的城市里冲下来难以计数的亡命者、倒霉的家畜，以及轮船和飞机的碎片，使得河上笼罩着一团惨淡的愁云。其中，有许多漂浮物来自克利夫兰。它们聚集在河中，随波逐流地漂荡着，时常引来无数飞鸟在河面盘桓。

第十章
大战中的世界

一

伯特在哥特岛上又待了两天，那些食物中除了香烟和矿泉水外，都快吃光了。然后，他登上那架亚洲飞机，准备试飞。

即便在驾机腾空而起的一刹那，伯特仍不敢相信这是真的。他刚才只花了一个小时就调换了飞机的机翼撑条，并把原先卸下的螺钉重新安装上去。现在发动机的运转一切正常，它只不过和普通摩托车的引擎有点细微差别。余下的时间，他仔细地默想了一遍，又觉得有些踌躇。他仿佛看到自己一会儿溅落在急流中，一沉一浮地拼命挣扎，翻滚着坠入大瀑布；一会儿又飞到了天上，两耳生风，却无论如何降不下来。伯特一心想着如何飞起来，根本没有考虑他这个未领飞行执照的伦敦人，开着亚洲人的飞行器在战火纷飞的天空横冲直撞，到底是福还是祸。

他还一直挂念着那个鸟形脸军官。他老是担心会看到那个德国人血肉模糊地躺在岛上的某个角落，在搜遍了整个小岛之后，他才打消了这个悲痛的念头。"如果我找到他，"他盘算着，"该怎样对付他呢？可不能朝躺在地上的人开枪。我还真不知道该怎样帮他。"

小猫在一旁不时地骚扰，打断了伯特油然而生的强烈的社会责任感。"如果我抛下了小猫，那么它就会挨饿……让它自己去捉老鼠……有老鼠吗？……有鸟吗？……它太小了……它很喜欢我，又非常懂事。"

最后，他还是将小猫塞进口袋。口袋里还残留着腌牛肉的气味，小猫立即对新环境产生了浓厚的兴趣。

伯特一边将小猫放入口袋，一边坐进了飞机的鞍座。这架飞机真是又大又笨，没有一处和自行车相仿。不过，操作起来相当简便。只要如此这般——发动引擎，竖直单轮，再打开陀螺仪——就拉起控制杆。

它仍然一动不动。可是，突然间有了剧烈的晃动……

两侧巨大的曲形翼急促地拍动起来，只听咔嗒咔嗒的拍打声不绝于耳。

停下！这家伙一头向河里冲去，单轮已浸入水中。伯特暗叫不好，使劲将操纵杆拉到初始位置。咔嗒咔嗒，他慢慢地升高了！湿漉漉的单轮滴着水珠，从水涡里收上来了，而他也正腾空而起！

现在想停下来都不行，即使停下来也无济于事。又过了一会儿，伯特死死抓紧控制杆，顿时觉得心惊肉跳，身体发僵，眼神带着惊恐，面如死灰。他已飞临瀑布上空，在不停地颠簸中，随着机翼的每一次振动而上升，上升！

就体面和舒适而言，飞行器无法与气球相提并论。除去降落时的难堪，气球实在是完美无瑕。而眼下的这架飞行器就像一头发了倔的骡子，一个劲儿地向上蹦，再也不肯落下来。咔嗒咔嗒，随着曲形机翼的每一次振动，它就带着伯特直往上蹿。在驾驶气球的时候，没有风，因为气球总是与风同在，飞行即意味着投入风中，挟风同行。一股强劲的风正迎面袭来，吹得他难以睁眼。伯特必须马上朝内屈膝弯腿，以抵挡风势，否则他都快被狂风撕成两半了。他仍在不断上升，一百码，二百码……只见身下河水滔滔，波涛汹涌。他还在上升，上升，上升。真没办法，也不知道它什么时候才能水平飞行。伯特竭力在想，它到底能不能水平飞行。不行！它们总是振翼升空，然后再凌空而落。他还得继续升高。泪水汩汩地流淌下来。伯特腾出一只手来，将泪水擦去。

如果冒险降落的话，是落在陆地上还是水面上好些呢？

伯特此时正升至流向布法罗的瀑布源头的上空。无论如何，俯瞰身下的瀑布笔直落下、水波翻滚的奇景，也真不枉此生。伯特很清楚他仍在笔直地升高，可不知道该如何是好。

他慢慢地平静下来，双眼也逐渐适应了气流的冲击，他仍在不断上升。他向前探头，眨着眼俯瞰大地。布法罗的全貌尽收眼底：

战火赫然留下了三处巨大的黑色疤痕，群山，还有连绵起伏的原野。伯特猜测已升至半英里的高度。在尼亚加拉和布法罗之间的火车站附近的房屋，有许多人像蚂蚁似的进进出出。他看到两辆汽车正沿着公路，朝尼亚加拉市疾驰而去。往南方远眺，只见一架巨大的亚洲飞艇正向东飞去。"哦，天哪！"他叫道，赶紧改变航向，却徒劳无益。幸好，那架飞艇没有发现他，而他仍继续摇摇晃晃地向上升。世界如同一张地图，一览无遗地展现在他的眼前。咔嗒咔嗒。此刻头顶和四周正有一团朦胧的雾气笼罩着他。

他决定先松开机翼的控制杆试试，于是说干就干。控制杆一开始还压不下去，但随后就起作用了，只见飞机的尾翼很快便竖起，然后两翼直直地展宽。一切进展顺利而平静。伯特顶着一阵狂风，快速地滑翔降落，他只能勉强眯缝着双眼……

起飞前检查时那根小型操纵杆还是牢固的，而现在却意外地松动了。当他轻轻地将操纵杆转向右侧时，哗啦一声！左翼竟鬼使神差般竖立起来，于是他猛然翻滚起来，向右下方螺旋状急剧地栽落下去。一时间，伯特经历了灾难中所能体验的所有绝望无助的感觉。他竭尽全力才把控制杆恢复到中间位置。终于，两翼又恢复了平衡。

他再将操纵杆转向左侧，这时又感到急剧地向后旋转。"真要命！"他大声地喘着粗气。

伯特发现，飞机正不顾一切地朝着铁道线和一些工厂建筑俯冲过去。大地仿佛张开了大嘴，要将他一口吞噬。从这个高度摔下去必死无疑。伯特觉得就像在骑着自行车，箭一般地直朝山下窜去。迎面扑来的大地使他惊恐万状。"啊！"他大叫起来，疯狂地用尽全力，重新发动引擎，使两翼又拍打起来。机身猝然向下一扑，又往上一抬，便有节奏地震颤着，恢复了升空状态。

他又升高了，直到眼前展现出纽约州西部宜人的山地风光，然后沿着漫长的海岸线降落高度，如此重复着。当他降落至约四百米的高度，飞临某村落上空时，看到村民正四散奔逃，显然是与天上飞过的这个鹰式怪物有关。伯特想，恐怕自己早就被人瞄上了。

"升高！"他说着，又猛拉操纵杆。这次操作很顺利，可是突然间，双翼似乎从中折断，而引擎居然毫无动静！它已停转了。他下意识地赶紧将操纵杆往回拉。怎么办？短短几秒钟，瞬息万变，而他的脑子也转得飞快。伯特迅速考虑到，他已无法再升高，此刻飞机正在向下滑落，也许马上会撞上什么东西。

他正以大约每小时三十英里的速度向下，向下，向下。

落叶松林看来是最软的，几乎长满了苔藓！

他能靠过去吗？伯特拼命地控制着航向。右满舵——向左！

咔嚓！噼啪！飞机迅速滑落，披荆斩棘地犁破树丛，一头栽进云团般翠绿而锋利的叶片与黑亮的细嫩枝条丛中。突然，只觉得有什么东西断裂了，他便一头从鞍座上摔下来。"砰"的一声巨响，又有许多树枝纷纷折断。他感到有枝条狠狠地抽在脸上……

伯特刚苏醒过来，便发现自己落在树干和鞍座之间，一条腿压着驾驶杆，而且并未受伤。他试着挪了挪位置，松开那条腿。显然，他是从密密匝匝的树枝丛中掉下来的。他四处摸索一番，发现自己正落在一株松树下端的枝干上，而飞机就悬在头顶上方。空气中弥漫着好闻的松脂清香。他一动不动地四下张望，然后小心翼翼地攀缘着树枝爬下来，落在覆盖着厚厚针叶的松软的地上。

"干得真棒！"他叫道，仰起头望着头顶歪斜变形的机翼。

"安全着陆了！"

他用双手摩挲着下颏，沉思起来。"真没想到，我真是太走运了！"他一边说着，一边审视着树林下光影斑驳而松软的地面。他感到身体侧旁一阵剧烈的骚动。"天哪！"他叫道，"你一定快闷死了吧！"便解开手帕，将小猫从口袋里放出来。它一直蜷着身子，缩成一团，现在重见光明，真是乐坏了！它短短的舌头从牙齿间微微伸了出来。一落到地上，它便跑出有几十步远，然后浑身一抖，舒展开四肢，又坐立起来，开始舔身上的毛。

"接下来呢？"他自言自语道，又看了一眼四周，然后有点恼火地说："真该死！我该把枪带上啊！"

原来，伯特坐进飞机鞍座之前把枪斜靠在一棵树旁，忘记带了。

周围世界一派平和宁静的气氛令伯特惊讶不已，他发觉，再也听不到大瀑布的巨大轰鸣声了。

二

　　伯特不清楚他将在这个国度遇到什么样的人。他只知道，这儿是美国。他早就听人说，美国幅员辽阔，国力强大，美国人神情冷漠却又幽默风趣，热衷于使用长猎刀和左轮手枪，说话时喜欢像诺福克郡人那样运用鼻音。另外，他们很有钱，酷爱坐摇椅，习惯将两脚翘得高高的，嘴里总是不知疲倦地嚼着烟草、口香糖以及别的玩意儿。他们当中还混迹着西部牛仔、印第安人、杂耍艺人，还有彬彬有礼的黑人。这些都是他从公共图书馆的小说里看来的。除此之外，他便一无所知了。所以，当看到有人拿着武器时，伯特并不感到吃惊。

　　他决定放弃这架毁坏了的飞机。他在林中漫无目的地走了一会儿，发现了一条路。在他这个英国都市人的眼里，这条路相当宽阔，却没有被很好地平整过。既没有树篱或沟渠，也没有小路将它同树林分隔开，这条长长的路只是自然地依着树林而建，路的另一侧便是开阔地带。迎面走来一个男子，挎着枪，头戴浅灰色帽子，身穿蓝衣黑裤，胖乎乎的圆脸上没长胡须。他斜眼看着伯特，听到伯特说话时，竟吓了一跳。

　　"请问这儿是什么地方？"伯特问道。

　　那人盯着他，更确切地说，盯着他的橡胶长筒靴，满脸狐疑的样子。然后就用一种奇特的外国腔调回答着什么，其实他说的是捷克语。那人看到伯特一脸的茫然，突然间冒出句"别说英语"，便戛然而止。

"哦。"伯特说着,思忖片刻后径直上路了。

"谢谢你。"他向那人补了一句。那个男人望着伯特的背影,猛然想起什么,他赶紧打着手势,可是伯特仍觉得莫名其妙。那人只有叹着气,摇摇头,神情忧郁地走开了。

伯特不久就来到树林中一幢高大的木屋前。这座木屋就像一只光秃秃的木板箱,壁板上没有爬山虎,四周也没有篱笆、土墙或栅栏将它同树林隔开。伯特在离屋门约三十码远的台阶旁停下脚步。正当他想上前敲门时,一条硕大的黑狗从屋旁出来,紧紧盯着他。这条黑狗又高又壮,下颚粗大,不知是什么品种的良犬,还套着大钉打制的颈圈。它既不叫,也没有走近伯特,只是从容不迫地倒竖起全身的鬃毛,发出一声短促而低沉的嗥叫。

伯特犹豫了一下,径自往路上走去。

他走出三十多步才停下来,伫立着凝视周围林中的景色。"要是我没有丢下那只小猫咪就好了。"他说道。

刹那间他心痛如绞。那条黑狗窜过树丛,又赶上来仔细打量伯特,还在不停地叫着。伯特继续向前走。

"它不会有事的,"他安慰着自己,"……它会捕食的……"

"它肯定没事的。"伯特说着,连自己也不太有信心。要不是那条黑狗挡在路上,他准会回身去找小猫。

那座木屋和黑狗渐渐地从视线中消失了。伯特又走进路旁的树林中,他用口袋里的折刀削了根短棒,权充护身之用。路边有一块漂亮的石头,他捡起来揣入口袋。眼前又出现了三四座光秃秃的房屋，都和刚才遇见的一样，是木质结构，每座房屋都带有一个阳台，涂着很难看的白漆。透过树丛，伯特看到屋后还有猪圈，一头黑乎乎的大母猪正在那儿拱土刨食。一个野人模样的女人坐在屋前的台阶上，眼睛又黑又亮，披散着头发，正在那儿给小孩儿喂奶。可是一看到伯特，她便起身跑入屋内，伯特听到她闩紧了房门。然后，又有个男孩儿出现在猪圈里，可他哪能听懂伯特是在向他打招呼。

"我想，这儿就是美国吧。"伯特说道。

沿途上，伯特又见到不少房屋，还碰见两个肮脏不堪、完全是野人模样的男子，他没敢开口与那两人说话。其中一人带着枪，另一人手执短柄小斧，他们朝伯特和他手里的短棒看了一眼，不屑地走开了。伯特来到一个岔路口，那儿有一股单轨铁道，路旁告示牌上写着"此处候车"。"还不错嘛！"伯特自言自语道，"可是，得等多长时间呢？"他想，现在的美国一片混乱，估计火车也停开了吧。接着他又发现路右侧的民房多一些，便往右侧走去，遇到一个年迈的黑人。"喂！"伯特说，"早上好！"

"上午好，先生！"没想到老黑人中气十足。

"这地方叫什么？"伯特问。

"这儿是塔努达，先生！"黑人答道。

"谢谢！"伯特说。

"不用谢，先生！"黑人兴高采烈地答应着。

伯特又遇到同样木质结构的房屋，也是独门独户，四周没有围墙，只是这儿的屋面上还装饰着广告，一半用英文，一半用世界语。伯特判断，其中有间是杂货店，便走了过去。这还是头一次有间房屋朝他好客地敞开大门，从屋里传来的声音令他感到既陌生又熟悉。"天哪！"他摸索着口袋，"怎么搞的！我已经好几个星期没碰钱了。让我想想，哎呀，那些钱全在格拉布身上！"他掏出一把硬币，数了数，三枚一便士，一枚六便士，还有一个先令。"够了吧。"他说着，也没来得及细想。

伯特朝房门走去时，有个男人出现在门口。他身材结实，面带灰色，只穿着衬衫，站在那儿打量着伯特和他的短棒。"你好，"伯特开口道，"我可以在你的商店买点吃的吗？"

感谢上帝，门口的那个人总算是用清晰标准的美国话说道，"这儿不是商店，先生，这儿是店铺。"

"哦！"伯特一愣，便继续道，"那——我可以买点吃的吗？"

"当然可以。"美国人的声调里带着肯定和鼓励，并示意他进屋。

按照班希尔的标准来看，屋内显得极其宽敞，而且光线明亮，没有碍手碍脚的感觉。伯特的左侧是一张极长的柜台，柜台后有许多抽屉，还陈列着各式各样的商品，右侧是几张椅子、桌子和两只痰盂。一眼望去，桌上摆着各式的酒桶、乳酪和熏猪肉，稍远处还有一条拱道，通向里面的空间似乎更大。一群男人正围坐在桌子四周，还有一位七老八十的妇人托着下颏倚在柜台上。那些男人都带着来复枪，柜台上还露出了一截枪管。旁边的桌上搁着一台破旧的大留声机，不时地飘出生硬刺耳的声音，这帮人正百无聊赖，心不在焉地听着歌儿。"叮—呵—铃—叮—呵—铃—铛，发卡到底怎么卖？"伯特听着这熟悉的歌词，猛地感到一阵眩晕：他想起了老家，回忆起阳光下的海滩，一群孩子，红色自行车，格拉布，还有冉冉上升的气球。

一个戴草帽的粗脖子男人正在嚼着什么，他一把摁住了正在转动的唱盘，于是大伙儿的目光都转向了伯特。他们的眼神中充满了疲惫。

"我们可以给这位先生一点儿吃的吗，老妈子，还是干脆不给？"店主说道。

"这儿要啥有啥，"柜台边的老妇人答应着，却一动不动，"是要薄脆饼干呢，还是要一顿可口的饭菜，随便你挑。"她吃力地打了个呵欠，好像是刚熬了个通宵。

"我想要饭菜，"伯特说，"可是钱没带够。所以饭钱请不要超过一先令。"

"超过——什么？"店主高声问道。

"超过一先令。"伯特说着，突然觉得很不自在。

"好的，"店主一边说着，一边惊叫起来，早把他的彬彬有礼的风度抛到脑后，"可是，一先令是个什么玩意儿？"

"他指的是二角五分。"一个裹着绑腿套的瘦弱的年轻人自作聪明地帮腔道。

伯特竭力掩饰着惊愕，掏出一枚硬币。"这就是一先令。"

他说道。

"他管'店铺'叫'商店'，"店主说，"还想用一个什么先令买一顿好饭菜。我可以问一声吗，先生，你是从美国的哪个角落里冒出来的？"

伯特一边回答着，一边将那个先令放回口袋，"尼亚加拉。"他说。

"那么，你什么时候离开的尼亚加拉？"

"大概一个小时之前。"

"不错，"店主说道，带着怪笑，转向其他人，"不错。"一时间他们提出了各种问题。

伯特挑了其中一两个问题做了回答。"嗯，"他说道，"我一直和德国人的航空编队在一起。由于意外事故，我被他们抓住了，后来就到了这里。"

"你从英国来的？"

"是的，从英国来，取道德国。我当时正与亚洲人展开激战，然后就被抛在了大瀑布中间的一个小岛上。"

"是哥特岛吗？"

"我不知道那个岛的名字。可我好歹还是找到了一架飞机，凑合着飞了出来，落在这儿。"

两个男人瞪大了眼，紧盯着他，不敢相信，随后又站了起来。"那架飞机在哪儿？"他俩问道，"难道就在外头？"

"就在后面的树林里，大概有半英里远。"

"还好用吗？"一个脸上带疤的厚嘴唇男人问道。

"我降落的时候几乎是撞上去……"

大伙儿都站起来，将他围着，七嘴八舌地说开了。他们想立即让伯特带着去看看那架飞机。

"往这边瞧，"伯特指点着，"我会带你们去看的。只是从昨天到现在，我就没吃过任何东西——除了水。"

店里还有一位瘦削的军人模样的小伙子，他的两条腿又细又长，绑着腿套，还挎着子弹带，刚才一直没开口，而现在他以一种当仁不让的权威口吻打断了众人。"好了，"他说，"让他填饱肚子，洛盖先生，饭钱算在我的账上。我想让他把话说完。然后我们就去看他的飞机。如果你要问我，我就会告诉你，这位先生落在这儿真是一件非常有趣的事儿。我想，我们可以用那架飞机——如果能找到的话——保卫家园。"

三

伯特终于又松了口气，坐了下来，一边就着芥末嚼起冷冻的烤肉和松软的面包，喝着口味极佳的啤酒，一边粗略地简要讲述着他的冒险经历。当然，出于某种考虑，故事中有许多省略和不准确的地方。他讲述了自己是如何与一位"绅士般的朋友"去海滨疗养；有一个"家伙"是如何乘着气球而来又掉了下来，而他却上了气球；他是如何飘到了弗兰克尼，德国人是如何将他错认作某人，将他"投入监牢"，又把他带去纽约；他是如何两度飞往拉布雷多，又是如何到达哥特岛，发现自己在岛上孤身一人的。他对有关亲王和布特里奇的几处情节避而不谈，并非有意欺瞒，而是由于他感到一言难尽。他希望所有的一切都显得轻松、自然而恰当，以表明自己是一个极其普通的英国人，让周围的人能够信任和理解他，并且在自由和安全的环境中向他提供食物和住宿。

当他的支离破碎的故事讲到了纽约和尼亚加拉之战时，他们突然拿起刚才还摊在桌上的那些报纸，引用报上夸大其词的描述，开始核实和询问起他所说的事。伯特渐渐明白了，他的突然到来如同一粒火星，重新点燃了一场异常火爆的讨论，这场讨论持续了许久，只是苦于没有新鲜的材料，才由留声机暂时打断了片刻。这场讨论吸引了在场的所有人，讨论的主题就是关于整个世界、这场战争及战争的方式。伯特发现，任何有关他的品性和个人经历的提问都被人们想当然地置于这场战争的大背景下，仿佛他只不过是一个消息的来源而已。买卖日常生活用品、耕作土地、牧养牲畜等人生的寻常事之所以每天都能在惯例的推动下照常进行，正是由于一家之主往往怀着深切的危机感，承担着人生的共同责任。眼下的形势更使人们兴致勃发：巨型的亚洲飞艇满天飞窜，执行着神秘莫测的命令，还有那些火红色装束的空中武士，不知何时就会从天而降，抢夺石油和食物，制造耸人听闻的消息。人们在问，整个北美大陆都在问："我们该做些什么？我们该如何努力？我们又该怎样对付他们？"而他，不过是身不由己地成了其中一则新闻，伯特在心里想着。

他吃饱喝足，伸个懒腰，又把这顿美味的饭菜夸奖了一通，然后点上一支人们递过来的香烟，带领众人，费了半天的劲儿才在落叶松林中找到了那架飞机。那位瘦弱年轻人的名字好像是叫劳雷尔，显而易见，无论是他的职衔还是禀赋，都足以使他对其他人发号施令。他熟悉同行者中每个人的脾性和能力，并指挥大家立即着手行动，精心地保护好这件珍贵的作战武器。众人伐倒一些树木，小心翼翼地将飞机抬下来，然后用木材和树枝搭了一个宽敞的平顶遮棚，以防路过的亚洲人发现他们心爱的宝贝飞机。天还没黑，他们就从邻镇请来了一位工程师修理飞机，又挑出十七个毛遂自荐者，让他们抽签决定由谁来第一个试飞。伯特又找到了他的小猫，将它带回洛盖的店中，交给洛盖太太，并嘱咐她须多加小心。其实伯特很放心，他发现小猫与洛盖太太相处得很融洽。

劳雷尔不仅具有组织领导才能，还是一位富有的实业家。当伯特得知他是塔努达罐头食品公司的总裁时，敬畏之情油然而生。而且，他还深孚众望，颇得人心。夜晚降临，一大群人又聚集在店里，谈论起那架飞机，还有那场把世界弄得四分五裂的战争。正说着，有人骑着自行车带来了一份印刷得很粗糙的报纸。虽然只是薄薄一页，却如同火上浇油一般，人们的谈论更加热烈了。报上几乎全是美国新闻：老式的电报早已弃用多年，而马可尼电报局的越洋电缆和沿大西洋海岸的电缆显然又是备受"关照"的目标。

可是，报纸上仍不乏新闻。

伯特坐在人群背后——现在他们早把他忘了——静静地听着。在鼎沸的人声中，伯特脑海里不时闪过一幕幕奇异而壮观的景象：争端和冲突此起彼伏，各国疯狂扩军备战，几个大陆历经颠覆，还有难以计数的饥荒和战乱。凌乱的思绪中，有几个清晰的人影挥之不去：亲王炸死时的血肉狼藉，倒悬在树枝上的日本航空兵，还有满身绷带、一瘸一拐地在绝望和恐怖中仓皇逃窜的鸟形脸军官……

店里的人们谈起战火和屠杀、暴行和反抗暴行，以及疯狂的报复者对无辜的亚洲人的所作所为，还议论着对城镇、铁路和桥梁的大规模焚烧和破坏，牵挂着流离失所的大批难民。"他们的战舰都在太平洋里，"伯特听到有人大声嚷道，"战斗打响后，他们在太平洋一侧登陆的人数不会少于一百万。他们就驻扎在那几个州里，不管是死是活，还会继续派兵。"

伯特缓慢地却又极其清晰而强烈地意识到：一场人类浩劫正在淹没和吞噬他的整个生命；这个新纪元的峥嵘面目已经显出端倪；安全、秩序和常规将荡然无存。整个世界陷入了大战，就不可能恢复和平，也许，和平从此将不复存在。

他曾以为，目睹的一切都是极为特殊的决定性事件，以为纽约保卫战和大西洋战役都是漫长的和平年代之间所具有的划时代意义的重要事件。然而，它们只不过是大灾变的先兆而已。每天，毁灭、仇恨和灾难愈演愈烈，人与人之间的裂痕日益扩大，文明社会的构架纷纷瓦解。地面上，军队在扩张，人民在消亡；天空中，飞艇和战机恶战不断，淫威肆虐。

思路开阔、眼界深远的读者也许很难理解，为什么生活在这个时代的人们无法相信，科技发达的文明社会竟然走向崩溃，连他们自身也岌岌可危。在这个星球上，科技进步似乎无往不胜，而且永不止息。三百多年以来，欧式文明的扩张势力长盛不衰：城镇不断涌现，人口激增，财富聚敛，新兴国家蓬勃发展；各种思想、文学和知识不断得以发展和普及。作为社会进步的一个组成部分，每年问世的战斗武器似乎型号更大、火力更强，而且军队和炸药的发展规模也远远超过其他事物……

三百多年的扩张之后，收缩之势如同紧握的双拳，顷刻间不期而至。他们无法理解这种收缩，以为不过是前进道路上的挫折、障碍，或只是高速发展所带来的振荡。虽然崩溃之兆随处可见，可是他们仍然不愿相信。如今，大厦将倾，有些人已深受其害，脚下的大地似乎也正在裂开，可是他们仍然至死不悟……

店中的这些人，远离浩劫的中心，他们不过是一个微不足道的小群体，看到的只是细枝末节。他们最为关切的就是如何防止亚洲侵略者抢占石油或毁坏他们的武器和交通线。当时，他们幻想着交通线能迅速恢复，便在各地征集兵员，日夜守卫那个火车站。地面战斗仍很遥远。一个男低音正在那儿起劲地卖弄着他的学问与见识。他满脸自信地告诉大家，德国"飞龙"和美国飞机如何落后，而日本飞机又如何先进。那人话锋一转，又添油加醋地描述起布特里奇飞机，这才吸引了伯特的注意。"我亲眼见过。"伯特刚说完，转念一想便住口了。那个男低音没有注意到伯特，便继续讲下去，一直说到布特里奇的神秘之死。听到这个消息，伯特心里很不是滋味，他再也见不到布特里奇了。原来，布特里奇竟那么突然地离开了人世。

"还有他的秘密，先生们，与他一起消失了！当人们前来寻找时，一无所获。他早把它们藏起来了。"

"他没说起过吗？"戴草帽的男人问道，"难道他就这么突然地死了？"

"一命呜呼啊！先生，他发完脾气之后就中风了，死在英国一个叫作迪姆彻奇的地方。"

"确有此事。"劳雷尔说，"我在报纸上看到过，报上说，当时有个德国间谍盗走了他的气球。"

"是的，先生。"那个男低音说道，"他在迪姆彻奇中风一死，事情就麻烦了，真没有比这更糟糕的。假如布特里奇先生还没有死……"

"没有人知道他的秘密吗？"

"连影子都不见了，全没了。他的气球带着所有的设计图，露了一下面，就在海上消失了。气球掉了下去，消失得无影无踪。"

一片沉默。

"如果有他发明的飞机，我们就能教训那些亚洲战机。只要它们胆敢露面，我们就把那些红色蜂鸟打下来。可现在全完了，又没有时间重新设计。那我们就用手上的武器去战斗——虽然困难重重，也不能阻止我们战斗。绝对阻止不了！但要是有了布特里奇飞机该多好！"

伯特剧烈地战栗起来，他清了清嘶哑的喉咙。

"听我说，"他开口道，"往这儿看，我……"

没有人去看伯特。而那个男低音又把话题叉开了，"我认为……"他信口说道。

伯特变得异常兴奋。他站起来，双手在空中挥舞着。"听我说！"他大声嚷着，"劳雷尔先生，往这边看……我想……有关那个布特里奇飞机的事……"

劳雷尔正坐在附近的一张桌子上，他极有风度地做了一个手势，打断了男低音的宏论。"他想说什么？"他问道。

于是，在场的所有人都注意到了伯特的变化：他的神情激动得近乎癫狂。他语无伦次地说："朝这儿看！听我说！停一停！"然后，他双手颤抖，急切地解开自己的衣扣。

他扯开衣领，打开背心和衬衫，伸手向里面掏去，刹那间，仿佛要掏出自己的心脏。他用力扯下肩上的纽扣，露出一件肮脏不堪的法兰绒护胸。接着，伯特只穿着件不太整齐的低领汗衫，站在桌子上向人们展出一扎手稿。

"就是这些！"他大声地喘息着，"设计图纸！你们知道的！布特里奇——他的飞机！死而复活了！驾驶气球离开的那个人就是我！"

一瞬间，大家都沉默下来。他们的目光从那些手稿移向伯特苍白的脸和燃烧的双眼，又转回到桌上的那扎手稿。人们一动不动。然后，那个男低音又说话了。

"太棒了！"他说道，快乐之情溢于言表，"真是太棒了！简直就是一场及时雨！"

四

店里的人差点又要一拥而上，围着伯特听他说下去，而就在此时，劳雷尔显示出了他的过人之处。"停，先生。"他说着离开了坐着的那张桌子。

那个男低音伸手正要碰到那扎展开的手稿时，却被劳雷尔一把抢了过去，然后递还给伯特。"把它们收起来，"他说道，"放回原来的地方。我们马上就要动身上路了。"

伯特把它们收好了。

"什么？"戴草帽的男人问。

"嗯，先生，我们该去找美国总统，把这些设计图纸交给他。我想，我们还不算太晚吧！"

"总统在哪儿呢？"伯特轻声问道。接下去便是一片沉默。

"洛盖，"劳雷尔说道，他没有回答伯特的问题，"这回必须请你来帮我们。"

没过几分钟，伯特、劳雷尔和店主已经在检查那些堆在店铺后屋里的自行车了。伯特不太喜欢这种自行车。它们全是木质车轮，伯特曾在英国骑过这种自行车，当时又是阴雨天，令他狼狈不堪。不过现在劳雷尔说了算，也就没人敢对他的决定表示反对。

"可是，总统在哪儿呢？"当大伙儿站在洛盖身后看着他给一只轮胎打气时，伯特又重复道。

劳雷尔低头看着他："有报告说，总统就在奥尔巴尼附近——布克榭山外一带。他正竭力四处转移，并利用电报和电话组织防御作战。亚洲航空队正在设法确定他的行踪，他们一旦确定了政府所在地便投掷炸弹，这使得总统行动困难。不过，到目前为止，他们还距离总统十英里之外。现在，亚洲航空队分散在东部各州上空，寻找并破坏着炼油厂以及所有飞机制造厂和军用港口。我们的反击措施还相当有限。不过，有这些飞机，先生，我们的这次行程恐怕会创历史纪录的！"

他凑近点儿，想看清对方的表情。

"我们今晚就能见到他吗？"伯特问。

"哪能呢，先生！"劳雷尔说，"我们要骑上好几天，没错儿。"

"我们能不能搭上火车，或别的什么？"

"不可能，先生，塔努达已经有三天没通车了。空等是没用的，我们要尽快行动。"

"现在就出发吗？"

"现在就出发！"

"可是，今天晚上我们也跑不了多远！"

"趁着我们还不累，还没睡，先动身。还有，要轻装简行。往东走。"

"当然了……"伯特刚开口，便想起了哥特岛上的那个黎明，就没有继续说下去。

他的注意力转移到了护胸里设计得比较科学的那个密封衬垫，有几张设计图纸露在背心外，在风中拍打着。

五

这一个星期对于伯特而言真可以说是百感交集。而其中最令他难以忘却的，是双腿的劳累。他不停地踏着自行车，穿行在这片比英格兰更为辽阔的土地上。这里的群山更高、峡谷更深、田野更广、公路更宽，路旁难得见到树篱，两边的木结构房屋都带着宽敞的外廊。劳雷尔坚毅的背影就在眼前，他总是骑在伯特的前面。一路上，全由劳雷尔打探问路，指点方向，也全靠劳雷尔安排行程。时而似乎与总统取得了电话联系，时而又有意外发生，总统总是不见踪影。可是他们仍然继续前进，伯特仍不停地骑着自行车。有个轮胎漏气了，可他置之不理；车上坐久了，疼痛难忍，可劳雷尔说那是小事一桩。亚洲飞艇从头上飞过，两人便加速躲进树林，直到空中没有敌情。有一次，一架红色的敌机紧紧咬住了他俩，而且飞得极低，都能辨清飞行员的容貌，结果它跟了一英里才悻悻而去。等他们赶到奥尔巴尼时，那儿满目疮痍，一片恐怖。田间无人耕作，饥民四处逃荒。亚洲人早就洗劫了奥尔巴尼，剪断了所有电话线，将交通要冲付之一炬。他俩只在那座空城停了一天，又向东而去。一路颠簸，又有事故频频发生，可是他俩无暇顾及。伯特只盯住前面劳雷尔不知疲倦的背影，费力地踏着车……

一路上的所见所闻偶尔也能引起伯特的注意，令他感到困惑，可他总是匆匆而过，脑海中闪过一系列永无答案的疑问，随即倏然消失。

他看到右侧山旁有间大房子着火了，可是无人去救……

他们路过一座狭窄的铁路桥梁，只见铁轨上停靠着一列豪华的单轨列车——横贯大陆的新型特快专列。乘客们有的在玩扑克牌，有的在睡觉，还有的就在附近的草坡上准备野餐。他们已在那儿停留了六天……

又经过一处，在路边的树林里十个肤色黝黑的男子吊在一根绳上。伯特大惑不解……

他们又路经一个看似安宁的小村子，停下来修补伯特车的轮胎，顺便喝杯啤酒，填填肚子。这时，有个光脚的脏孩子走过来，冲他俩说：

"树林里吊着一个日本人呢！"

"吊着一个日本人？"劳雷尔问。

"是啊。警察在铁道棚里捉住的！"

"哦！"

"他还带着子弹呢。大伙拖着他的腿，把他吊了起来。日本人总是乱放枪，弄得大伙提心吊胆！"

伯特和劳雷尔听完后一言不发。小家伙儿见路旁的这两人并无反应，便老练地吐了一口唾沫，神秘地消失了……

当天下午，他们差点儿撞上一具男尸。那人躺在奥尔巴尼城外的马路中间，子弹从身体里穿透，已有些腐烂了。他一定死了好几天……

离开奥尔巴尼后，他俩又遇见一辆汽车。车胎爆了，一位年轻姑娘正无精打采地坐在驾驶座旁。一个老头儿趴在车底下，手忙脚乱地修理着。旁边还坐着个小伙子，倚着车厢，两膝上架着一把来复枪，正注视着路旁树林里的动态。老头儿见他俩骑近了，便爬出来，两手还撑在地上就朝伯特和劳雷尔说开了。这辆汽车昨晚就爆胎了，他说不知道哪里出了毛病，可还是想修好它。他和女婿对修车都不在行。别人还说这辆车连傻瓜都能用呢。现在，车停在这个鬼地方很危险。路上，他们也被游民袭击过，不得不开枪还击，因为车上载着粮食。他顺带又提了个金融界名流的名字。劳雷尔和伯特能停下来帮他吗？老头儿先是满怀希望地请求，接着便有些迫不及待，最后更是老泪纵横地哀号起来。

"不行！"劳雷尔断然拒绝，"我们还是走我们的路！我们有比挽救一个女人更重要的事要做。我们要拯救美国！"

那个女人一动也不动……

还有一次，他俩遇到一个疯子，正在那儿唱歌……

终于，他们赶到哈德逊郊外一个叫作桃庄的地方，找到了总统。总统正藏身在当地的小酒吧。于是他俩把布特里奇飞机的设计图纸交到他手里。

第十一章
大崩溃

一

文明世界的大厦不堪重负，正轰然解体，并消融在这场战争的熊熊烈焰中。

20世纪伊始，金融和科技文明的颓败之势已初露端倪，并迅速演变成一场全面的崩溃。这场剧变突如其来，仿佛一夜之间大厦倾矣。最初，人们以为，世界几乎达到了财富的繁荣和巅峰。对于居民而言，它也确实看似安如磐石。而现在，当有识之士回顾和评述起这段理性发展的历史，当他们浏览残存的这段时期的文学篇章，倾听当时政客们演讲时的只言片语——虽然这些只是留给后世的稀音微声——但仍可以发现，在这张由智慧和谬误织就的巨网中，最引人注目的，无疑就是对安全的幻觉。当今世界尽管井然有序、科技进步、和平安宁，可是人们仍然对社会组织结构心存芥蒂，颇感畏惧，不像20世纪初那样心满意足。对于我们来说，每一项制度及其相关事物都是偶然和惯例的结合，是机遇使然，而其中的那些法令仅适用于各不相关的场合，与未来所需并无联系。惯例也毫无逻辑，教育更是漫无目标，误人子弟。当时的经济剥削是一种极其疯狂和极具破坏性的掠夺，简直超乎专业人士的想象；其信贷和货币体制建立在与黄金价格挂钩这一不切实际的传统基础之上，显得异常的脆弱。那时，人们的城市生活一片混乱，到处拥挤不堪，铁路、公路和人口居住区杂乱无章地分散在全球各地，毫无规划可言。然而，他们自负地认为，这就是一项牢固、永恒而且进步的社会制度，并且凭借着三百多年来冒险投机、惨淡经营的那点成就来回答那些持怀疑论者："形势总是向好的方向发展。我们会渡过难关的！"

可是，当我们将20世纪初的人类状况与人类以往的任何历史时期相比较，或许就能对那种盲目的自信有所了解。坚信能够永葆好运，终究不是一种富有理智的自信。按照当时的标准来看，形势发展对于他们来说的确是出奇的好。可以毫不夸张地说，全人类在历史上首次实现了丰衣足食；人口统计显示，当时的卫生状况得到了空前的改善；人文学科中有关知识和能力的教育获得了极大的发展，有益于人们的身心健康。普及教育的水平和质量也很快提高：20世纪初，在西欧和美国，只有极少数人还不会读和写。读书人口的数目之大是历史上从未有过的。社会保险也相当普及。普通人可以平安地游遍地球可居住面积的四分之三，还能以低于一名熟练工匠一年的收入环游全球。若将安东尼家族统治下的罗马帝国与20世纪初人类生活的富庶和舒适程度相比，前者显然相形见绌。每年，甚至每月，人类的新成就层出不穷：新的疆域和矿藏得以开发，新的科学发现，还有新式机器！

确实，整个世界三百多年的发展让全人类受益匪浅。不过，也有人说，精神方面的建设并没有与物质文明齐步前进。只是很少有人明白这句话的含义，也只有认清了我们当前所谓的"安全"，才能对此有真正的理解。持久的创造力所具有的作用有时的确不止于抵消偶然性的不良影响和人性中的无知、偏见、盲目热情，以及对私利的贪婪追求。

这种临时性的抵消作用与当时人们的猜测大相径庭，它对于社会发展的影响微乎其微，而其自身的调整又极其复杂。但是，毋庸置疑，这种抵消作用仍然行之有效。他们没有认识到，无限风光的一时幸运实非长远之计。他们甚至沾沾自喜地以为，不必对社会发展抱有任何道义上的责任。他们也没有认识到，社会发展的成败可能性俱在，只有时间才能验证成败。他们精神百倍地各行其是，而对于那些现实威胁却置若罔闻。没有人为人类真正的危机而担心。他们目睹陆军和海军的日益庞大和狂妄，最新型铁甲舰的造价相当于高等教育一年的全部开支；他们积聚弹药和毁灭性武器；他们听任民族主义和猜忌的滋长；他们在各个种族日益接近，又缺乏交流和理解之际，处心积虑地煽动种族仇恨；

在他们的精心扶植之下，报刊等宣传机构一方面对于邪恶势力无所作为，另一方面又唯利是图，与他们同流合污。政府其实完全丧失了对报刊的控制，他们却漠然坐视形势的急剧恶化。无数历史先例讲述的都是一个有关文明崩溃的故事，而时代的危机已昭然若揭。现在，没有人会熟视无睹。

人类事先能够避免这场大空战带来的灾难吗？这是一个毫无意义的问题，就像询问"人类当年是否能够避免亚述和巴比伦的巨大毁灭，或阻止西方帝国的逐步解体！"他们并非不能，而是不愿为之。他们带着不同的目的，投身一场宏伟却又毫无意义的事业。西方世界并非在逐步走向衰微。其他文明都是由强而弱，直至瓦解，而欧式文明却是顷刻间分崩离析。五年之内，它已彻底崩溃。甚至在大空战的前夜，社会不断发展的广阔场景仍历历在目：世界一片安宁，工业高度发达，人民安居乐业，大都市日益膨胀，海洋上轮船星罗棋布，陆地上铁路和公路网四通八达。可是突然间，德国人的机群划过夜空，我们也就走向了毁灭。

二

本故事中已经谈及了德国人的第一批机群对纽约的突然袭击及其造成的难以估量的混乱和破坏。随后，在英国、法国、西班牙和意大利表明其立场后，德国的第二批机群也正整装待发。这些国家对于空战的战备规模不及德国，但是各国都在紧锣密鼓地进行战前准备。它们对德国的崛起以及阿尔伯特亲王的侵略野心保持着高度警惕，并早已采取相应措施，结成了军事联盟，以防止德国的进攻。各国间迅速地协调与合作势在必行。当然，欧洲的第二大空中强国是法国。而考虑到亚洲帝国的威胁以及飞艇对当地文化素质较低人口的巨大心理震慑，英国已在印度北部建立了机场。因此，尽管英国只能扮演一个次要角色，也可以参与欧洲的战事。而且英国本土拥有九到十架大型飞艇、二十多架小型飞行气球和各种试验飞机。就在阿尔伯特亲王的航空队穿越英格兰之前，即伯特还在空中鸟瞰曼彻斯特之际，针对德国攻击的外交斡旋也在进行。于是，机型各异、五花八门的飞行气球齐集伯尔尼的奥伯兰上空，击落并焚毁了二十五架瑞士飞机。那些瑞士飞机在阿尔卑斯山歼灭战中出人意料地进行了殊死顽抗。然后，它们飞离战火后变得一片狼藉的阿尔卑斯冰川和峡谷，兵分两路：一路奇袭柏林，另一路轰炸弗兰克尼机场，以期在德军飞艇发动第二次空袭之前起到威慑作用。

这些空中攻击者在飞离柏林和弗兰克尼之前，用先进的炸弹对两地施行了狂轰滥炸。在弗兰克尼，尚有十二架装备齐全的德机和五架尚未填满弹药的载人飞艇能够升空还击，最后，在一个来自汉堡的"飞龙"中队的增援之下，才打退联军并乘胜追击，柏林上空的险情才得以解除。德国人正竭力抢夺空中的压倒性优势，甚至当亚洲人刚卷入这场战争、亚洲航空联队的先头部队在缅甸和亚美尼亚初次露面之时，德国人早已对伦敦和巴黎展开了进攻。

当这一切发生的时候，世界金融的构架已经摇摇欲坠。随着美军航空队在北大西洋的灭亡、德国海军在北海的不复存在以及全球的四大金融中心数以百万英镑价值的财富在战火中付之一炬，人类才第一次对战争的高昂代价和令人绝望的后果有了清醒的认识。货币信用在抢购风潮之中急剧下跌。人们争相买入黄金的疯狂已呈野火燎原之势，愈演愈烈。天空中，是看得见的战斗和毁灭；地面上，则是更为致命和无情的破坏：曾被人们盲目寄予厚望的金融和商贸体制竟如此脆弱，如此不堪一击！当头顶的飞艇大战正酣之际，地面上的黄金供应已告枯竭。私人的囤积居奇和信用危机如同瘟疫一般席卷全球。短短几周内，货币不是被视作一堆废纸，就是进了地窖、洞穴、墙缝，以及无数的藏身之处。货币无影无踪了，随着它的消失，商业和工业也走入死路。经济界步履维艰，颓然衰败。此情此景，如同疾病肆虐，如同榨取生物体内血液中的水分，如同突然间交流完全中止……

信贷体制的崩溃对人们的内心造成了无比巨大的创伤，而更令人震惊的是，无数亚洲飞艇从天而降，无情地向东奔袭美国，向西征讨欧洲。驻扎缅甸的英印联军主力机群在炮火中灰飞烟灭；德国人在喀尔巴阡山大战中溃不成军；印度半岛狼烟四起，叛乱和内战不息。整个世界陷入了动荡和纷争的泥潭。

一场世界范围的战争必然使整个社会崩溃，无数人失业破产，一贫如洗。战争爆发的头三个星期，每一个工人阶级的聚集区都在闹饥荒。一个月之后，每座城市都以紧急控制的方式取代了普通法令和社会程序，并且运用军队的武装力量维护治安和防止暴乱。另外，在贫民区、人口稠密地区，甚至那些有钱人的居住区，到处饥馑肆虐。

三

经历过起始阶段和崩溃阶段之后，社会进入了历史学家所称的"紧急委员会"阶段。随后的一段时期出现了抵制崩溃的激烈斗争，到处都是和平与暴力之间的对抗。同时，随着充气飞艇演变成杀人武器，这场战争的性质也发生了改变。大机群的空中遭遇战结束之后，亚洲人立即在敌对国防守力量薄弱的地区附近建立牢固的基地，以便发起空中袭击。他们在军队上很有特点，接着，正如故事中所叙述的，布特里奇飞机的秘密重见天日，使得双方力量对比逐渐平衡，空战也不再是决定性因素。布特里奇飞机虽然在大型战役中作用不大，但是极其适用于游击战，而且造价低廉、生产迅速、操作简便、易于隐蔽。该机的设计图纸很快就在桃庄复印出来，并分发至全美各地，有的还送至欧洲，在那儿大量生产。每个人、每个城镇、每个教区都在宣传着布特里奇飞机的制造和使用。不久，不仅中央和地方政府，甚至连绿林盗匪、反叛委员会，以及形形色色的私人机构，都在生产布特里奇飞机。原因在于其构造相当简单，几乎像一辆摩托车。在布特里奇飞机的影响下，战争初期的几大阵营对垒抗衡之势荡然无存，民族、帝国和种族之间的对抗演变成一场无比激烈的大混战。整个世界的格局仿佛从古罗马帝国全盛时的统一和明朗，进入了中世纪诸侯纷争、各自为政的分裂局面。然而此时，置身大崩溃之中的人们已经濒临绝望的边缘，他们拼命抓住每一根救命稻草，企求奇迹的出现。

第四个阶段到来了。在一番与混乱和饥饿的搏斗之后，又出现了人类的宿敌——瘟疫。可是战争并未中止，战旗仍在飘舞。新编的机群照样升空，新式飞艇层出不穷，而世界更是一片黑暗，仿佛已被历史遗忘。

本书无意于讲述更多的故事，更不愿指摘当局的无能致使空战之祸日甚。事实上，所有有组织的政府都像一堆瓷器被巨棒击打得粉碎。在这个恐怖年代的每一天，历史变得更加具体而混乱，更加拥挤而模糊。被击垮的文明世界中并非没有伟大而英勇的抵抗。激烈的社会冲突中涌现出一些爱国团体、兄弟会、市长、亲王以及临时委员会，他们努力试图建立社会秩序，恢复天空的安宁，然而这番心血付之东流。最后，反而是人类技术资源的耗竭才驱走了天空中的飞艇，而地面上的胜利者竟是无政府主义、饥饿和瘟疫。那些伟大的民族和帝国只不过是人们口头的名字。遍地是废墟、待掩埋的尸体，还有面黄肌瘦、神情麻木的幸存者。抢劫成风，治安委员会林立，绿林大盗占山为王，各种联盟和兄弟会时聚时散，饥饿和绝望煽起了宗教的狂热。这是一场大浩劫。

人间脆弱的秩序和福祉如同肥皂泡一样破灭了。短短的五年之内，整个世界和人类生活发生了严重倒退，程度之大犹如古罗马安东尼皇帝统治时期至九世纪的欧洲……

四

在这幕昏暗的灾难场景中，走来一位小人物，也许读者早忘了他。可是本文不得不说，有一个小小的奇迹正等着他。在走过一个失落的黑暗世界、穿越垂死的文明社会之后，我们的伦敦小游侠找到了他的爱德娜！他找到了他的爱德娜！

一半是由于总统先生的一道命令，一半是凭着好运气，伯特横贯大西洋，驶往英国。他用尽心计才登上了一艘经营木材生意的英国方帆双桅船。那艘船卸完货即空舱驶离波士顿，因为船长急着要返回南谢尔德的老家。伯特得以混上船，全凭脚上那双看似船员才穿的橡胶靴。漫长的归途中，事故不断。他们先被一艘亚洲铁甲舰跟踪了几个小时，幸亏有艘英国巡洋舰及时出现。两条战舰迂回着，一面向南驶去，一面相互开火，交战三个多小时，直到暮色和浓云渐渐将它们吞没。几天后，伯特乘坐的船又被一阵大风刮走了舵和主桅。船员们的食品吃完了，不得已捕鱼充饥。他们在亚速尔群岛附近发现有模样古怪的飞艇向东飞去，然后就在特纳里夫靠岸以补充给养和修理船航。在那儿，他们发现该市已被夷为平地，有两艘巨轮载着死尸，沉没在港口内。他们采购了罐头食品和一些修理器材，可是这一举动却激怒了当地的难民，这些人割断船缆，企图将他们赶走。

后来，他们在摩加达停泊并派一条小船上岸取淡水，却差点被阿拉伯人抓住。就在这时，船上的人染了瘟疫，先是厨师病倒了，然后是二副，很快大伙儿都病了，前甲板的三个水手也相继死去。幸好当时风平浪静，他们绝望地随波逐流，向赤道漂浮过去。船长用朗姆酒给他们治病。有九人死于瘟疫，另有四名幸存者不懂航海。最后他们鼓足勇气，利用天上星星指示方向，努力向北驶去。就在食品将尽之际，他们再次遇到一条从里约开往加的夫的柴油船。该船也恰好由于瘟疫而缺少水手，所以很乐意将他们救上船。终于，在经历了一年的漂泊之后，伯特回到了英国。他是在四月明媚的阳光里上岸的，却发现岸上正是瘟疫肆虐。

加的夫的市民正陷入一片恐慌，许多人已逃往山区。伯特他们的这艘船驶回了始发港，而船上残留的食品都被非法的临时委员会没收。伯特步履沉重地在街上走着，城里缺衣少食，疫情蔓延，社会秩序非常混乱。他多次面临饥饿和死亡的威胁，有一次差点丧生在街头暴力中。然而，伯特还是咬牙从加的夫走回伦敦，依稀间，他将伦敦当作了老家，因为他得去找回属于他的爱德娜，而他也不再是一年前坐在布特里奇先生的气球里离开英国的那个人了。精瘦的他，现在皮肤黝黑，目光坚定，一副饱经沧桑的样子。他的嘴从前总是开着的，现在像铁夹子一样绷得紧紧的。他的眉上又划了一道疤，那是在船上打架留下的记号。他在加的夫时，想到该换身衣服，找件武器带上，于是便在一家被遗弃的当铺里搞了一件法兰绒衬衫和一套灯芯绒衣裤，还找到一把左轮手枪和五十发子弹，而这种事在一年前伯特连想都不敢想。他还拿了一块肥皂，十三个月来头一次在城外的溪水中好好地洗了个澡。治安会一开始还在随意地处决街头抢劫者，后来由于疫情扩散，只好就地散伙，或是忙着将城里的尸体运往墓地。伯特在城外徘徊了三四天，一直找不着吃的东西，只得折回，加入医院救护队，这样吃了几顿饱饭，才有力气动身往东赶路。

当时的威尔士和英格兰的乡村非常奇特地将20世纪初期的自信和富庶与中世纪的风貌糅合在一起。所有的农具、住房和单轨铁道，农场的篱栅和电缆，公路和人行道，路标和广告依然保持原样。银行破产，社会崩溃，饥饿和瘟疫对当地没有丝毫破坏，只有那些大都市以及政权的中心才遭受了致命的打击。如果有人突然造访乡村，很少会发现有异常之处。他也许会首先注意到，那些篱栅都需要修缮，路旁的野草丛生，路轨异乎寻常地被雨水锈蚀，两旁的村舍大多关门闭户，电话线垂落在地上，运货车也被丢弃在路边。然而，他只要一想到美味的"瓦尔德"鲜桃罐头，还有餐桌上的"高宝"香肠，马上就会食欲大增。然后，中世纪的风貌便显现出来：路旁的沟渠里时隐时现马的白骨，还有破衣烂衫里裹着的残腿断臂，惨不忍睹。忽而见到一片刚经耕犁、尚未播种的土地；忽而见到一块被牲畜践踏过的玉米田；忽而见到路旁的粮仓着火后被推翻。

伯特很快又碰见一些男子或妇人，他们面呈菜色、不修边幅，也没带武器，正在到处觅食。这些人的气质、眼神和表情都和流浪汉或罪犯相仿，而他们的服饰大多见于富裕的中产阶级或上流人士。许多人都渴望听到新闻，为此甚至愿意以提供帮助或几块肉末或灰色的面包皮作为交换。他们津津有味地听着伯特讲述的故事，还希望伯特与他们待上一两天。邮递分发业务的中断和所有报刊业的倒闭对当时人们的精神生活造成了巨大而痛苦的影响。人们突然间对世界各地的情况一无所知，无奈间又恢复了中世纪谣言散布的古老传统。在这些人的举止、眼神和谈吐中，分明感到他们的灵魂迷失了方向。

当伯特穿过每个地区，并尽量躲离那些暴行和绝望猖獗的中心地带时，发现各地的情况大不相同。在某个教区，他发现高大的房屋被烧毁，牧师的住宅被劫掠，很显然，所有被怀疑藏有粮食的地方都遭野蛮袭击，尸横遍野，社团内的服务均陷于停顿。而在另一处，他又发现训练有素的军人正在努力工作，街头新刷了安民告示，公路和文化教育场馆都有武装人员守卫，疫情得到控制，甚至连护理工作都在进行之中，食品店被严格管理，牲畜受到精心照料，两三个法官、一个村医或农夫正带领群众管理着整个地区。这其实就是 15 世纪自治社团的翻版。然而，这类村庄往往会受到亚洲人、非洲人或其他空中强盗的袭击，他们急需石油、酒精和食品。维护城镇秩序的代价就是令人几乎难以忍受的警戒和紧张的压力。而解决人口较多地区的混乱问题以及消除更为复杂冲突的办法就是四处张贴醒目的告示："隔离检疫"或"闲人禁入"，或者将处死的抢劫犯尸体悬吊在路旁电线杆上。在牛津市郊，房屋顶上的大招牌上则干脆写着"小心流弹"，警告注意所有空中飞行物。

然而，经常有骑自行车的人冒着风险在街上出现。一路上，伯特看到了两次大马力的摩托车载着头戴面具和风镜的身影一闪而过。很少看见警察，但是常有一队队面容憔悴、衣衫褴褛的士兵骑着自行车飞驰而去，当伯特走出威尔士进入英格兰后这种场面更屡见不鲜。这些战士仍在遍地的废墟中继续战斗。伯特曾想过，如果饿极了，便去济贫院过夜。可是有些济贫院已关闭，其他的也改作临时医院。有一次，他在黄昏时来到格鲁塞斯特郡一座村子旁的济贫院，却发现那里大门敞开，冷清得像座孤坟，而且更令人恐怖的是，走廊上充斥着恶臭味，遍地是裸露的尸体。

伯特由格鲁塞斯特郡向北行至伯明翰郊区的不列颠空军基地。他希望受到关照，并能得到食品。因为在那儿，英国政府或者至少是作战部，仍然作为一个有力的实体存在着，并且在大崩溃和社会灾变中，它正集中力量使米字旗继续在空中飞扬，还在设法使各地基层领导组织重新恢复工作。他们已经把该地区幸存的能工巧匠集中起来，并向周围的基地提供食品，还在抓紧制造更大型号的布特里奇飞机。伯特对这项工作无能为力，因为他的技术还不够熟练，他曾在那场大战中去过牛津市，可是那些产品都遭毁坏。他在一个叫野猪岭的地方见识了那场战斗的一鳞半爪，目睹亚洲飞行中队越过山岭向西南飞去，然后其中的一架战机在朝南飞行时被两架战机追击，最后被击落，在悬崖上撞崖自焚。可是，伯特对战斗的全貌仍然知之不多。

伯特从伊顿启程渡过泰晤士河，来到温莎市，又沿着伦敦的南郊前往班希尔。回家后他才发现，他的兄长汤姆大病初愈，显得又黑又瘦，正虎视眈眈地守着那家老店，而杰西卡正气息奄奄地病倒在阁楼上，满口说着胡话。在昏迷中，她语无伦次地向顾客们唠叨着，又不停地责怪汤姆太磨蹭，耽误了给汤普逊太太送土豆或是给霍普津斯太太送花椰菜。其实小店买卖早就停了，而汤姆竟也学会了两手"高招"：捕捉老鼠、麻雀，以及从那些被抢的食品店里搞到谷物和糕点，并偷偷地隐藏起来。汤姆带着点拘谨，向伯特迎了过来。

"天哪！"他喊道，"你是伯特！我猜想你是该回来了。看到你回来可真高兴。可是，我实在没有东西给你吃，连我自己也正饿着。伯特，这么长时间你都去哪儿了？"

伯特一眼便瞥见吃了一半的菜根，他装作没事似的宽慰起汤姆，又零零星星地讲述起在外的经历。正说着，伯特突然看见柜台后遗落着一张黄色的便笺，那是留给他的。"这是什么？"拿起一看，竟是爱德娜一年前写给他的。"她来过这儿，"汤姆轻描淡写地回忆道，"是来找你的，还要我们收留她。那时刚打完仗，克拉法山上也着了火。我本来是要收留她的，可杰西卡不肯。她只好向我借了五个先令就走了。我还以为她都跟你说过了。"

伯特读着便笺，是的，她只好走了，只好去找住在霍谢姆的叔叔和婶婶，他们在那儿有一家砖厂。于是伯特又赶了两周的路程，千辛万苦地来到霍谢姆，才找到了她。

<h1 style="text-align:center">五</h1>

伯特和爱德娜久久地凝视着对方，傻傻地笑了起来。他俩的变化有多大啊，浑身破衣烂衫，满脸都是惊讶。然后，两人号啕大哭起来。

"噢！伯特，亲爱的。"她哭诉道，"你来了——你终于来了！"说着张开双臂迎上来，"我告诉过他。可他说，如果我不嫁给他，就要把我杀了。"

爱德娜还是没有嫁给别人。于是，伯特在她情绪稍稍稳定以后的叙说中明白了事情的原委。原来，乡间的那块土地早已落入一伙地痞恶棍手里，为首的那人名叫比尔·高乐，他出生在一个屠户家里，长大后好勇斗狠，称霸乡里，后来就成了职业"打手"。最初，还由一个本地的乡绅管着他们，可是后来不知怎的那个乡绅失踪了，比尔独揽大权，变本加厉地鱼肉乡里。他们口口声声要"改良种族"，制造"超人"，其实就是要以比尔为榜样，强迫村民对他唯命是从。有一天，爱德娜正在猪圈里喂猪，被比尔碰见。他看上了爱德娜，便缠着她，让她嫁给他，爱德娜当即严词拒绝。可是比尔哪肯罢休，爱德娜说，他随时可能会来。说完，她便紧紧地盯着伯特的双眼。现在仿佛又回到了野蛮时代：男人为了爱情必须决斗。

如果按照中世纪的骑士传统，伯特当即就会冲出去，向他的情敌宣战，然后择定决斗的时间和地点，拼个你死我活。当然，只要凭着奇迹和爱情的力量还有好运气，伯特会获胜的。可是，决斗并未发生。伯特小心翼翼地将左轮手枪上满子弹，然后坐在靠近砖厂的那间屋子里，神色焦虑而茫然地听着有关比尔及其所作所为的描述，思索着什么。突然，爱德娜的姊姊哆哆嗦嗦地喊道，那个家伙来了。他正带着两个同伙穿过大门，径直走来。伯特迅速起身，将爱德娜一把推开，向外望去。只见那些人一律体格强壮，身穿红色高尔夫夹克式制服和白色毛线衫，内着足球汗衫，脚穿长筒袜，蹬着皮靴；每个人还戴着花里胡哨的头饰，比尔戴着的那顶女式帽上插满了鸡翎，另外两个人则是软塌塌的牛仔宽边草帽。

伯特叹了口气，站直身子，满脸若有所思的样子，而爱德娜则吃惊地看着他。妇人们惊慌失措，呆立在那儿。只见伯特离开窗口，不慌不忙地走到过道里。他微微皱着眉头，仿佛全神贯注地想着什么问题。"爱德娜！"他大声叫道，她刚跑过来，伯特便打开了前门。

他指着为首的那个人，冷冷地问："就是他吗？……肯定吗？……"爱德娜应声刚落，伯特扬手一枪，子弹非常精准地穿透了那个人的前胸。紧接着，第二枪又击中一个随从的头部。另一个随从见势不妙，掉头欲走。伯特追赶上，补了一枪，那人惨叫一声，捂着伤口，夺路逃去。

伯特手里仍举着那把枪，若有所思地站着，全然不顾身后的那帮女人。

伯特的头脑很清醒，如果不及时采取对策，他马上就会被当作刺客送上绞架。于是，他来不及与那些女人细说，便跑回到一个小时前在寻找爱德娜的路上经过的那个乡村小酒店，并从后门溜了进去。酒店里闹哄哄的，一帮粗野汉子喝得醉醺醺的，正毫无妒忌地议论着比尔的风流韵事。伯特不动声色地露出他那把子弹满膛的左轮手枪，开门见山地说要自立山头，带着大伙儿成立一个"治安维持会"。"本地需要成立个维持会，咱们几个就联手成立一个！"他摆出一副在江湖上有不少弟兄的架势。其实，除了爱德娜、她的婶婶和两个侄女外，他只是个光杆儿司令。

一时间，伯特居然将众人震住了。他们以为，他只是一个疯子而已，初来乍到，竟不知这儿早有比尔了。他们想着先把伯特稳住，然后再收拾他。于是，又有人说起比尔。

"比尔死了，"伯特说道，"我刚才把他干掉了。我们不用再去想他了。他死了，还有那个红头发的眯缝眼，也被我一块儿打死了。我们要掌管这儿的一切，比尔的那套不再管用了。他糟蹋民女，胡作非为，如果还有人效仿，就和比尔同样的下场。"

治安维持会就这么成立了。

比尔的尸体被草草地掩埋了，而伯特的治安维持会（当地至今仍沿袭这一称呼）则一直生存了下来。

　　本书中有关伯特的故事该结束了。我们就让伯特和他心爱的女人留在远离尘世的威尔德，安度自给自足的农耕生活吧。以后的日子不外乎是男耕女织、柴米油盐、生儿育女罢了，直到克拉珀姆、班希尔和科学时代的所有生活都变成伯特脑海中梦幻般的回忆，渐渐远去。他不知道空战是如何继续下去的，也不知道它是否仍在继续。时常有飞艇来去的流言，以及关于伦敦战事的传闻。有几次，干活的时候，飞艇的阴影投了下来，可他已弄不清它们是从哪里来，又往哪里去。由于经常挨饿，他连说话的欲望都没有了。有时，强盗和小偷来骚扰乡里；有时，牲口染病，缺少食物；还有一次甚至野猪袭击村庄，伯特每次都带领维持会，为民除害。他经历了无数次惊涛骇浪，但每次都化险为夷。

　　不幸和死亡多次光顾伯特一家，每次又都擦身而过。他们相亲相爱，同甘共苦，相濡以沫。爱德娜给他生了许多孩子——先后共有十一个，只有四个因为生活艰难，不幸夭折。他们都活了下来，一直勤劳地工作着，年复一年地过着平静的生活。

尾声

　　这是一个明媚的夏日清晨，距德国机群发起第一轮进攻的日子正好三十年。有位老人带着个小男孩在班希尔的废墟中寻找一只走失的母鸡，然后就朝着水晶宫残破的小尖塔走去。老人的年纪不算太大，其实，他刚六十三岁，可是，常年俯身耕田犁地，肩扛树根和粪肥，以及无尽的日晒雨淋，他的腰早就被压弯了，躬着的脊梁宛如一把镰刀。而且，他的牙齿也快掉光了，又影响到消化，连皮肤和脾性都有了变化。从面容和表情来看，他酷似曾经给彼得·博恩爵士当过车夫的托马斯·斯莫尔韦兹。不过长得像也是应该的，因为他就是托马斯·斯莫尔韦兹的儿子汤姆·斯莫尔韦兹，他从前就在班希尔的公路边的单轨高架铁路桥岔道下开了一爿蔬菜水果店。可是，现在已没什么水果店了，汤姆的境况也很糟糕，他就住在一块建筑工地旁废弃的屋子里，就在那块尚未动工的空地上种养点什么东西。他的妻子杰西卡现在骨瘦如柴，满脸皱纹，头发全秃了，可依然勤快能干。夫妻俩就住在楼上，客厅和厨房都有法式窗户，正对着外面的草坪。杰西卡在底层周围的空地上养了三头奶牛和一大群肥肥的母鸡。

汤姆夫妇都在返乡难民团之列，返乡难民的总数大约有一百五十人，在经历了战争带来的恐慌、饥饿和瘟疫的连番袭击之后，他们大都重返故里，在新的环境中安顿下来。他们告别了稀奇古怪的各式避难所和藏身之地，在那些熟悉的旧宅中居住着，为了生存而与自然艰难地抗争着。现在，寻找食物已成为他们生活的主要乐趣。这个小小的群体已经从先前城郊寄生虫似的生活习惯，回归到自远古时代以来人类的正常生活。在这种生活中，家庭经济与奶牛、母鸡和田地保持着最密切的联系，空气里充满了母牛的气息。这就是从人类历史之初直到科技时代开始的欧洲农民的生活，也是绝大多数亚洲人和非洲人所习惯的生活。曾几何时，似乎通过机器和科学文明，欧洲摆脱了这种永恒循环的牛马般的苦役生活，美国也正在极力挣脱这套枷锁。然而，随着工业文明这一高岸、危险而宏伟的大厦轰然坍塌，普通人终于回归土地，回归粪肥的时代。

昔日的盛况仍不时萦绕在这个小群体的回忆中，他们聚集一方，沿袭旧时陈规，俯首听命于巫医或牧师。世界重新认识了宗教，认识到有必要使这些社团联合起来。在班希尔，这副重担落在一位年长的牧师肩上。他布讲的信仰既简单又充分，那就是遵照上帝的旨意，终身戒绝酒色的诱惑。很久以来，"酒"已被剥夺了作为物质的使用价值，而成为纯粹的精神概念。当然，这个概念在班希尔是为了过节庆祝之用，偶尔在伦敦人的地窖里找到的那些威士忌和葡萄酒毫不相关。牧师就在每个周日布讲信仰，而平日里只是一个慈祥和蔼的长者，唯一不同之处就是在他每天洗手或洗脸时表现出的那种优雅气质。另外，他还精通宰猪之道。每个周日，牧师就在贝肯姆破败的教堂里布道，于是，整个乡间居民的穿着打扮使人不由回忆起爱德华时代的都市风尚。所有男子都毫无例外地穿上礼服大衣和白衬衣，头戴高礼帽，虽然许多人连靴子都没穿。在这种场合，汤姆格外地与众不同，因为他戴着镶金边的高礼帽，穿着一套绿色的衣裤，那些都是他从城里银行地下室内一具骷髅身上弄来的。女人们，甚至杰西卡，都穿着短上衣，也戴着硕大的帽子，帽边奢侈地装饰着假花和异国情调的鸟毛——北方的小店里常卖这些玩意儿。孩子们（当地的小孩儿并不多，因为班希尔有许多小孩儿刚生下来就被那些莫明其妙的疾病夺去了生命）也穿上了裁剪过的大人衣服，就连斯特金戈的小外孙也戴着高礼帽。

这便是班希尔周日的服装打扮，这些从科学时代幸存下来的时尚真令人觉得奇异而有趣。在平常的日子里，人们衣衫褴褛，肮脏不堪：身上裹着猩红色的棉布、麻袋片、窗帘布或碎毯子，走路时不是光着脚丫，就是趿着一双粗笨的木屐。读者们须明白，这些人原先都是城里人，现在沦为乡野村夫，因此乡野村夫所掌握的任何简单手艺他们都没有。在好多方面，他们都出奇地退化和无能。他们不知道如何纺纱，即使有布匹也不会裁衣。为了遮羞，甚至被迫去周围的废墟里捡破烂。他们以前掌握的技艺全部丢失，而且随着现代排水系统、供水系统、商店购物等的中断，他们文明的生活方式都已经毫无用处。他们的厨艺比原始人还要差，只是在壁炉的炭火上将食物胡乱搅和而已，烧糊烤焦是家常便饭。烘焙和酿酒更是闻所未闻。

他们工作时，就穿着麻袋或别的粗布，用绳子系紧，里面塞着棉絮和稻草以御寒，模样看上去古怪、臃肿。汤姆带着小侄子寻找母鸡是在一个工作日，因此就是这么一身装束。

"好了，特迪，你终于到了班希尔。"老汤姆开口道。他们刚走出杰西卡的视野，便放慢了脚步，"你是我看到的伯特家最后一个男孩子。我见过小伯特、希西、玛特和汤姆——他给我取了名字，还有彼得。带你来这儿的那些人一路上还老实吗？"

"我对付得了。"特迪答道，他还是一个瘦骨伶仃的小男孩。

"路上没要把你吃了？"

"他们还不错。"特迪说，"靠近利特海德的路上，我们看到一个男人骑着自行车。"

"天哪！"汤姆说，"现如今，像这样的人可不多啊！他往哪儿去了？"

"他说，如果路好走，他就去道肯。可我怀疑他能不能到那儿。布福德到处发洪水。我们就翻过一座山，叔叔，他们叫'罗马道'，那儿又高又安全。"

"没听过。"老汤姆又说,"说说自行车!你肯定那是自行车?有两个轮子?"

"没错儿,就是辆自行车。"

"啊!我想起来了,那时你还小,刚能站起来。来了数不清的自行车,就在这儿——那时,这条马路平整得像块木板,二三十辆自行车来来回回地骑着,有自行车、摩托车、小汽车,还有各种各样带轮子的家伙。"

"是吗?"特迪问。

"哪能骗你!他们整天跑着——有成百上千辆哪!"

"他们要去哪儿?"特迪又问。

"往布莱顿赶路。我想,你从没见过布莱顿——沿路下去,到海边就是了。那儿从前是个好地方——从伦敦来回跑。"

"为什么呢?"

"他们就是这么走的。"

"可是,为什么呢?"

"那只有天晓得了,特迪。他们就这么走。然后,你就看到一个大家伙,像一枚生锈的大铁钉竖在那儿,比所有房屋都要高,就在那么远的地方。然后,又不知怎地落了下去,就落在那些房屋中间。那是一条单轨铁道,也是通往布莱顿的,每天都有许多人路过,车厢有房子那么大,里面挤满了人。"

小男孩儿审视着眼前依稀难辨的遗迹,就在那条满是牛粪的窄窄的泥沟旁,从前竟是繁华的商业街。他显然很怀疑,但遗迹就在那儿！他怎么也想不明白。

"他们都去干什么呢？"他问，"那么多的人？"

"他们必须去。那个时候，全世界都忙忙碌碌的。"

"是吗？他们又从哪儿来呢？"

"特迪，这儿附近那些房子里都住着人，而沿着这条路，房子多，人也更多。你可能不信我说的，特迪，可这是千真万确的。你可以沿着这条路不停地走下去，一直能看到更多的房子，真是没有尽头，房子也越来越大。"老汤姆的声音低了下来，似乎在念叨着一些古怪的名字。

"是伦敦。"特迪说道。

"而现在，它已经空空荡荡了，你整天也见不着一个人，只剩狗和猫在捉老鼠。等绕道经过布朗利和贝肯姆，才会看到有肯特郡人在赶猪。（他们倒也真能吃苦！）只要太阳一升起来，那儿静得就跟坟地一样。我白天去过那儿——总是这样。"老汤姆停顿一下。

"在空战、饥荒和瘟疫之前，那些房子和街道上都挤满了人。到处都是人，特迪，可是很快就看到遍地的死尸，你恐怕沿路走不到一英里，就会被死人的恶臭味熏得掉头就跑。瘟疫让他们全死绝了，连猫、狗、鸡和虱子都逃不过。真的，全死光了！只剩下我们几个活了下来。我算是命大，而你婶婶头发也掉光了。你看，现在房子里面还有骷髅头呢！我们以前沿着这儿走，钻进房子里面，拿走我们要的东西，还把死人埋了。可是往那边去，诺伍德方向，那些屋子的窗户上都安着玻璃，家具也没人动过，满地灰尘，全倒塌了，地上是死人骨头，有的躺在床上，有的就在屋旁，就像二十五年前死于瘟疫时的情景。我进了一间屋子。那是去年的事，我和希金斯那老头儿一起干的。有间屋子里还有书，特迪，你知道什么是书吗？"

"我看过书，我看过有图画的书。"

"是啊，到处都是书，特迪，有几百本书，真奇怪！那些书不是发霉，就是干得像灰。我可不想去碰它们——我从来不喜欢读书——可希金斯偏要碰。'我想找一本书翻翻'他说道。我说：'你行了吧。'他说：'我行。'就笑嘻嘻地找出一本，打开来读。我也在边上看着，特迪，书里有一张很漂亮的图片，有些女人和蛇在一个花园里面。我从没见过这种东西。'这个适合我，'希金斯说，然后，还亲密地拍了拍那本书……"

老汤姆·斯莫尔韦兹故作玄虚地停顿了一下。

"然后呢？"特迪急着问。

"那本书一下子就变成了灰，白色的灰！"他又更加神秘地说道，"那天，我们就再也不去碰别的书了。以后再也不敢了。"

很长一段时间，两人都一言不发。然后，汤姆一边想着这个极其吸引自己的话题，一边重复："整个白天，他们静静地躺着——静得跟坟地似的。"

特迪想到了什么，"他们晚上也躺着吗？"他问。

老汤姆摇摇头："没人知道，孩子，没人知道。"

"可是他们又能干什么呢？"

"没人知道。不过，也不是没人说起过他们。"

"真的？"

"有人说起过一些故事，"老汤姆说，"那些故事也不知道是真是假。我总是天一黑就回家，躲在屋子里，我又能说些什么呢？可是传闻我也听到过一些，听人说，剥下死人的衣服是要倒霉的，除非它已变成白骨。还有的人说……"

小男孩紧紧地盯着他的叔叔，"说什么？"他问。

"说的全是晚上的事，借着月光赶路时出的事。我早忘光了。那时，我还躺在床上睡大觉呢。如果你听了这些事儿——天哪！大中午在野外走路也会害怕的。"

小男孩四下张望一下，再也不问了。

"他们说，有个贝肯姆的猪倌在伦敦走失了三天三夜。他喝过威士忌之后就去切普赛德，结果在废墟堆里迷了路，到处转悠。他转了三天三夜，走了无数条道，就是找不着回家的路。要不是他还记得几句《圣经》里的话，早就没命了。他白天赶路，晚上就……白天死一样的安静，直到太阳落山以后，天色越来越暗，接着，他先是听到沙沙的声音，后来又是噼噼啪啪的像是急急忙忙的脚步声。"

他又停顿下来。

"后来呢？"小男孩屏住了呼吸，"快说，后来呢？"

"传来了手推车和马的声音，还有马车的声响，接着是口哨声和尖叫声，听得他两腿发软。然后，就有许多人出现了，他们有的在街上急急忙忙地走，有的在房屋和商店里忙乎着，有的坐在车里飞奔，路灯和窗户上都有月光。那些人，特迪，他们不是人啊，他们全是那些死人的鬼魂，他们活着的时候全挤在这几条街上。他们像雾和水汽一样从猪倌身边经过，根本没有注意到他，特迪。他们有时很高兴，有时又很可怕，可怕得不晓得该怎样形容。猪倌又跑到一个叫皮卡迪利的地方，那儿亮得和白天一样，人行道上挤满了穿着漂亮的男男女女，路旁还停着马车。他刚看清楚些，那些人的脸上顿时露出了邪气。而且，好像他们也都突然看到了猪倌，那些女人开始盯着他，冲他说着些可怕的、狠毒的话，有个女人还走到他面前，死死地盯着他的脸。而她根本就没长脸，只剩一张涂脂抹粉的脑壳，猪倌再往四下一看，发现他们竟然全都一样。他们一个接一个地向他挤过来，说着些吓人的话，还要抓住他，威胁他，连哄带骗地把猪倌吓得丢了魂。"

"啊！"特迪喘着气，半天说不出话。

"幸亏他还记起《圣经》里的话，才救了自己的命。'我有上帝保佑，'他念道，'所以，我无所畏惧。'立刻，传来了公鸡叫的声音，街上就变得空无一人了。然后，上帝又展现出了仁慈，指引他找到了自己的家。"

特迪瞪着眼，又提了个问题，"可是，住在那些房子里的人都是谁？"他问，"他们都是干什么的？"

"他们都是生意人、有钱人。可是钱又有什么用呢？等到一切都毁了，钱也不过是一堆纸。可你是没见到过那么多的钱！街上人行道走不了，买东西的时间，女人和男人都在买东西。"

"可是，他们在哪儿买吃的和用的东西？"

"在商店里买，就像我以前开的店。等我们回家的时候，特迪，我指给你看。大家现在不知道什么叫商店——平板玻璃窗户——他们什么都不懂。可是，想当年，我也风光过一阵！你得睁大双眼才能看清我的店里都有些啥。整筐整筐的梨都快堆成山了，还有新鲜番茄、苹果、好吃的大坚果。"他的声音里满是诱惑，"还有香蕉、橘子。"

"香蕉是什么东西？"孩子问道，"橘子又是什么？"

"都是水果，甜甜的，有很多汁水，味道好极了。全是外国货，从西班牙、纽约和其他地方运来的，用轮船或别的什么来运，从世界各地运到我店里来卖。我就是卖水果的，特迪！可是看看现在你面前的我，穿着又破又旧的麻袋片，找着丢失的母鸡！从前的时候，大家都到我店里来，那些漂亮的女士你连做梦都想象不出来，她们打扮得漂亮极了，问道，'哎哟，斯莫尔韦兹先生，今天早上您店里都有些什么呢？'于是我答道，'啊，我这儿有一些很棒的加拿大苹果，'或者说有些新鲜的番茄。后来呢？她们就买，临走时还会说，'请再帮我拿点送回家。'天哪！那时候的日子！买卖兴隆，商品漂亮，身边是汽车、马车开来开去，满街的人，还有街头的手摇风琴、德国乐队。来来往往，没个停！要不是这些空荡荡的房子，我会以为这全是一场梦。"

"可是，叔叔，这些人是怎么死的？"特迪问道。

"这是一场灾难。"老汤姆说，"在他们发动战争之前，一切都是好好的。一切都像时钟一样正常，人人都很忙，很快乐，每天都能吃上一顿可口的饭菜。"

他看到小家伙眼里闪着怀疑的目光。"每个人，"他肯定地说，"如果你在别的地方吃不上，那就去济贫院，可以喝上一大碗美味的热粥，还有一块现在根本吃不上的面包，那是地道的白面包，是政府发的。"

特迪感到很惊奇，可没说一句话。汤姆的这席话让他觉得很饿，可他还是竭力忍住了。

有一阵子，这位老人纵情地回忆起当年的种种美味，双唇蠕动起来。"腌泡菜！"他轻声地说，"香醋……荷兰乳酪，还有啤酒！再点上一斗烟叶！"

"可是，那些人究竟是怎么死的？"特迪紧接着问。

"战争来了，那只是一个开头。突然到处都是战争，其实，战争中死的人并不多，只是它把世界搅乱了。坏人来了，他们在伦敦放起大火，又把从前停在泰晤士河里的船全烧沉掉了，几个星期里都是烟雾腾腾。他们又往水晶宫里扔炸弹，到处搞破坏，还把铁路线也毁了。可是说到杀人，如果他们真的杀了人，那也是意外事故。他们自相残杀得更多。有一天，特迪，天上也打起来了。那些大家伙，比五十间屋子还要大，比水晶宫还要大——大得多，就在天上飞着，对打着，死人一个劲儿地往下掉。真可怕！

可是，战场上杀死的人远没有生意断了以后害死的人多。特迪，那时没有生意可做了，也没有了钱，即使有钱，也没有东西可买。"

"可是，他们又是怎么死的？"小男孩趁着汤姆喘口气的工夫，又问。

"我会告诉你的，特迪。"老头儿说道，"接着，生意便中断了。突然之间，似乎就没钱了。只剩下支票——那是一种往上填数的纸，跟钱也差不多——只要你认识那个用支票的人，那么它就和钱一样。可是，一夜之间，支票也没用了。我手头还有三张支票，其中两张我还给找了零钱。接着，五磅面值的钞票作废了，然后银票也没用了，就连黄金也换不到任何东西。伦敦的银行收购了所有黄金，最后，银行也倒闭了。所有人都破产了，所有人都失业了。所有人！"

汤姆停了一下，审视着听他说话的人。只见小男孩机灵的脸蛋儿上全是茫然不解的疑惑。

"这就是事情的经过。"老汤姆说着。他想换一种表达方式，"这就像让闹钟停下来，"他说，"世界安静了下来，要命的安静，除了天空中还有飞艇在打仗，然后，人们开始骚动起来。我还记得最后那个顾客，他的确是我的最后一个顾客。他叫摩西·葛洛克斯坦，是一位城里的绅士，很喜欢买我的芦笋和洋蓟。那天，他突然上门——好几天没有顾客上门了——很快地跟我说，要买下我店里所有的东西。他说，他打算试试投机生意。他说，这就是一场赌博，而且他很可能要蚀本，可是不管发生什么，他已经铁了心。他自称一直在赌。他又说，我只需把货物过一下秤，他马上付给我支票。于是就发生了争执，当然，双方的态度还是很和气的，可是还得争个清楚：支票到底有没有用。正在他解释的时候，来了一大群失业的人，扛着一面让人们看的大旗——那时候人们都识字——上面写着'我们要吃的'。有三四个人突然闯进我的小店。

"'有吃的东西吗？'一个人问。

"'没有，'我回答道，连卖的东西都没有了。我真希望还剩下点什么，可是如果我有吃的东西，恐怕也不会给你们。这位先生，他来向我开价……"

葛洛克斯坦先生想阻止我说下去，可是晚了。

"'他向你开什么价？'一个大胖子手里拿着短柄小斧，粗声喝道，'他向你开什么价？'"我只得招供。

"'好家伙，'他说道，'这儿又有个资本家！'于是，当即把摩西拖了出去，吊在路旁的灯柱上。而摩西没有丝毫的反抗。我问了他一句，他啥也没说……"

汤姆沉思片刻，"他是我看到的第一个被绞死的人。"他说道。

"那时你有多大？"特迪问。

"大概三十岁吧。"老汤姆说道。

"那有啥了不起！我不到六岁，就看过几个偷猪的人被绞死了。"特迪说，"那时，我的生日快到了，爸爸就带我去见识那血淋淋的场面……"

"可是，你从没见过汽车轧死人吧。"老汤姆刚闪过一丝的懊悔，便又接着说道，"还有，你也没见过死人被抬到药店吧。"

特迪瞬间的得意劲儿变得无影无踪了，"是啊，"他说，"我从未见过。"

"将来你也见不到了，永远见不到了。我经过的事儿你再也看不到了。即使你活到一百岁也没用……接下去说吧，那就是饥荒和骚乱的开始。接着是闹罢工和社会主义，还有些搞不太清楚的事儿，情况越来越不妙。到处是战斗、枪杀、放火和抢劫。他们闯入伦敦的银行，抢夺黄金，可黄金又吃不得。我们怎么办呢？哎，我们只有一声不吭。我们没去招惹谁，也没有谁来打搅我们。我们还剩点土豆，后来就靠吃老鼠活命。我们的房子年代久了，所以老鼠多，饥荒似乎也拿它们没有办法。我们总能捉到老鼠，可是周围大部分人的胃受不了老鼠，好像不喜欢。他们习惯各种虚头巴脑的东西，最终被活活饿死了。

"饥荒来了，饿死了不少人。那时，瘟疫还没有发作，可是夏天刚过完，就有许多人病倒了。我到现在都记得当时的情景！我是最先染上瘟疫的。那天，我想出去捉个老鼠，就跑到那块地里去看看，还想着运气好能捡到个掉在地里的小萝卜头，可是突然间头晕眼花。你想象不到有多疼，特迪，疼得我直不起腰。当时，我就昏倒在那儿，那个角落，后来你婶婶找到了我，像拖麻袋似的把我拖回家。

"要不是你婶婶，我的病也好不了。'汤姆，'她对我说，

'你一定要好起来。'我必须要好起来。然后，她又病倒了，不过，病得不是很厉害。'天哪！'她哼唧着，'我觉得自己马上要入土了！'这是她的原话，真是大惊小怪。可是那场病后，她的头发全掉光了，她又不喜欢带我给她弄来的假发——那是从教区花园里一位老太太那里搞到的。

"再后来，就是瘟疫——夺去不少人性命。特迪，你还不能把尸体埋了，连猫、狗、老鼠和马也死了很多。最后，每个屋子和花园里都堆满了死尸。往伦敦去的那个方向，一路上全是死人的恶臭味，叫人无法喘气，我们只得离开原来住的那个街道，搬到新找的房子里。河水都断流了，只有下水道里、沟里还有点污水。没有人说得清楚瘟疫是从哪儿来的，各有各的说法。有人说是吃老鼠引起的，有人说是饿出来的，还有人说是亚洲人从什么地方带来的，我猜，在那瘟疫伤不到任何人。我只知道这场瘟疫紧跟着饥饿，而饥饿又跟着恐慌，恐慌又是紧跟着战争来到的。"

特迪想了想，"瘟疫是怎么发生的？"他问。

"我不是跟你说过了！"

"可是，他们为啥要恐慌呢？"

"他们真的害怕了。"

"可是，他们为啥又要开战呢？"

"他们自己都住不了手！造了飞艇真是自作自受！"

"战争是怎么结束的呢？"

"恐怕，只有上帝，"老汤姆说，"只有上帝知道战争是不是结束了。这儿常有人路过——两年前的夏天，有一个过路人——他说，战争还在打着呢。他们说，大队的人马正源源不断地往北方来，有德国、美国和其他地方的人马。他还说，他们都有飞机、毒气和别的武器。不过，我们已有七年没见到飞机在天上飞了，也没有人来过。最近，我们才看到有架破破烂烂的飞机飞过，就在那个方向，它样子很小，还向一边侧着身，看上去出了点毛病。"

他朝着篱笆墙走过去，一直走到那个墙上的豁口前才止住，以前这儿住着他的邻居——牛奶工斯特林格先生。汤姆当年就是倚着这堵墙观看南英格兰航空俱乐部星期六下午的气球升空的。模糊的记忆似乎又清晰起来。

"那边，路的那边，用红砖砌的、亮闪闪的地方，是一家瓦斯厂。"

"什么是瓦斯啊？"小男孩问。

"哦，那是一种看不见、摸不着的玩意儿，你把它充入气球，气球就能升到天上去。我们在用电之前，一直用它点灯。"

小男孩凭着老汤姆说的那些，努力地想象瓦斯是什么，但就是想不出来。然后，他又想起了刚才的问题。

"可是，他们为啥不结束战争呢？"

"他们都很顽固。每个人都受伤了，可是每个人也都在伤害别人，人人都斗志昂扬，都很爱国，所以，世界也就毁在他们手上。他们还在破坏着，最后，也就只剩下了绝望和野蛮。"

"应该结束战争啦。"小男孩说。

"它本来就不应该开始，"老汤姆说，"可是人们太狂妄、太傲慢了。他们吃得太多了，也喝得太多，就一点也不在乎了。让他们让步，不可能！然后，就没有人可让步了，没有人！"

他若有所思地舔着干瘪的牙床，目光渐渐越过山谷，移向太阳下的水晶宫，那些残破的玻璃窗正在阳光下熠熠闪亮。一种忧郁而剧烈的苍凉，伴着无可挽回的失落感，涌上他的心头。他坚定而徐缓地重复着自己对眼前这一切的最后评价。

"你尽可以有自己的想法，"他说道，"可是，这一切本来就不应该发生的。"

他说起来很容易——某地某人早应该停止干某事，可是，对于究竟是谁，该怎样停止，为什么停止，又非他力所能及了。

H.G. 威尔斯年表

1866 年　9 月 21 日，出生于伦敦肯特郡布罗姆利。

1874 年　进入布罗姆利学院读小学。

1880 年　在温莎一家布店做了一个月的学徒工。

　　　　在萨默塞特一所乡村学校担任很短一段时间的小学老师。

1881 年　在米德赫斯特给一名药剂师当学徒。

　　　　在米德赫斯特语法学校学习。

　　　　在南海镇一个布料市场当学徒。

1883 年　在米德赫斯特语法学校担任小学老师。

　　　　拓宽自学范围，开始广泛学习自然科学和政治经济学。

　　　　为参加全国理科考试做准备。

1884 年　进入伦敦肯辛顿科学师范学校（皇家科学院的前身）学习，主修由托马斯·赫胥黎授课的生物学和动物学。

1885 年　在夏季考试中获得一等荣誉，再次获得奖学金。

1886 年　很快对主课失去兴趣，而对文学和政治学兴趣倍增。

　　　　在威廉·莫里斯家里参加社会主义集会。

　　　　撰写有关社会主义的论文并向学校的辩论协会投稿。

　　　　创办《科学学派杂志》（*Science Schools Journal*）并担任主编（直至 1887 年 4 月）

1887 年　期末考试地质学不及格，失去奖学金，离开师范学校且未能获得学位。

在北威尔士的霍尔特学院任教。

在一场校内足球比赛中遭到撞击，造成肾破碎和肺出血，被迫从霍尔特学院辞职。

全身心投入写作。

1888 年　在伦敦的亨利豪斯学校任教。

《时空长河中的寻金羊毛者》（*The Chronic Argonauts*）在《科学学派杂志》上连载，这也是《时间机器》（*The Time Machine*）的部分初稿。

1890 年　通过伦敦大学的考试，被授予伦敦大学理学学士学位。

获得生物学一等荣誉和地质学二等荣誉。

被选为动物学协会会员。

被大学函授学院聘为生物学专业学生的助教。

1891 年　第一篇学术论文《独特之物的重新发现》（*The Redis-covery of the Unique*）刊登在《半月评》（*Fortnightly Review*）上。

1893 年　出版《生物学教程》（*Text-Book of Biology*），开始职业记者生涯。

肺出血复发，决定放弃教学工作，专攻写作。

开始在伦敦各类刊物上发表短篇故事、小说、剧评以及各类主题的文章。

1894 年　《国家观察家》（*National Observer*）刊登其七篇连载（3月至6月），后整编为作品《时间机器》。

1895 年　《时间机器》在《新评论》（*New Review*）上连载（1月至5月）。5月，海尼曼公司（Heinemann）将该书出版发行。

出版短篇小说集《与一位大叔的对话选段》（*Select Conversation with an Uncle*）和《失窃的细菌与其他事件》

（*The Stolen Bacillus and Other Incidents*）以及小说《神奇之旅》（*The Wonderful Visit*）。

1896 年　出版第二部科幻小说《莫罗博士岛》（*The Island of Dr. Moreau*）以及家庭小说《机会之轮》（*The Wheels of Chance*）。

1897 年　与阿诺德·本涅特开始了长达一生的通信。

出版《隐身人》（*The Invisible Man*）、《普拉特纳的故事和其他》（*The Plattner and Others*）、《三十个奇怪的故事》（*Thirty Strange Stories*）、《水晶蛋》（*The Crystal Egg*）、《星》（*The Star*）和《某些个人私事》（*Certain Personal Matters*）。

1898 年　见到亨利·詹姆斯、约瑟夫·康拉德、福特·马多克斯·休弗（后称为福特）以及史蒂芬·克雷恩。

出版《世界大战》（*The War of the Worlds*）。

1899 年　出版《昏睡百年》(*When the Sleeper Wakes*)和《时空传说》（*Tales of Space and Time*）。

1900 年　出版《爱情和鲁雅轩》（*Love and Mr. Lewisham*）。

1901 年　出版《月球上的第一批来客》（*The First Men in the Moon*）和社会学著作《预期》（*Anticipations*）。

1902 年　应邀在皇家科学研究所演讲。

出版小说《海上女王》（*The Sea Lady*）和非小说类作品《发现未来》（*The Discovery of the Future*）。

1903 年　加入社会主义团体费边社。

参加了名为"系数"的讨论组。

与乔治·萧伯纳、西德尼·韦博和碧翠斯·韦博兄妹以及弗农·李成为好友。

出版《十二个故事和一场梦》（*Twelve Stories and a*

Dream）和非小说类作品《制造人类》（*Mankind in the Making*）。

1904 年　出版科幻小说《神食》（*The Food of the Gods and How It Came to Earth*）。

1905 年　出版小说《现代乌托邦》（*A Modern Utopia*）和《基普斯》（*Kipps*）。

1906 年　赴美国巡回演讲，见到西奥多·罗斯福、马克西姆·高尔基和布克·T. 华盛顿。

出版科幻小说《彗星来临》（*In the Days of the Comet*）以及非小说类作品《美国的未来》（*The Future in America*）、《社会主义与家庭》（*Socialism and theFamily*）。

1908 年　与萧伯纳和韦博兄妹产生分歧并因此离开费边社。

出版科幻小说《大空战》（*The War in the Air*）以及非小说类作品《新世界》（*New Worlds for Old*）、《一劳永逸的事物》（*First and Last Things*）。

1909 年　出版小说《托诺·邦盖》（*Tono-Bungay*）、《安·维罗妮卡》（*Ann Veronica*）。

1910 年　出版《波利先生的故事》（*The History of Mr. Polly*）。

1911 年　出版短篇小说集《盲人乡及其他故事》（*The Country of the Blind and Other Stories*）、《墙上之门及其他故事》（*The Door in the Wall and Other Stories*）、小说《新马基雅维利》（*The New Machiavelli*）和非小说类作品《地面游戏》（*Floor Games*）。

1912 年　出版小说《婚姻》（*Marriage*）和非小说类作品《伟大的国家》（*The Great State*）、《威尔斯的伟大思想》（*Great Thoughts From H. G. Wells*）、《威尔斯的思想》（*Thoughts From H. G. Wells*）。

1913 年 出版小说《感情热烈的朋友》（*The Passionate Friends*）和非小说类作品《小型战争》（*Little Wars*）。

1914 年 访问俄国。

出版小说《获得自由的世界》（*The World Set Free*）和《哈曼先生的妻子》（*The Wife of Sir Isaac Harman*）以及非小说类作品《一个英国人看世界》（*An Englishman Looks at the World*）、《结束战争的战争》（*The War That Will End War*）。

1915 年 出版小说《比尔比》（*Bealby*）、《辉煌的研究》（*The Research Magnificent*）以及非小说类作品《世界的和平》（*The Peace of the World*）、《战争与社会主义》（*The War and Socialism*）。

1916 年 出版以第一次世界大战为主题的小说《布特林先生看穿了它》（*Mr. Britling Sees It Through*）以及非小说类作品《世界将要发生什么？》（*What Is Coming？*）和《重建的要素》（*The Elements of Reconstruction*）。

1917 年 暂短的宗教信仰经历促成了小说《一位主教的心灵》（*The Soul of a Bishop*）和非小说类作品《上帝是看不见的王》（*God the Invisible King*）的出版。

1918 年 受聘于英国信息部，从事战争宣传工作。

加入国际联盟筹建委员会。

出版《第四年：展望世界和平》（*In the Fourth Year: Anticipations of World Peace*）和《英国民族主义与国际联盟》（*British Nationalism and the League of Nations*）。

1919 年 出版小说《不灭的火焰》（*The Undying Fire*）。

1920 年 出访俄国，见到列宁、托洛茨基、高尔基、莫拉·巴德勃格。

出版《阴影下的俄国》（*Russia in the Shadows*）以及广受好评的畅销书《世界史纲》（*Outline of History*）。

1921 年　访问美国，参加在华盛顿召开的世界裁军大会。

出版《新历史教学》（*The New Teaching of History*）。

1922 年　出版《世界简史》（*A Short History of the World*）和《世界史纲》（*Outline of History*）修订版。

出版《华盛顿与和平的希望》（*Washington and the Hope of Peace*）以及小说《心脏的密所》（*The Secret Places of the Heart*）。

加入劳工党，竞选国会议员失败。

1923 年　竞选国会议员再次失败。

出版小说《神秘世界的人》（*Men Like Gods*）和《梦想》（*The Dream*）、非小说类作品《社会主义与科学动机》（*Socialism and the Scientific Motive*）、《劳工的教育理想》（*The Labour Ideal of Education*）以及传记《一个伟大校长的故事》（*The Story of a Great Schoolmaster*）。

1924 年　《大西洋月刊》（*The Atlantic*）出版《威尔斯作品集》（*The Works of H. G. Wells*）。

1925 年　出版小说《克里斯蒂娜·阿尔贝塔的父亲》（*Christina Alberta's Father*）和非小说类作品《世界事务预测》（*Forecast of the World's Affairs*）。

1926 年　与天主教作家希莱尔·贝洛克就《世界史纲》（*Outline of History*）发生争论。

出版小说《威廉·克里索尔德的世界》（*The World of William Clissold*）。

1927 年　出版《威尔斯短篇小说集》（*The Short Stories of H. G. Wells*）以及小说《与此同时》（*Meanwhile*）和非小说类作品《遭到修正的民主》（*Democracy under Revision*）。

1928 年　出版《凯瑟琳·威尔斯之书》（*The Book of Catherine Wells*）。

出版小说《布莱沃锡先生在兰波岛》（*Mr. Blettworthy on Rampole Island*）以及非小说类作品《世界的走向》（*The Way the World is Going*）、《公开的密谋》（*The Open Conspiracy*）。

1929 年　在德国议会发表演讲，演讲内容被整理成《世界和平的共识》（*The Common-Sense of World Peace*）并出版。

出版了电影剧本《曾是国王的国王》（*The King Who Was a King*）和儿童读物《托米历险记》（*The Adventures of Tommy*）。

1930 年　与其儿子 G.P. 威尔斯以及朱利安·赫胥黎共同出版教科书《生命的科学》（*The Science of Life*）。

出版小说《帕尔厄姆先生的独裁》（*The Autocracy of Mr. Parham*）和非小说类作品《通往世界和平之路》（*The Way to World Peace*）。

1932 年　出版小说《伯尔平顿沦落记》（*The Bulpington of Blup*）、教科书《劳动、财富与人类的幸福》（*The Work, Wealth, and Happiness of Mankind*）和非小说类作品《民主之后》（*After Democracy*）。

1933 年　出版《科幻小说集》（*Scientific Romances*），收录了其七部最受欢迎的作品。

出版小说《未来世界》（*The Shape of Things to Come*）。

担任国际笔会主席。

1934 年　出访苏联和美国，见到约瑟夫·斯大林和富兰克林·罗斯福。

出版《威尔斯自传》（*Experiment in Autobiography*）。

1935 年　与导演亚历山大·柯达合作，制作电影版《未来世界》（*The Shape of Things to Come*），1936 年以《笃定发生》（*Things to Come*）之名发行上映。

1936 年　出版非小说类作品《剖析挫折》（*The Anatomy of Frustration*）和《世界百科全书的设想》（*The Idea of a World Encyclopedia*），小说《槌球手》（*The Croquet Player*）和剧本《创造奇迹的人》（*The Man Who Could Work Miracles*）。

1937 年　担任英国科学促进会 L 分会主席。
　　　　出版小说《新人来自火星》（*Star Begotten*）、《布林希尔德》（*Brynhild*）、《剑津之旅》（*The Camford Visitation*）。

1938 年　出版小说《兄弟》（*The Brothers*）、《关于多洛雷斯》（*Apropos of Dolores*）和非小说类作品《世界的大脑》（*World Brain*）。
　　　　开始澳大利亚巡回演讲之旅。

1939 年　出版小说《神圣的恐惧》（*The Holy Terror*）和非小说类作品《一位共和激进分子的寻找激流之旅》（*Travels of a Republican Radical in Search of Hot Water*）、《人类的命运》（*The Fate of Homo Sapiens*）、《新世界秩序》（*The New World Order*）。

1940 年　赴美进行巡回演讲。
　　　　出版非小说类作品《人的权利》（*The Rights of Man*）、《战争与和平的共识》（*The Common Sense of War and Peace*）、《两个半球还是一个世界？》（*Two Hemispheres or One World?*），以及小说《黑暗树林中的婴孩》（*Babes in the Darkling Wood*）、《驶向阿勒山》（*All Aboard for Ararat*）。

1941 年　出版最后一部小说《小心驶得万年船》（*You Can't Be Too Careful*）以及另一部作品《新世界指南》（*Guide to the New World*）。

1942 年　出版《科学与世界思想》（*Science and the World Mind*）、《征服时间》（*The Conquest of Time*）和《菲尼克斯》（*Phoenix*）。

　　　　发表题为《论幻觉在高等后生动物个体生命延续中的特质——兼论智人类》（*On the Quality of Illusion in the Continuity of Individual Life in the Higher Metazoa, with Particular Reference to the Species Homo Sapiens*）的动物学博士论文。

1943 年　被授予博士学位。

　　　　出版《克鲁克斯·安萨塔》（*Crux Ansata*）。

1944 年　出版 1942—1944 年的论文集。

1945 年　出版最后两部书《穷途末路的心灵》（*Mind at the End of Its Tether*）和《快乐的转折》（*The Happy Turning*）。

1946 年　8 月 13 日，在伦敦的家中去世。